COLECCIÓN TIERRA FIRME

VALIENTE MUNDO NUEVO

CARLOS FUENTES

VALIENTE MUNDO NUEVO

Épica, utopía y mito
en la novela hispanoamericana

60 ANIVERSARIO

FONDO DE CULTURA ECONÓMICA
MÉXICO

Primera edición para México y Latinoamérica, 1990
Segunda reimpresión,   1994

A mi hija
CECILIA
colaboradora de este libro, con gratitud y amor

En parte, este libro se basa en los cursos dados por el autor desde la Cátedra Simón Bolívar en la Universidad de Cambridge (Inglaterra) y como Profesor Robert F. Kennedy en la Universidad de Harvard (Cambridge, Massachusetts).

CRISIS Y CONTINUIDAD CULTURAL

1. LAS DOS CARAS DE LA CRISIS

AL ESCRIBIR este libro, dos fechas se me imponían como mexicano. Una, el fin del siglo XX, la compartía con la humanidad: todos los seres vivientes, en el año 2001, iniciaremos un nuevo milenio. Sus páginas en blanco están escritas con dos manos. Una de ellas es la de la esperanza; la otra es la del miedo.

Pero aquí en las Américas, la otra fecha que se nos impone es la de 1992, el Quinto Centenario de algo que, antiguo y actual a la vez, ni siquiera sabemos nombrar. ¿Descubrimiento de América, como la tradición más eurocentrista nos indica? ¿Encuentro de dos mundos, como una nueva tradición, más esclarecida, nos propone? ¿Conquista de América, que simplemente condena como un gigantesco crimen todo lo ocurrido a partir de 1492? ¿Re-encuentro de Iberia e Iberoamérica, programa político más generoso, que nos propone calibrar el pasado, no hacer caso omiso de errores y crímenes, pero entender que somos lo que somos porque tenemos un pasado común y sólo seremos algo en el futuro si actuamos unidos para el porvenir? ¿Invención de América, deseo europeo de un nuevo espacio que diese cabida a la energía excedente del Renacimiento? Pero también, entonces, invención de Europa por "la expresión americana" que se siente parte de Europa, pero que le muestra a Europa su rostro mestizo, rayado de indígena y negro. Y sobre todo, quizás, imaginación de América, afirmación de que el continente no acaba de ser descubierto por sus hombres y mujeres. Y sólo puede ser imaginado, es decir, continuado, a partir de los siguientes presupuestos.

El primero es que somos un continente multirracial y policultural. De allí que a lo largo de este libro no emplee la denominación "América Latina", inventada por los franceses en el siglo XIX para incluirse en el conjunto americano, sino la descripción más completa, Indo-Afro-Iberoamérica, o por razones de brevedad, Iberoamérica o aun, por razones literarias cuando me refiero a la unidad y continuidad lingüísticas, Hispanoamérica. Pero en todo caso, el componente indio y africano está presente, implícito.

El segundo es que la continuidad de la cultura contrasta dramáticamente con la fragmentación política del continente. La crisis que vivimos es, en parte, resultado de nuestros fracasos políticos. Pero ha revelado, también, el vigor de la continuidad cultural a pesar de ellos. Ambos hechos nos proponen crear modelos de desarrollo que no estén reñidos con la continuidad cultural sino que, basados en ella, le den sentido y posibilidad a la continuidad política.

Por el momento, llamemos como llamemos al evento del Quinto Centenario, lo recibimos como antesala de un nuevo siglo y un tercer milenio; y lo recibimos, nuevamente, viajando en el furgón de cola de la modernidad que tanto hemos anhelado, o debatido, o rechazado, en cada etapa de los últimos cinco siglos. La pareja de este debate sobre la modernidad es el debate sobre la tradición. Ambos se funden en nuestras preguntas actuales.

Somos un continente en búsqueda desesperada de su modernidad. Pero demasiadas veces, hemos reaccionado violentamente contra semejante búsqueda, prefiriendo preservar el lastre de sociedades anacrónicas, "patrimonialistas", como las llamaría Max Weber, en las que la voluntad del jefe, los intereses de su clan y las recompensas debidas a sus ejércitos de parásitos y pistoleros, crean un mundo irracional de capricho político y de "violencia impune", para emplear una descripción debida a Rómulo Gallegos y que evocaré a menudo en este libro.

Una racionalización reviste esta realidad: somos los hijos de la Contrarreforma española, la muralla levantada contra la expansión de la modernidad. ¿Cómo podemos entonces ser modernos? Pero somos —aún más profundamente— los herederos intelectuales, morales y políticos de las filosofías de San Agustín y Santo Tomás de Aquino, más que de las ideas "modernas" de John Locke y Martín Lutero. Con San Agustín, nos cuesta trabajo creer que la gracia de Dios se comunica directamente con el individuo; contra John Locke, nos cuesta creer que el propósito del gobierno civil sea la protección de la propiedad privada. Creemos, más bien, en los poderes de la jerarquía y de la mediación. Creemos, con Santo Tomás, que el bien común y la unidad requerida para obtenerlo son superiores a las metas individuales y a los intereses privados.

Si éstos son algunos de los parámetros de la tradición, a menudo hemos reaccionado violentamente contra ellos adoptando, simplemente, la última versión de la modernidad occidental, nos convenga o no. El anticlerical Voltaire y el romántico Rousseau, el liberal Adam Smith, Auguste Comte el positivista, Karl Marx el socialista, Vilfredo Pareto el corporativista. La materia del capitalismo norteamericano, el comunismo soviético y el fascismo italiano han circulado por la vida, la literatura y la política de Iberoamérica.

La imitación extralógica, como la llamase Antonio Caso citando a Gabriel de Tarde, nos ha marcado tanto como las más fatales herencias. Sólo hemos superado la imitación o la fatalidad mediante la crítica. Y la crítica ha trascendido las opciones enemigas mediante la continuidad. De los poemas épicos y las crónicas de la Conquista a la poesía de Pablo Neruda y las novelas de Alejo Carpentier. De las tradiciones múltiples de la España medieval —árabe, judía y cristiana— a su recuperación en las fábulas de Jorge Luis Borges. De las tradiciones míticas orales de la selva y la montaña a las narrativas contemporáneas de Gabriel García Márquez. De los mitos y construcciones solares del mundo indígena a las manifestaciones actuales de todos los órdenes, el cine de

Eliseo Subieta y de Héctor Babenco, la música de Eduardo Mata y Mario Lavista, el arte de Jacobo Borges y José Luis Cuevas, las novelas de César Aira y Nélida Piñón, los ensayos de Julio Ortega y José Miguel Oviedo, la poesía de Rosario Ferré, José Emilio Pacheco, Raúl Zurita, Arturo Carrera y Coral Bracho. Semejante continuidad, de pie y resistente en medio de la crisis de los modelos de desarrollo, contrasta con la fragmentación de nuestra vida política y nos propone esta cuestión: ¿podemos trasladar a la vida política la fuerza de la vida cultural, y, entre ambas, crear modelos de desarrollo más consonantes con nuestra experiencia, con nuestro ser, con nuestra proyección probable en el mundo por venir?

Por el momento, sumergidos en el desastre económico y la fragilidad política, sometidos a las erosiones tanto físicas como psíquicas, nos sentimos inermes ante los nuevos desafíos de la nueva modernidad, la que se manifiesta ya como interdependencia económica, comunicaciones instantáneas, avances tecnológicos. ¿Esta modernidad, como todas las anteriores, también nos rebasará? ¿Estaremos condenados para siempre, como lo lamentó Alfonso Reyes, a comer las migajas del banquete de la civilización?

Esta pregunta debería, sin embargo, generar otra: ¿tenemos nuestro propio banquete, podemos comer, por lo pronto, en nuestra propia mesa?

Creo que la respuesta depende de nuestra capacidad o incapacidad para hacer pasar toda la dramática complejidad de nuestra sociedad, economía y política actuales, tan confusa y contradictoria a veces, por la crítica de la cultura. Pues si algo ha revelado la crisis actual, es que mientras los modelos políticos y socioeconómicos se han derrumbado uno tras otro, sólo ha permanecido de pie lo que hemos hecho con mayor seriedad, con mayor libertad y también con mayor alegría: nuestros productos culturales, la novela, el poema, la pintura, la obra cinematográfica, la pieza de teatro, la composición musical, el ensayo —pero también el mueble, la cocina, el amor y la memoria, pues todo esto es cultura, hasta integrar lo que José Ortega y Gasset llama "un conjunto de actitudes ante la vida"—.

2. ¿DESAPARECE LA NACIÓN?

En contra de las grandes ilusiones de los fabricantes de milagros económicos en las décadas que siguieron a la segunda Guerra Mundial, ni la modernidad nos aseguró la felicidad, ni los artistas se prestaron a decir que progreso y felicidad eran, fatalmente, espejos el uno de la otra. Hegelianos de día y epicúreos de noche, los gobernantes de nuestros *booms* económicos creyeron que el proceso dialéctico de la historia hacia la perfección y el progreso nos daría, por partes iguales, libertad, bienestar y felicidad. Sus políticas —crecimiento por el crecimiento, concentración de la riqueza hasta arriba con la esperanza infundada de que tarde o temprano, gota por gota, llegaría hasta abajo; reaganomismo de nopal— nos condenaron, a pesar de las apariencias, aunque en condiciones internacionales novedosas, a prolongar el drama de la dependencia denunciado por Claudio Véliz en su estudio sobre la tradición centralista iberoamericana. Desde la Independencia, nuestra dependencia *dependió* de un espejismo: la prosperidad de la América "Latina" estaba condicionada por la prosperidad de las clases altas. Por desgracia, estas clases han sido muy ágiles en copiar los modos de consumo occidentales, pero muy morosas en adaptarse a los modos de producción europeos y norteamericanos.

Los novelistas, los poetas, los pintores, los músicos, más nietzscheanos que hegelianos, nos permitieron entender que es imposible integrar completamente al ser humano en un proyecto racional. Los hombres y las mujeres oponemos demasiadas visiones, estéticas, eróticas, irracionales, a cualquier intento de armonización integral con el Estado, la corporación, la Iglesia, el partido o aun, con la novia legítima de todas estas instituciones: "La Historia".

Creadores de *otra* historia, los artistas, sin embargo, están inmersos en *esta* historia. Entre ambas se crea la verdadera Historia, sin entrecomillado, que es siempre resultado de una experiencia y no de una ideología previa a los hechos. La ideología exige coincidencia entre sus postulados y los hechos: clama y llama a traición cuando tal coincidencia no existe. Pero como la coincidencia no existe nunca, la traición es, para el ideólogo, el nombre de la vida; mas como la ideología no puede denunciar a la vida, mejor denuncia a la obra literaria y artística que traiciona la identidad ideológica.

Los milagros, obrados por magos capitalistas, marxistas o económicamente mixtos, fueron espejismos. Se han evaporado. En cambio, la vida urbana de Iberoamérica es el espejo fiel de una situación generalizada de injusticia económica y deformación social.

El *boom* económico la ocultó. El *boom* literario contribuyó a revelarla. Los actores hegelianos de la política quisieron mirar sólo hacia adelante. Se tropezaron y cayeron. Los autores nietzscheanos de la novela quisieron mirar tanto hacia adelante como hacia atrás para darle sentido al único lugar que verdaderamente es nuestro: el aquí y el ahora.

Este *aquí* y este *ahora* son los de la crisis. Las ilusiones perdidas de la clase media, el agotamiento de la clase campesina tradicional, la angustia de la masa de trabajadores urbanos, nos ofrecen un retrato proliferante de lo perdido y lo anónimo: ciudades, individuos, esperanzas. Nuestras frágiles democracias mal pueden resistir estos embates; pero sólo el fortalecimiento de la democracia puede reunir cultura y política y permitir que al cabo salgamos de la crisis. Sin embargo, cualquier nueva democracia tiene que proponerse una meta que hasta ahora sólo las revoluciones han propuesto seriamente: el crecimiento con justicia.

Una democracia que, revolucionariamente, se determine a romper la fatalidad de la injusticia, tiene que fundarse en dos pactos. Uno, económico, es el mismo que permitió al mundo industrial su enorme desarrollo: asegurar ante todo un nivel de vida en aumento para las mayorías. Ni el capitalismo, ni el socialismo, ni la potencial democracia de la autogestión pueden ser viables sin una masa creciente de consumidores bien alimentados, bien vestidos y bien educados. Esto no se obtiene esperando que la riqueza, acumulada en la cima, descienda, un buen día y espontáneamente, hasta la base. Se obtiene mediante políticas de justicia social que acompañen cada paso del desarrollo económico; políticas del Estado nacional sujeto a la vigilancia y el debate democráticos en partidos, prensa y parlamentos.

Pero otro, el pacto de civilización, consiste en reconocer que somos un área policultural, dueña de una enorme variedad de tradiciones de donde escoger elementos para un nuevo modelo de desarrollo y sin razones para estar casados con una sola solución. Nuestra cartelera no se limita a escoger entre los Chicago Boys y los Marx Brothers. Somos parte de las Américas que tienen viva una tradición indígena y una tradición medieval, agustiniana y tomista. El mundo anglosajón carece de ellas; su proyecto democrático es distinto del nuestro; la América Española sí tuvo una civilización preeuropea y una cultura política medieval.

Ambas le dan a nuestra democracia posibles rasgos originales. Las tradiciones del humanismo secular comprometido con el debate de la modernidad democrática son nuestras: garantías individuales, equilibrio y renovación de poderes. Pero la práctica ha demostrado que esas conquistas son letra muerta si no se combinan con otras, más antiguas herencias, como lo son las tradiciones comunitarias del mundo rural prehispánico, la tradición escolástica que orienta la política a la consecución del bien común y las tradiciones de la democracia medieval española: la independencia judicial, las libertades municipales y las asambleas populares en pugna con una tradición secularmente autoritaria. Nuestra democracia ha nacido y nacerá del conflicto entre estas tradiciones, no de su omisión en aras de un proyecto utópico más, capitalista o marxista.

La base para una cultura democrática en Iberoamérica

es la continuidad cultural, de la cual tanto la democracia como la literatura son manifestaciones. Ambas crean la dimensión de la sociedad civil, a pesar de los inmensos obstáculos históricos que significan las tradiciones autocráticas de los imperios indígenas y del Imperio español en sus dos vertientes: el paternalismo habsburgo y el activismo centralizante y modernizador borbónico. La Iglesia, el ejército y el Estado imperial español fueron nuestras instituciones más antiguas. La sociedad civil es nuestra realidad más reciente. La independencia expulsó al Estado español. La Iglesia y el ejército permanecieron, a veces más fuertes que los incipientes estados nacionales, aunque siempre más fuertes que las débiles sociedades civiles. El resultado fue anarquía y fue dictadura, alternándose hasta la desesperación en la mayoría de nuestros países.

La primera respuesta a esta crisis constante de la sociedad fue la creación de estados nacionales. No escuchamos, nadie escuchó, el consejo del ministro de Carlos III, el conde de Aranda: creemos una comunidad de naciones hispánicas, flexible, hecha por partes iguales de unidad, de autonomías y de identificaciones culturales. Fracasó, también, el sueño unitario de Simón Bolívar. Levantamos, en cambio, la fachada de un país legal ocultando la cara injusta y miserable del país real. Entre ambos, llenando el vacío, se instaló "el hombre fuerte". Pero entre ambos —país real, país legal— los escritores, artistas y pensadores de Iberoamérica pugnaron por diseñar el rostro de la continuidad cultural; pugna, a veces, entre ellos mismos y sus contradicciones fecundas. El argentino Domingo Sarmiento quería renovación civilizadora más que continuidad con el pasado —como si la civilización del porvenir pudiese desentenderse de las creaciones anteriores—. El mexicano Lucas Alamán quería continuidad con el pasado, español y colonial, en contra de una renovación que juzgaba enajenante —como si los valores del pasado pudiesen mantenerse sin una nueva creación que, al contradecirlos, los salva—.

La síntesis entre Alamán y Sarmiento la anunciaría la cultura misma, proponiéndose como continuidad de cuanto hemos sido: indios, negros, criollos y mestizos; autoritarios y demócratas; liberales y conservadores; modernizantes y arcaizantes.

El tiempo de los milagros despreció esa continuidad, porque ella impone la obligación de conjugar la memoria con el deseo, radicados ambos —pasado y futuro— en el presente. La impaciencia progresista resultó ser un capítulo más de la historia de rupturas políticas y económicas de la América *"Latina"*. La paciencia cultural insistió, en cambio, en que la imaginación del pasado era inseparable de la imaginación del futuro; un porvenir, imperfecto, quizás, pero vivible, para Indo-Afro-Iberoamérica.

Vivimos hoy. Mañana tendremos una imagen de lo que fue el presente. No podemos ignorar esto, como no podemos ignorar que el pasado fue vivido, que el origen del pasado es el presente.

Recordamos aquí, hoy. Pero también imaginamos aquí, hoy. Y no debemos separar lo que somos capaces de imaginar de lo que somos capaces de recordar.

3. LA SEGUNDA NACIÓN

Imaginar el pasado. Recordar el futuro. Un escritor conjuga los tiempos y las tensiones de la vida humana con medios verbales.

Recordarlo y escribirlo todo: desde la época colonial, la América Española ha vivido la doble realidad de leyes humanas, progresistas y democráticas (las Leyes de Indias, las constituciones de las repúblicas independientes) en contradicción con una realidad inhumana, retrógrada y autoritaria. Habitamos, simultáneamente, un país legal y un país real, ocultado por la fachada del primero. La otra nación, más allá de los espacios urbanos, el mundo arcaico, paciente, poblado por quienes aún no alcanzan la modernidad, sino que continúan sufriendo sus explotaciones, estaba allí para comentar, con ironía a veces, con rabia otras, sobre nuestro limitado progreso, en las ficciones míticas de Miguel Ángel Asturias en Guatemala, en el encuentro con la naturaleza primigenia del venezolano Rómulo Gallegos, en las construcciones barrocas del cubano Alejo Carpentier y en los desnudos mitos rurales del mexicano Juan Rulfo.

La naturaleza, vasta e hiperbólica, del Nuevo Mundo, está presente en las obras de todos estos autores, pero en las novelas de Carpentier se enfatiza la búsqueda de una Utopía temporal, descubierta a medida que el narrador avanza en el espacio, buscando el manantial de la música, de la palabra y de la vida. Rulfo, en cambio, nos habla desde la otra orilla de la naturaleza. *Pedro Páramo* ocurre en un camposanto rural y desde él sólo escuchamos los murmullos de los muertos: sus memorias se convierten en nuestra única historia. La naturaleza ha muerto y la ha matado el poder.

Con *Cien años de soledad* de Gabriel García Márquez, lo que sucedió fue que el vasto espacio natural del Nuevo Mundo fue finalmente conquistado por un tiempo humano, es decir, imaginativo, igualmente vasto. García Márquez logra combinar el asombro de los primeros descubridores con la ironía de los últimos: nosotros mismos. La maravilla de esta gran novela es que hace presentes los tiempos personales e históricos de la América india, negra y española, en el espacio intemporal del inmenso continente. Nos hace darnos cuenta del hambre que nuestro inmenso espacio sigue teniendo de historia. Pero esa historia, cuando se manifiesta, lo hace con una fuerza épica que avasalla y sojuzga a la naturaleza y a los hombres. Entre la naturaleza y la historia, García Márquez fabrica la respuesta del mito, de la narración, del arte. Al recordarlo todo, García Márquez lo desea todo. La condición es escribirlo todo para obtener algo: la parcela de realidad que nos corresponde vivir.

Lo mismo hace el gran narrador argentino Julio Cortázar, aunque desde el extremo opuesto, el de una contranaturaleza urbana, a la que dota de mitos contemporáneos que ponen en duda nuestra capacidad de comunicarnos, escribir y hablar de las maneras acostumbradas. Cortázar se propone dotar a nuestra conflictiva modernidad, más que de un lenguaje, de un contralenguaje inventado por la colaboración entre el escritor y el lector, para colmar todas las lagunas e insuficiencias de los lenguajes parciales, agotados, mentirosos.

La empresa modernísima de Julio Cortázar se suma, sin embargo, a la empresa constante de lo que su amigo, José Lezama Lima, llamó la contraconquista. A la conquista del Nuevo Mundo siguió, nos dice Lezama, la creación de un continente de civilización multirracial y policultural, europeo, indio y africano, dueño de un estilo de vida y un gusto que se comprueba lo mismo en la cocina que en el sincretismo religioso, en el sexo que en la arquitectura barroca. La contraconquista es visible en los altares cristianos decorados por artesanos indígenas, de acuerdo con la idea mítica del paraíso aborigen, en Perú, Guatemala, Ecuador y México, y en las ceremonias católicas impregnadas de rito africano, en el Caribe. Son parte de la historia de la contraconquista la revuelta nacionalista de los dos Martín Cortés, el hijo del conquistador Hernán Cortés y de su lengua y amante india, *la Malinche*, y su hermano, el Martín legítimo, en la primera generación de mestizos mexicanos, así como la revuelta milenarista de Túpac Amaru, en las postrimerías del virreinato peruano. La contraconquista abarca tanto las crónicas del imperio perdido del Inca Garcilaso en Perú como las del fraile franciscano Bernardino de Sahagún en México. E incluye, también, la observación, como celebratoria o cáustica, de la naciente sociedad colonial por Bernardo de Balbuena en la ciudad de México o por Rosas de Oquendo en Lima.

El mundo de fe y sensualidad de Lezama Lima en su gran novela *Paradiso*, le da su más alta expresión literaria a los conflictos de nuestra tradición católica, vista como tradición erótica y moral conflictiva; más que como obligación de escoger entre el bien y el mal, como opción entre valores: la fe cristiana y la sensualidad pagana, la historia visible y la invisible, el saber y el sentir, lo natural y lo sobrenatural.

Culmino, por el momento, mi evocación del valiente mundo nuevo de la narrativa hispanoamericana con las figuras de Lezama y Cortázar, miembros de la generación que precede a la mía, que ya es seguida por un par de nuevas generaciones literarias. Lo hago porque, hasta donde es posible ver con nitidez un proceso dinámico y perpetuamente modificado por la nueva lectura del pasado y las nuevas lecturas de un presente en transición, Cortázar y Lezama, ambos nacidos al estallar la Gran Guerra europea en 1914 y muertos en medio de la miserable guerra de los EE.UU. contra Nicaragua en los ochentas, son quienes aceptan con mayor lucidez los desafíos probables de nuestra continuidad narrativa y de su auténtica relación, verbal, imaginaria, con la historia, en sus dos vertientes: tradición y modernidad.

4. APARECE LA CIUDAD

Hace algunos años, publiqué un librito sobre la nueva novela hispanoamericana en el que discutía los orígenes urbanos de nuestra narrativa más reciente, asociada al crecimiento explosivo de nuestras ciudades, la aparición de clases sociales modernas y los trabajos de una inteligencia de orientación internacionalista.

Jorge Luis Borges fue el surtidor de esta modernidad narrativa: el argentino que debió inventar todo lo que no estaba allí: el Aleph donde se encuentran, "sin confundirse, todos los lugares del orbe, vistos desde todos los ángulos"; el jardín de senderos que se bifurcan, donde el tiempo es una serie infinita de tiempos, "una red creciente y vertiginosa de tiempos divergentes, convergentes y paralelos".

El autor de *Ficciones* alcanzó una suprema síntesis narrativa en la cual la imaginación literaria se apropia de todas las tradiciones culturales a fin de darnos un retrato más completo de lo que somos, gracias a la memoria actualizada de todo lo que hemos sido. La herencia árabe y judía de España, mutilada por el absolutismo real y su doble legitimación: la fe cristiana y la pureza de la sangre, reapareció, maravillosamente fresca y viva, en los cuentos de Borges.

Borges trascendió las ataduras del psicologismo para vislumbrar un nuevo horizonte de figuras probables, ya no de personajes veristas. Más allá del agotado psicologismo realista, le dio categoría protagónica al jardín y el laberinto, el libro y el espejo, los tiempos y los espacios. Nos recordó que nuestra cultura es más ancha que cualquier definición reductivista de la misma —literaria o política—. Más allá de sus deudas obvias y fecundas con la literatura fantástica de los uruguayos Felisberto Hernández y Horacio Quiroga o con la libertad lingüística de los argentinos Macedonio Fernández y Roberto Arlt, Borges fue el primer escritor que nos liberó verdaderamente del naturalismo y que re-definió lo real en términos literarios, es decir, imaginativos, no psicológicos o estadísticos.

Todo esto es lo que he llamado, en otra parte, la constitución borgiana: confusión de todos los géneros, rescate de todas las tradiciones, creando un terreno nuevo sobre el cual pueden levantarse la ironía, el humor, el juego, pero también una profunda revolución que equipara la libertad con la imaginación, y con ambas constituye un nuevo lenguaje.

Pero nuestra modernidad urbana también se manifestó con la capacidad de desearlo todo a partir de lo que somos y hemos sido. Si Borges conjuga memoria y deseo, éste priva, en la forma de una esperanza crítica, en los novelistas específicamente urbanos. Por primera vez en su historia, Iberoamérica es una civilización preponderantemente citadina. La narración crítica de la modernidad se manifiesta en los infiernos proletarios e intelectuales de la ciudad de México, descritos por José Revueltas, y en la onda libérrima de mis jóvenes compatriotas José Agustín y Gustavo Sáinz, que ven a la misma ciudad, más bien, como un purgatorio que es a la vez cabaret, prostíbulo y expendio de hamburguesas. El título de Arturo Azuela —*El tamaño del infierno*— lo dice todo.

La modernidad hispanoamericana, en todas estas ficciones, adquiría una presencia apresurada, como compensando su ausencia a partir de la Contrarreforma española. Modernidad de Lima la horrible de Mario Vargas Llosa, de la Caracas sin rumbo de Salvador Garmendia y Adriano González León y de La Habana nocturna, idilio y pesadilla a la vez, de Severo Sarduy y Guillermo Cabrera Infante.

La modernidad, que tan desesperadamente habíamos buscado desde la Independencia, adaptando con premura las leyes del Occidente a nuestra realidad colonial, estaba allí, compensada, criticada, en un Santiago de Chile de supervivencias fantasmales para José Donoso y de "figuras de cera" para Jorge Edwards, en la memoria lúcida de nuestro pasado inmediato ofrecida por el mexicano Sergio Pitol, en el metafísico tango sin música del bonaerense Ernesto Sábato y, sobre todo, en la invención de las "ciudades inalcanzables", la lúcida conciencia de la distancia entre realidad y deseo, en las novelas del uruguayo Juan Carlos Onetti.

La traslación, popular o culta, de esta modernidad, se expresaba en la integración de cine y narrativa en Manuel Puig el argentino, y de novela y música popular en el puertorriqueño Luis Rafael Sánchez. Pero el mexicano Salvador Elizondo convierte la experiencia estética moderna en un acto narrativo de recompensa inmediata, aun al precio de la crueldad y la muerte. Recordarlo todo, desearlo todo, pero sólo a condición de escribirlo todo. Este sufrimiento de desear más de lo que se vive o escribe, informa las novelas de otro escritor mexicano, Juan García Ponce. El humor de la misma situación, en cambio, lo dice con ironía el peruano Alfredo Bryce Echenique. Su desperdicio en la abundancia del consumo y la basura aparece, angustiante, en las novelas de otro mexicano, Fernando del Paso, y la persistencia de la raíz provinciana, recoleta, es descrita magistralmente por

Sergio Ramírez en su comedia de crímenes pueblerinos *Castigo divino*.

La novela de la ciudad cada vez abarca más, temáticamente, pero sólo porque cada vez libera más, individualmente. Liberada, en primer término, de la dictadura de ciertos géneros, intentando crear formas novedosas, da libre curso a intuiciones y preocupaciones personales tan variadas y contradictorias como lo son la vida urbana de Buenos Aires, Lima, México o San Juan. María Luisa Puga puede vivir, paralelamente, su experiencia de mujer joven en dos ciudades: México y Nairobi. Isaac Goldenberg puede revelarnos la existencia de unas vidas judías en Lima y Luis Zapata la del mundo del homosexualismo mexicano. Los argentinos Osvaldo Soriano, David Viñas, Luisa Valenzuela y Elvira Orphée, en fin, pueden convulsionar sus vidas personales con el horror político de la desaparición: desaparecen las personas como desaparece la nación, y Ariel Dorfman, Antonio Skármeta y Daniel Moyano pueden mantener, en la visión desde el exilio, la esperanza más lúcida.

5. SÍNTESIS Y CONTINUIDAD CULTURALES

Seymour Menton, de la Universidad de Irvine en California, destaca específicamente la vocación histórica de la más nueva novela hispanoamericana, la reflexión sobre el pasado como un signo de narrativa para el futuro. En esta tendencia central que Menton atribuye a nuestra novela, yo veo una afirmación del poder de la ficción para decir algo que pocos historiadores son capaces de formular: el pasado no ha concluido; el pasado tiene que ser re-inventado a cada momento para que no se nos fosilice entre las manos.

Sugiero que nuestras novelas históricas sean leídas con este espíritu, trátese de la minuciosa reconstrucción del breve reino mexicano de Maximiliano y Carlota en *Noticias del Imperio* de Fernando del Paso; de la estremecedora mutación del descubrimiento en encubrimiento de América en las

grandes novelas de Abel Posse: revelación de un oculta-
miento que nos impone la obligación de descubrir verdaderamente, a través de la imaginación literaria; o de las secretas
relaciones entre la historia pública y la historia privada de
Ansay de Martín Caparrós, situada en la revolución de independencia argentina.

El tamiz del humor nos revela, también, la verdadera y
posible historia, en el relato picaresco de Reynaldo Arenas
acerca del más picaresco personaje de la Independencia, fray
Servando Teresa de Mier, en *El mundo alucinante;* y la caricatura literaria se revela como el más realista de los retratos
en *Los relámpagos de agosto* de Jorge Ibargüengoitia. Pero gracias al humor, un día el pasado inmediato que Tomás Eloy
Martínez identifica en *La novela de Perón,* será un pasado
humanamente presente y maleable.

El general en su laberinto de Gabriel García Márquez logró
cerrar, con la cicatriz histórica, las heridas manantes del llamado "realismo mágico" que, inventado por Alejo Carpentier, se ha aplicado indiscriminadamente como etiqueta a
demasiados novelistas hispanoamericanos, aunque en verdad se convirtió en el sello personal de uno solo: Gabriel
García Márquez. Lo primero que sorprende al iniciar la lectura de *El general en su laberinto* es, precisamente, la ausencia
de los elementos asociados con el "realismo mágico". La
narrativa de García Márquez, esta vez, es directa e históricamente localizada, pero la iniciación lineal no tarda en flore-
cer, hacia arriba y hacia abajo, y lateralmente, como una
planta, histórica, triste y vibrante, de la ilusión del poder y la
traición del cuerpo.

Siguiendo al libertador Simón Bolívar en su viaje hacia la
muerte, García Márquez no sólo desacraliza a la estatua.
Convierte a Bolívar en un ser reconocible y sufriente, cuya
misión más grande, quizás, fue la de liberar al continente de
su obsesión fundadora con la utopía. Pero esta conciencia
sólo se hace inteligible para nosotros hoy, cuando podemos
al cabo entender la convivencia de un cuerpo enfermo y un

sueño político fallido. Ambos traicionan a la inteligencia y a la impaciente voluntad que ese cuerpo arrastra a la tumba.

Esta manera de ficcionalizar la historia llena, además, una necesidad muy precisa en el mundo moderno —en el mundo, más bien, de la llamada posmodernidad—. Jean Baudrillard nos asegura que "el futuro ha llegado, todo ha llegado, todo está ya aquí..." Por ello se ha agotado lo que Jean François Lyotard llama "los metarrelatos de liberación" de la modernidad ilustrada. Pero el fin del metarrelato, por definición abstracto y absolutista, ¿no promete la multiplicación de los *multirrelatos* del mundo policultural, más acá del dominio exclusivo de la modernidad occidental? La "incredulidad hacia las metanarrativas" puede ser sustituida por la credulidad hacia las polinarrativas que nos hablan de proyectos de liberación múltiples, no sólo occidentales. El Occidente de la acedía y la incredulidad puede recibir, desde su otra mitad indo-afro-iberoamericana, un mensaje que tanto Baudrillard como Lyotard quizás aceptarían: el de "activar las diferencias" (Lyotard). Las novelas históricas de Posse, Caparrós, Del Paso, García Márquez, Ibargüengoitia y otros autores contemporáneos nuestros, cumplen ejemplarmente esta función. Son una forma de vigilar históricamente la continuidad cultural del continente.

En este sentido, la novela histórica en Hispanoamérica no es ni una novedad más, ni una tradición agotable, sino una presencia constante del multi-relato opuesto al meta-relato, y que, modernamente, abarca tanto la espectacular fundación del género por Arturo Uslar Pietri en *Las lanzas coloradas* (1931) como la actualidad más directa evocada por Héctor Aguilar Camín en *Morir en el golfo* (1987). Uslar puede tratar la historia de los llaneros de la guerra de independencia venezolana; Aguilar Camín, darnos la noticia de los manejos del Sindicato Petrolero mexicano. Pero *Las lanzas coloradas* es un relato tan actual como éste, y *Morir en el golfo* una promesa histórica de que, ahora, no careceremos del testimonio presente capaz de convertirse en pasado vivo.

Pero donde la historia urbana adquiere un grado narrativo más intenso es, obvia aunque paradójicamente, en Argentina. Obviamente, porque Buenos Aires ha sido el conglomerado urbano más acabado y consciente de su *urbanidad* de toda Iberoamérica: la ciudad más ciudad de todas y, a partir de 1900, la más moderna. Sin embargo, la evidencia de una arquitectura narrativa urbana tan clásica como el *Adán Buenosayres* de Leopoldo Marechal, me parece menos indicativa de la relación ciudad-historia que obras de ausencia radical: visiones de civilización ausente capaces de evocar, precisamente, un vacío estremecedor, una suerte de fantasma paralelo que sólo da cuenta de la ciudad a través de su espectro, de su no-ser, de su contrariedad. Buenos Aires: cabeza de Goliat; Argentina: cuerpo de David. Ésta es la paradoja, indicada por Ezequiel Martínez Estrada. Mucha ciudad, poca historia, pero, ¿cuánta ausencia? El grado de la ausencia se convierte en la medida de la ficción rioplatense.

Así, la ausencia que Borges llena con las construcciones fabulosas de sus bibliotecas, sus alephs y sus ciudades existentes sólo en la memoria de otras ciudades, permanece como ausencia pura en otras más recientes ficciones que no se atreven a suplantar la nada con otra presencia que no sea la de las palabras. Sin embargo, muchas de estas ficciones van a la raíz misma de las ausencias argentinas: el descubrimiento, la colonización, el destino de los indios... En *¡Cavernícolas!*, Héctor Libertella lanza al mar, como una botella, la mirada de Pigafetta armada con la única prueba del viaje de Magallanes: un puñado de hojas escritas. Juan José Saer, en *El entenado*, radicaliza aún más la ausencia de los indios o, mejor dicho, del universo tribal hermético y aislado que constituye la *otra* civilización americana. César Aira demuestra, en fin, que todos estos temas son mejor tratados como ausencias que como presencias: "Los indios, bien mirados, eran pura ausencia, pero hecha de una cualidad exclusiva de presencia. De ahí el miedo que provocaban." En sus espléndidas narraciones —*Moreira, Canto Castrato, Emma la Cauti-*

va— Aira emprende periplos que no llevan a ninguna parte, porque en el fondo ocurren en un solo lugar, el mismo desde donde Cortázar se preguntó: "¿Encontraría a la Maga?" Más que una pampa verbal, ese lugar es un puente literario y moral indeciso entre dos orillas. ¿En cuál de ellas vamos a fundar la ciudad e iniciar la historia? No en balde fue fundada dos veces Buenos Aires. Y nacer dos veces es tener dos destinos.

La historia como fundación por la palabra y en la ausencia, es el gran tema de la narrativa argentina —y, a veces, también— del tango: "Anclao en París." Y si Aira, Saer y Libertella nos inquietan tanto, sus antepasados inmediatos, Adolfo Bioy Casares y José Bianco, no nos perturban menos sólo porque sus paisajes son más inmediatamente urbanos o, en apariencia, menos solitarios. *La invención de Morel* de Bioy, *Sombras suele vestir* de Bianco, son obras maestras de la mejor imaginación, que es la imaginación del detalle. Pero esta precisión en el detalle, que es el sustento del gran éxito estilístico de Bioy y de Bianco, nos conduce a algo tan terrible como la pampa vacía de Aira o las tribus perdidas de Saer. Es la ausencia por medio de un engranaje mental o científico, implacable en Bioy, o como realidad paralela, espectral y turbadora, sin la finitud reconfortante de la muerte, en Bianco. En ambos casos, la *presencia* resulta una ficción y la *historia* debe recomenzar a partir de una nueva *ausencia*. ¿Ha sido otra cosa la desconcertante historia de Argentina?

La narrativa argentina es, en su conjunto, la más rica de la América Española; por ello hago especial hincapié en ella. Esto se debe, quizás, a que ningún otro país exige con más desesperación que se le verbalice. Al hacerlo, los escritores del Río de la Plata cumplen precisamente la función que aquí vengo señalando: la de crear una segunda historia, tan válida o más que la primera.

Así, el movimiento de la literatura iberoamericana ha constituido una suerte de vigilancia de nuestra historia, dándole, junto con las demás formas de nuestra cultura, continuidad. En este libro, lo concibo como un movimiento de la utopía con que el viejo mundo soñó al nuevo mundo, a la épica que destruyó la ilusión utópica mediante la conquista, a la contraconquista que respondió tanto a la épica como a la utopía con una nueva civilización de mestizajes, barroca y sincrética, policultural y multirracial.

Este movimiento va acompañado de cuatro funciones: Nominación y Voz; Memoria y Deseo. Cada una revela una constelación de problemas constantes, relacionados con la creación de una policultura indo-afro-iberoamericana.

¿Cómo te llamas? ¿Cómo se llamó antes esta montaña y cómo se llama ahora este río?

¿Cuáles son tus palabras, cómo hablas, quién habla por ti?

¿Qué recuerdas? ¿De dónde vienes? ¿Quiénes son tu padre y tu madre? ¿Reconoces a tus hermanos?

¿Qué quieres?

Es difícil imaginar una gran obra literaria iberoamericana que, de una u otra manera, no formule estas preguntas: ayer, hoy y mañana. Preguntas actualísimas, son también las del pasado y serán las del porvenir mientras nuestros más antiguos problemas no encuentren solución.

Italo Calvino nos dice algo que une, sin embargo, la experiencia universal de la literatura a la experiencia particular del nuevo mundo americano. Hablando de los usos correctos de la literatura política, Calvino escribe que la literatura es necesaria a la política cuando da voz a lo que carece de ella, o da nombre a lo que aún es anónimo.

Nombre y voz: no hay nada que identifique mejor a la escritura propia del continente iberoamericano. Nombre y voz: esto es lo que nuestra literatura ha sabido dar mejor que cualquier otro sistema de información, porque sus dos proyecciones han sido la memoria y el deseo. La certidumbre de que no hay presente vivo con un pasado muerto, o futuro vivo que no dependa de la fuerza de nuestro deseo, hoy.

El presente libro propone un encuentro entre nuestros movimientos de fundación —épica y mito; utopía y barroco— con las manifestaciones modernas de la narrativa hispanoamericana. Lo hace mediante un entrelazamiento constante del movimiento con sus funciones: dar nombre y dar voz; recordar y desear.

Pero este triple movimiento y estas cuatro funciones revelan, por un lado, dinámicas y formas de expresión literaria universales, como lo son el mito, la épica y la tragedia, sucediéndose de manera circular en el mundo antiguo; la novela, sucediendo paródica y linealmente a la épica en el mundo moderno; y la poesía, como manifestación idéntica a la palabra, uniendo origen y presente narrativos.

A fin de conjugar estas facetas de la cultura literaria universal con la tradición de la literatura hispanoamericana, es necesario un método que pueda acompañar los diferentes capítulos de este libro, tácitamente, sin interrumpir el flujo de las ideas, pero otorgándoles estructura subyacente, fundación. Acudo, para ello, a dos pensadores: Giambattista Vico y Mijail Bajtin. A través de ellos quiero, en seguida, articular una idea amplia de la literatura y la historia con las obras concretas de nuestra literatura a las que prestaré atención en este libro.

TIEMPO Y ESPACIO DE LA NOVELA

1. VICO Y LA HISTORIA

UNO de los primeros intentos de organizar el conocimiento de la antigüedad americana se debió a un observador italiano, el caballero Lorenzo Boturini, quien a mediados del siglo XVIII viajó por México, Centroamérica y el Caribe. En 1746, dio a conocer sus comentarios en el libro titulado *Idea de una nueva historia general de la América Septentrional*. En efecto, lo que Boturini llevó a cabo en su libro fue aplicar el sistema de su compatriota Giambattista Vico, a quien había leído extensamente, al estudio del cosmos indígena de las Américas al norte del Istmo de Panamá. La actitud intelectual que el discípulo trajo al Nuevo Mundo fue la del maestro en el Viejo Mundo: el relativismo histórico, la convicción de que el valor de la historia es su variedad concreta, no su uniformidad abstracta.

Giambattista Vico nació en 1688 en Nápoles, a la sazón parte de la corona española, donde murió en 1744. En su libro *La ciencia nueva, o principios de una nueva ciencia relativa a la naturaleza común de las naciones* (1725), Vico se opone a los criterios del racionalismo, en particular a la distinción cartesiana de ideas "claras y distintas", objetivas y científicas, como el único camino para conocer la verdad. Estas ideas cartesianas existen con independencia de su desarrollo histórico o de su contexto cultural. Son la base de un conocimiento certificable: una ciencia de la naturaleza humana liberada, al fin, del mito, la superstición, la fábula y otros cocidos próximos a la hechicería.

Pero Vico, crítico radical del racionalismo, ve la superchería y el engaño, más bien, en la creencia en un conjunto objetivo, claro e invariable de ideas como presupuesto del conocimiento. Para Vico, conocer algo, conocerlo de verdad y no sólo percibirlo, requiere que el conocimiento mismo cree lo que quiere conocer. Sólo conocemos verdaderamente lo que nosotros mismos hemos creado. Las matemáticas cumplen esta condición: "Demostramos la geometría porque la hacemos", escribe Vico. La literatura la cumple. Y la historia también. La naturaleza no, porque fue creada por Dios. El mundo natural no es una creación humana: pero el mundo social e histórico —"el mundo de las naciones"— sí lo es y en consecuencia puede ser conocido.

¿Cómo conocemos la historia que es nuestra propia creación? Muy a tiempo, Vico hizo la crítica de un racionalismo que podía conducir —y condujo— al concepto de una naturaleza humana uniforme, invariable, correspondencia fiel del conjunto invariable de ideas objetivas necesario para el conocimiento. Temió la exclusión de la diversidad y potencialidad de las culturas creadas por hombres y mujeres en muy diversos momentos históricos, pasados y concurrentes con la concepción de lo universal y constante, propuesta por el racionalismo europeo.

Vico rechazó un concepto puramente lineal de la historia, concebida como marcha inexorable hacia el futuro, que se desprendía del presupuesto racionalista. Concibió la historia, en cambio, como un movimiento de *corsi e ricorsi*, un ritmo cíclico en virtud del cual las civilizaciones se suceden, nunca idénticas entre sí, pero cada una portando la memoria de su propia anterioridad, de los logros así como de los fracasos de las civilizaciones precedentes: problemas irresueltos, pero también valores asimilados; tiempo perdido, pero también tiempo recobrado.

Los *corsi e ricorsi* (cursos y recursos) ascienden en forma de espiral. No son, propiamente, parte de un tiempo circular como el imaginado por Borges, ni el eterno retorno evocado por Carpentier, sino el presente constante de las ficciones de Cortázar —el "presente continuo" del que habló Gertrude Stein: el presente propio de la literatura, la música, la pintura y la ciencia contemporáneas, inclusivo y fluido—. En cada uno de nuestros actos presentes, portamos todo lo que hemos hecho, genéricamente. La filosofía de la historia de Vico es una concepción inclusiva, pero, en primer lugar, es una concepción humana: sólo podemos conocer lo que nosotros mismos hemos hecho; la historia es nuestra propia fabricación; debemos conocerla porque es nuestra y porque debemos continuar haciéndola y recordándola. Si somos creadores de la historia, mantenerla es nuestro deber.

Vista como la tarea incluyente de la humanidad, la historia es para Vico la historia de la cultura, porque sólo la cultura conjuga las facetas múltiples de la existencia humana en un todo comprensible, aunque no abstracto. Vico fue detestado por la Ilustración dieciochesca porque reveló sus pretensiones eurocentristas, su ficción de una universalidad comprensible sólo en términos europeos. Y, como lo dice Isaiah Berlin en su incomparable estudio sobre Vico y Herder, "la noción de que la historia puede ser juzgada por normas absolutas, morales, estéticas, sociales, en virtud de las cuales la totalidad del pasado humano es en gran medida una historia de errores, crímenes y engaños —ésta es la piedra angular de la visión ilustrada—, es el absurdo corolario de la falaz creencia en una naturaleza humana fija, final e inmutable".

Para Vico, la naturaleza humana es una realidad variada, históricamente ligada, eternamente cambiante, móvil pero portando el equipaje de las creaciones culturales de la propia historia. Los hombres y las mujeres hacen su propia historia y lo primero que hacen es su lenguaje y, en seguida, basados en el lenguaje, sus mitos, y luego sus obras de arte, sus costumbres, leyes, maneras de comer, modas, organizaciones políticas, códigos sexuales, deportes, sistemas educativos, todo ello, dice Vico, en flujo perpetuo, todo ello siendo siempre.

El tenor verdaderamente universalista, contrario al eurocentrismo de la época, Vico lo da con esta visión generosa: "En la noche de espesas tinieblas que encubre las más remotas antigüedades... brilla la luz eterna y jamás menguante de una verdad incontrovertible: el mundo de la sociedad civil ha sido creado por los hombres, y sus principios, por lo tanto, han de encontrarse en las modificaciones de nuestra propia mente humana."

Semejante concepto de la historia humana no podía complacer, como lo indica Berlin, a la filosofía triunfalista de la Ilustración. No podía conciliarse la idea, que es la de Vico, de una historia hecha y compartida por muchas razas y civilizaciones en etapas diversas de desarrollo material, con la idea, que es la de David Hume, de que "nuestras facultades racionales, nuestros gustos y sentimientos, son perfectamente uniformes e invariables, subyacentes a, y condicionantes de, todo cambio histórico".

Este sofisma se sostiene sobre la teoría de que la naturaleza humana es constante, es la misma siempre y en todas partes, aunque lo que en verdad se considera como universal es sólo la naturaleza humana, históricamente determinada, de algunos europeos ilustrados del siglo XVIII, dado que el pasado es abolido como algo irracional. Puesto que es siempre la misma, la naturaleza ilustrada no puede ser histórica. Pero puesto que es siempre la misma, ha de ser universal.

Semejante fe sería llevada con entusiasmo por Clive a la India y por Rhodes al África negra, por Napoleón III a Indochina y por el Destino Manifiesto norteamericano a México, América Central y el Caribe. Revela la necesidad de una clase política, industrial y mercantil en ascenso, de contar con una identidad; transparentemente, nos muestra a una clase particular demandando una esencia universal, un papel mundial, al tiempo que se lo niega a las culturas opuestas al Occidente, sujetas al Occidente o, simplemente, ajenas al Occidente: el otro del Occidente. ¿Cómo es posible ser persa?, se pregunta un personaje de Montesquieu. En efecto, ¿cómo es posible ser vietnamita, mexicano, hindú o congolés, desde una perspectiva que niega la humanidad del otro para afirmar la propia universalidad? Desde 1690, John Locke había escrito que "asumimos que el entendimiento humano es, en todas partes, el mismo, aunque imperfectamente desarrollado en los idiotas, los niños y los salvajes."

Carentes de historia y de universalidad —todo lo que es diferente es ilusorio, diría Voltaire— los pueblos del Hemisferio Occidental —salvajes, niños o idiotas— nos unimos, sin embargo, en el entusiasmo de la independencia, la fe en el progreso y la negación del pasado, a lo que nos negaba. Quisimos, esta vez, llegar a tiempo a la mesa de la civilización: superar de un golpe lo que veíamos como retrasos indios, negros, mestizos, españoles, coloniales, contrarreformistas. Negamos lo que habíamos hecho —un mundo policultural y multirracial en desarrollo— y afirmamos lo que no podíamos ser —europeos modernos— sin asimilar lo que ya éramos —indo-afro-iberoamericanos—. El precio político y cultural fue muy alto. Mejor hubiéramos hecho en leer a Vico que a Voltaire.

El día de Vico llegaría en el siglo xx, cuando la riqueza de un pasado pluralista, vivido de manera concreta por muchas naciones y muchas razas, se volvió evidente. Es importante añadir que Vico reingresó a su hogar europeo a través de James Joyce, toda vez que el filósofo napolitano mantiene vigilia expresa sobre buena parte de la obra del novelista irlandés, particularmente *Finnegan's Wake*, que su autor define como un *vicociclómetro*, o medidor de los ciclos de Vico, los *corsi e ricorsi*.

Joyce vuelve a colocar a Vico en el centro de la cultura occidental, donde pertenece, porque Joyce, como Vico y a través de Vico, busca un mundo que no es externo a los acontecimientos, sino que vive en ellos, en la sustancia misma de la historia, como Leopold Bloom vive su día en el corazón de Dublín. Además, la experiencia del siglo xx fue vista muy pronto por Joyce en términos que esencialmente son los de Vico: la historia no es un progreso ininterrumpido, sino un movimiento en espiral, en el que los progresos alternan con factores recurrentes, muchos de ellos negativamente regresivos.

Finalmente, basado en Vico —*vicus of recirculation*— Joyce prefiere apostar más a la identidad cultural que al desarrollo. Y la identidad cultural, en el filósofo como en el novelista, tiene un origen presente, lo que Vico llama "la lógica auroral" del lenguaje. Vico y Joyce: un filósofo que se rehúsa a abarcar nada menos que la totalidad de la historia humana, que es sólo la historia de las creaciones culturales de la humanidad; y un novelista que se prohíbe a sí mismo abarcar nada menos que la épica total de Occidente, a fin de reírse de ella y de recrearla como lenguaje no oficial, no sancionado.

Ambos obtienen lo que quieren —una filosofía de la historia, en el caso de Vico; una novela histórica en el sentido más hondo, en el caso de Joyce— mediante una combinación de lenguajes pluralistas, variados, heterogéneos y centrífugos. Esto es, exactamente, lo que Mijail Bajtin atribuye al lenguaje de la novela.

2. BAJTIN Y LA NOVELA

Nacido en Orel, al sur de Moscú, en 1895, y muerto en Moscú mismo, en 1975, Mijail Bajtin desarrolló su deslumbrante obra crítica en las peores condiciones materiales, privado de oportunidades para enseñar y publicar en virtud de su manifiesta falta de entusiasmo hacia el dogma preestablecido y de su infatigable búsqueda de significados pluralistas en la sociedad y el arte. Empobrecido, físicamente baldado, Bajtin fue la víctima paradigmática del estalinismo. Como nunca se le acusó de nada, ni siquiera pudo ser rehabilitado durante la época del deshielo jruschoviano.

Bajtin distingue entre dos tipos de novela: la novela monológica, dominada por una sola voz, y la novela dialógica o polifónica, dominada por un diálogo con el mundo y por una palabra orientada hacia la palabra del otro.

Para Bajtin, en efecto, la novela es un campo de energía determinado por la lucha incesante entre las fuerzas centrípetas que desdeñan la historia, se resisten a moverse, desean la muerte y pretenden mantener las cosas juntas, unidas, idénticas; y las fuerzas centrífugas que aman el movimiento, el devenir, la historia, el cambio, y que aseguran que las cosas se mantienen variadas, diferentes, apartadas entre sí.

El reconocimiento de este combate lleva a Bajtin a encontrar en la escritura y lectura de novelas, un método de conocimiento basado en la comprensión de las relaciones entre el yo y el otro, que es comparable a la relación entre autor y personaje, o entre escritor y lector.

Mi voz, nos dice Bajtin, quizás signifique algo, pero en todo caso, mis palabras llegan envueltas en capas contextuales determinadas por las voces de los demás y por la pluralidad de lenguajes que viven dentro de cualquier sistema social. El lenguaje también está sujeto a fuerzas centrífugas y centrípetas y cualquier palabra, a fin de poseer un significado, tiene que tener dos caras. De quién es la palabra, sí, pero a quién va dirigida también.

Territorio ocupado por quien habla y por quien escucha, por quien escribe y por quien lee, la palabra es siempre algo compartido. Al nivel verbal, todos somos participantes, dependemos los unos de los otros y somos parte de una labor dinámica y perpetuamente inacabada, que consiste en crear al mundo creando la historia, la sociedad, la literatura.

En esta dinámica, advierte Bajtin, el otro es mi amigo. Sólo el otro puede otorgarme mi yo. Y es mi relación con el otro, la manera como lo veo, la manera como él me ve, lo que me hace consciente de que aún no soy, de que estoy siendo. De esta manera, para Bajtin todo significado está limitado por su contexto, pero paradójicamente, ese contexto no tiene límites. El hombre de semejante *ilimitación* es para Bajtin la *heteroglosia*, o sea la diversidad y pluralidad de lenguajes. En el mundo moderno, la novela es el lugar privilegiado donde se reúnen los lenguajes plurales, donde yo y el otro nos encontramos y proponemos una historia inacabada.

Bajtin le atribuye a la novela una revolución radical del discurso humano, una liberación fundamental de intenciones culturales y emocionales anteriormente sujetas a la hegemonía de un lenguaje unitario. De la pluralidad de contextos inherentes al lenguaje, el texto narrativo extrae y concierta una serie de confrontaciones dialógicas que le permiten al novelista darle a las palabras significados nuevos y, sobre todo, problemáticos. La novela es instrumento del diálogo en el sentido más amplio: no sólo diálogo entre personajes, sino entre lenguajes, géneros, fuerzas sociales, períodos históricos distantes y contiguos. La novela, dice Bajtin, es la expresión "galileica" del lenguaje. Más que un género entre otros, los usa a todos a fin de colocar tanto al autor como al lector dentro de una era de lenguajes competitivos, en conflicto.

Narrativa donde todo posee un significado alterno. Construcción verbal no-literaria, no realista, que concierta la confrontación dialógica entre lenguajes diversos. Forma abierta, forma incompleta que da fe de que "mientras el hombre viva, vive en virtud de su ser incompleto, de no haber dicho su última palabra". Estas características de la novela según Bajtin convienen soberanamente a un estudio de la novela hispanoamericana: forma incompleta, arena donde pueden reunirse historias distantes y lenguajes conflictivos, trascendiendo la ortodoxia de un lenguaje unitario o de una sola cosmovisión —trátese de los lenguajes y las visiones de la teocracia azteca, la Contrarreforma española, el racionalismo dieciochesco o el hedonismo postindustrial—.

Quisiera unir en este libro las ideas citadas por Vico y por Bajtin: la historia la hacemos nosotros; el pasado es parte del presente y el pasado histórico se hace presente a través de la cultura, demostrándonos la variedad de la creatividad humana, las ideas de Vico unidas a las ideas de Bajtin: la novela como un producto cultural que traduce dinámicamente los conflictos de la relación entre el ser propio y el ser ajeno, el individuo y la sociedad, el pasado y el presente, lo contemporáneo y lo histórico, lo acabado y lo inacabado, mediante una constante admisión de lo plural y diverso en el lenguaje y en la vida.

3. LA CRONOTOPÍA DE BORGES

Bajtin advierte que el proceso de asimilación de historia y literatura pasa por la definición de un tiempo y un espacio. Esta definición el crítico ruso la llama el "cronotopo", de *cronos:* tiempo y *topos:* espacio.

La cronotopía es el centro organizador de los eventos narrativos fundamentales de una novela. A ellos les pertenece el sentido que le da forma a la narrativa. El cronotopo hace visible el tiempo en el espacio y permite la comunicación del evento: es el vehículo de la información narrativa.

De allí, nuevamente, la importancia de Borges en la narrativa hispanoamericana. Su alabada desnudez retórica no es, para mí, un valor en sí, sino en cuanto revela límpidamente, a costa de sacrificios inevitables de densidad y extensión novelescas, a la cronotopía como protagonista de la narración. En *El Aleph* y *Tlön, Uqbar, Orbis Tertius,* el *espacio* es protagonista con los mismos títulos que un héroe de novela realista, como lo es el *tiempo* en *Funes el memorioso, Los inmortales* o *El jardín de senderos que se bifurcan.* Borges, en estas narraciones, designa un tiempo y un espacio totales, que sólo pueden ser aproximados por un conocimiento total. Con un guiño, el autor encierra este conocimiento total en la biblioteca total, pero sólo para hacernos sentir que el mundo de los libros está liberado de las demandas de la cronología o de la sucesión lineal: un autor, una biblioteca, un libro, significan todos los autores, todas las bibliotecas y todos los libros, presentes aquí, ahora, contemporáneos los unos de los otros no sólo en el espacio (la Biblioteca de Babel, el

Aleph) sino en el tiempo: Kafka junto a Dante junto a Shake-speare junto a Kafka junto a Borges.

Sin embargo, ¿quién percibe esto, quién puede tener si-multáneamente un libro por Borges y un libro por Cervan-tes entre las manos? ¿Quién es no sólo uno sino muchos? ¿Quién posee esta libertad? ¿Quién, aunque el poema sólo sea uno y universal (Shelley) y su autor el autor único de todos los libros escritos (Emerson), los lee: lee el libro y lee al autor?

La respuesta, claro está, es: ustedes, los Lectores. Nos-otros. Un libro, un tiempo, un espacio, una biblioteca, un uni-verso, pero muchos lectores, leyendo en muchos lugares y en muchos tiempos. Pues la condición para esa unidad de la literatura es la pluralidad de las lecturas. Borges acaso crea totalidades herméticas, de tiempo y espacio, como plantea-miento inicial e irónico de la narración, pero las traiciona en seguida con accidentes cómicos, particularizantes. Funes el memorioso, víctima de la totalidad hermética, lo recuerda todo. Siempre sabe qué hora es. Su problema, si no ha de convertirse en un pequeño dios involuntario, es reducir sus memorias a un número manejable —digamos, unas setenta mil—. Es decir: debe seleccionar y representar. Y es decir: debe convertirse en un artista; un relativista, no un abso-lutista. Puede concebir un tiempo, un espacio y un conoci-miento ideales, pero el poder sobre semejantes absolutos está en manos de quienes los conciben, y éstos son siempre seres plurales, imperfectos, mortales: nosotros, los mantene-dores de la memoria y el deseo, de la tradición y de la creación, en el orden histórico de Vico.

La cronotopía absoluta se vuelve relativa mediante la lec-tura. Cada libro es un ente inagotable y cambiante simple-mente porque, constantemente, es leído. El libro es un espejo que refleja el rostro del lector. El tiempo de la escritura puede ser finito y crear, sin embargo, una obra total, absolu-ta: pero el tiempo de la lectura, siendo infinito, crea cada vez que es leída una obra parcial, relativa. En *El jardín de senderos que se bifurcan*, el narrador concibe cada posibilidad del tiempo, pero se ve obligado a reflexionar que "todas las cosas le pasan a uno, precisamente ahora. Siglos de siglos y sólo en el presente ocurren los hechos..." De tal manera que sólo en el presente leemos la historia, y aunque la historia se ofrezca a sí misma como versión única de los hechos, nosotros, los lectores, quebramos este intento de unidad. El narrador de *El jardín de senderos que se bifurcan*, significativamente, lee dos versiones del "mismo capítulo épico". No la versión ortodoxa, única, sino una segunda versión, heterodoxa: no sólo la reforma, sino la contra-reforma; no sólo la conquista, sino la contra-conquista.

Cuando Pierre Menard se dispone a escribir el *Quijote*, nos está diciendo que cada escritor se crea sus propios antepasados. En literatura, una ley fundamental de la física y de la lógica es constantemente violada: la causa sigue al efecto. El tiempo literario es reversible porque, en cada momento, la totalidad de la literatura nos está siendo ofrecida a los lectores: al leerlo, nosotros nos convertimos en la causa de Cervantes; pero a través de nosotros, los lectores, Cervantes (y Borges) se vuelven nuestros contemporáneos —pero también contemporáneos entre sí—. Pierre Menard es el autor de *Don Quijote* porque cada lector es el autor de lo que lee.

De esta manera, en los relatos de Borges se cumplen plenamente los presupuestos de Vico y de Bajtin: nosotros creamos la historia porque nosotros leemos la historia, dejándola abierta a nuevas lecturas a través de "las puertas del cronotopo".

4. Hacia una cronotopía iberoamericana

Cronotopía total, la de Borges permitió que nuestros escritores entendieran, simultáneamente, tres realidades. La primera fue la realidad universal del tiempo y el espacio modernos, relativistas aunque inclusivos. En la cronotopía borgiana se encuentran, narrativamente vivos, Einstein y Heisenberg. La posición de los objetos en el espacio sólo puede ser definida en su relación *relativa* con otros objetos en el espacio. El orden temporal de dos eventos no es independiente del observador del evento. El observador no puede separarse de un punto de vista. Tiene que ser considerado como parte del sistema. No puede haber sistemas cerrados, porque cada observador describirá el fenómeno de manera distinta. Necesita, para hacerlo, un lenguaje. Por lo tanto, el espacio y el tiempo son elementos de un lenguaje usado por un observador para describir su entorno. El espacio y el tiempo son lenguaje; el espacio y el tiempo son nombres en un sistema descriptivo abierto y relativo. Si esto es cierto, el lenguaje puede dar cabida a diferentes tiempos y espacios: precisamente los "tiempos divergentes, convergentes y paralelos" de Borges.

Uno de esos tiempos, ejemplarmente, es el de la América Española. Área policultural y multirracial, la nuestra se caracteriza por ser heredera de una gran variedad de tradiciones. Éstas incluyen, por lo menos, el mundo mítico de las civilizaciones prehispánicas y la herencia mediterránea traída por España al Nuevo Mundo: tradición grecolatina viva en las disyuntivas temporales: permanecer o fluir; en el apego al derecho escrito y a la filosofía estoica; inmersión en la filosofía cristiana, sus dogmas, jerarquías y promesas. Renacimiento y Contrarreforma, conquista y contraconquista, supervivencia judía, aporte africano; nueva civilización mestiza, criolla, indígena y negra. Los intentos de modernización, a partir del siglo XVIII, han fracasado cuando han hecho caso omiso de la poderosa tradición policultural anterior a ellos. La Ilustración, la Reforma liberal, el positivismo, el marxismo y las filosofías del mercado —de Adam Smith a Ronald Reagan— no han sobrevivido a los tiempos y temas más antiguos de nuestra convivencia cultural. Más bien dicho: sólo sobreviven en la medida en que actúan sobre ese fondo cultural. Negarlo, es repetir el error más costoso de la Independencia decimonónica, anti-española, anti-india y anti-negra.

La dialéctica del relativismo y de la policultura nos hace comprender a los iberoamericanos que la modernidad en sus diferentes apariciones, ligada a la Ilustración borbónica, la Revolución francesa, el romanticismo rousseauniano, el liberalismo y el positivismo, el marxismo y el capitalismo, es, en cada ocasión, el lenguaje relativo de un observador que sólo con enormes riesgos niega lo que, desde su punto de vista relativo, no puede ver: la policultura indo-afro-ibe-roamericana.

A partir de Borges, la narrativa hispanoamericana asume la paradoja de la relatividad para dar cuenta de la totalidad. Ésta, a veces, es invisible. Pero una concepción inclusiva del tiempo, o más bien de los tiempos "divergentes, convergentes y paralelos", comprende, asimismo, los lenguajes capaces de representar la variedad de los mismos. La épica, el drama, la poesía, la novela, el mito, son géneros que le dan forma a diversos lenguajes que, a su vez, representan una pluralidad de tiempos.

La novela hispanoamericana participa, claro está, de una aproximación universalizada hacia el fenómeno narrativo, entendido como inevitable cronotopía. La relación/relativa del observador/lector/narrador en el tiempo y el espacio adquiere en la novela occidental contemporánea categoría de principio creativo. El eje temporal priva en la novela europea y norteamericana escrita entre 1910 y 1930. Gide, Proust, Mann, Virginia Woolf, Döblin, Broch, Hesse, Kafka, Joyce, Faulkner, Dos Passos, se muestran preocupados con crear tiempo, negar tiempo, combinar tiempo. Simultaneidad y secuencia, sincronicidad, tiempo progresivo y tiempo mítico, son elementos esenciales de composición, en grado diverso, para todos ellos. El tiempo como olvido: Kafka. La liberación del orden del tiempo: Proust. El tiempo como creación narrativa: Faulkner. La incapacidad de dominar al tiempo: Dos Passos. La revolución en la novela moderna es, en gran medida, una rebelión contra la noción sucesiva y discreta del tiempo y, por extensión, de la noción de un solo tiempo, una sola civilización, un solo lenguaje. Joyce, en nombre de Vico, le da la puntilla al tiempo de la Ilustración.

Pero el espacio literario sufre una revolución comparable. Más que nadie, Joseph Frank lo ha hecho notar, sobre todo en relación con la poesía. Eliot y Pound yuxtaponen los elementos del poema en la página a fin de que el poema pueda ser *visto* plenamente y, simultáneamente, comprendido, al terminar la lectura, como una presencia en el espacio, inseparable de la temporalidad del poema. Para Pound, "una imagen presenta un complejo intelectual y emocional en un instante de tiempo". El lector debe aprehender la obra en un momento del tiempo, más que como una secuencia. Y esa instantaneidad requiere un despliegue espacial apropiado: una *cronotopía*.

Borges hace explícita, para la narrativa hispanoamericana, esta cronotopía moderna. Sus relatos son incomprensibles sin la inteligencia de una diversidad de tiempos y espacios que revelan una diversidad de culturas. Quizás sólo un argentino —desesperado verbalizador de ausencia— podía asumir de manera tan completa la totalidad cultural del Occidente para demostrar, no sé si a pesar suyo, la parcialidad de un eurocentrismo negado por la revolución de la conciencia cultural moderna. Ya no hay centros exclusivos o aislados de la cultura. Las excentricidades de Herder —sólo Europa es histórica— o de Hegel —América es un todavía no, un *nondum*— dejaron de ser centrales cuando la violencia histórica generalizada del siglo XX demostró que todos somos excéntricos y que ser excéntrico es la única manera de ser central.

Esta nueva ubicación, en la que la *Kultura* absoluta y central desaparece para convertirse en la suma, tensión y aportación de culturas variadas, implica también un nuevo tiempo, en el que no se le niega presente al pasado, pues éste puede ser, en efecto, el único presente de una cultura viviente.

Asistimos, en otras palabras, al fin de lo que, desde el siglo XVIII, pasó por la modernidad. La salvaje negación del pasado, considerado por Voltaire como oscuro escenario de la barbarie, y la entronización del futuro como meta cuasiparadisiaca de la historia por Condorcet, negó los frutos de la Ilustración a quienes no participasen de una universalidad definida, exclusivamente, por la realidad histórica de la clase media, intelectual y social de la Europa ilustrada y revolucionaria. Unirse a este proyecto nos pareció a los "latino"-americanos, en el siglo XIX, la única fórmula de la salud. La Ilustración y la Revolución francesas nos ofrecían, a cambio de nuestra adhesión ideológica, lo que Europa estaba segura de obtener identificando su salud con la marcha hacia el porvenir: felicidad y progreso. La convicción de que bastaría trasladar las leyes progresistas del Occidente a Venezuela, Bolivia o Guatemala, para transformarnos en naciones democráticas y prósperas, creó entre nosotros un terrible divorcio entre la nación legal y la nación real.

No fue fatal, aunque sí evidente, que nuestra adhesión a un solo tiempo —la presunta universalidad europea, portadora del progreso y la felicidad— sacrificó nuestros tiempos. La América independiente negó al pasado, indio, africano e ibérico, identificado con el retraso denunciado por la Ilustración; adoptó las leyes de *una* civilización pero aplastó las de *nuestras* civilizaciones múltiples; creó instituciones para la libertad que fracasaron porque carecían de instituciones para la igualdad y la justicia. Auspiciamos, en el mejor de los casos, un impulso para la educación —Sarmiento, Bello, Lastarria— generoso, pero vulnerado por su negación, implícita o explícita, de la policultura afro-indo-ibérica. Y, en el peor de los casos, resolvimos la contradicción entre libertad y justicia cayendo en los extremos de la anarquía o el despotismo. Segadas las fuentes del presente, que son el pasado como memoria y el porvenir como deseo, no escribimos novelas extraordinarias. Una gran promesa, compleja, conflictiva y contradictoria —*El Periquillo Sarniento* de Fernández de Lizardi— permaneció como ficción latente, ante el ascenso sentimental y romántico de las narraciones de Esteban Echeverría, José Mármol y Jorge Isaacs; el correctivo naturalista de Blest Gana, Rabasa y Gamboa; y el entretenimiento folletinesco de Payno, Inclán y Riva Palacio. Nuevamente, son dos libros argentinos —¡verbalízame, Argentina!— los que apuntan más lejos: la apasionada crónica de Sarmiento, *Facundo,* y el poema gauchesco de Hernández, *Martín Fierro.* Celebración del porvenir civilizado, denuncia de la barbarie histórica, Sarmiento el liberal ilustrado al menos reconoce claramente ese pasado, establece una relación entre lo que somos y lo que fuimos. Y el *Martín Fierro* es un poema de la errancia, del desplazamiento, de la vida popular inerme, indispensable para entender qué cosa ocurre cuando, armado, un pueblo revela, en la revolución, la presencia de los tiempos anteriores.

Indo-Afro-Iberoamérica tiene un solo gran novelista decimonónico: el brasileño Machado de Assis, quien tuvo la fortuna de leer y la inteligencia de dejarse influir por la otra cara de la Ilustración dieciochesca. No la cara ideológica, eurocentrista y, al cabo, monótonamente dogmática de Voltaire —¿cuántas veces habrá escrito el patriarca de Ferney su *slogan* obsesivo, *écrasez l'infamme;* cuántas veces habrá dogmatizado acerca de la salvación por la *élite* filosófica; cuántas veces habrá despreciado toda iniciativa desde abajo, proveniente de la ralea sin ilustración?— Machado conoce y entiende, en vez, la cara curiosa, dialéctica, abierta a todo lo real, de Diderot. Machado es lector de la novela suprema de la realidad ofrecida como repertorio de posibilidades: *Jacques el fatalista.* Machado conoce un siglo XVIII libre, creador, dotado de humor, y lo trae a Brasil. *Las Memorias póstumas de Blas Cubas* es la más grande novela iberoamericana del siglo pasado, y sus enseñanzas libérrimas sólo serán entendidas, en el continente hispanoparlante, hasta bien entrado el siglo XX. Sólo entonces, la novela hispanoamericana hace explícito que no hay narración sin tiempo y espacio conscientes, críticos. Que tiempo y espacio son conceptos relativos y creaciones del lenguaje. Que así como hay muchos tiempos y espacios, hay muchos lenguajes para nombrarlos. Que el pasado tiene una presencia y que la literatura es la forma potencial donde tiempos y espacios se dan cita imaginaria, se conocen y se recrean. Variedad de tiempos —divergentes, convergentes, paralelos—; variedad de espacios —Tlön, Uqbar, Orbis Tertius—; variedad de culturas —azteca, quechua, grecorromana, medieval, renacentista—; y variedad de lenguajes para representar la variedad misma de tiempos, espacios y culturas. Variedad genética, asimismo, para dar cabida a la variedad lingüística: épica, drama, novela, poesía, mito.

Esta relación salta a la vista en Miguel Ángel Asturias —mito prehispánico y novela moderna—, en Alejo Carpentier —utopía renacentista y novela moderna—, en José Lezama Lima —cultura del barroco y novela moderna— y en Gabriel García Márquez —mito, utopía y épica reunidos en el lenguaje narrativo moderno—. El encuentro de los primeros cronistas —Cabeza de Vaca, Bernal Díaz del Castillo, Cieza de León, Poma de Ayala, Orellana, Fernández de Oviedo— y los novelistas contemporáneos constituye uno de los hechos más llamativos de nuestra novela contemporánea. Significa que nuestra verdadera modernidad —tan crítica, contradictoria y en entredicho actualmente— pasa por un encuentro con la vigencia de nuestro pasado. De lo contrario, se convierte en una forma de orfandad: ni *Mother* ni *Dad*.

Nombre y voz, memoria y deseo, son los lazos de unión profunda entre nuestros orígenes, nuestro presente y nuestro porvenir. En novelas como *Los pasos perdidos* y *Cien años de soledad*, es deslumbrante el encuentro directo, afectivo, de la crónica del siglo XVI con la novela del siglo XX. Nacido de la empatía y el reconocimiento mutuos, el hecho nos demuestra, también, el poder apenas explotado de la novela para acercar lo que estaba separado. No sólo personajes, sino, como lo pensó Bajtin, épocas históricas, civilizaciones: tiempos, espacios. La novela hispanoamericana se conoce (a sí misma, por los demás) cuando se reconoce en sus textos de fundación: las Crónicas de Indias. Y en sus visiones fundadoras, que son las del renacimiento que nos trae la herencia mediterránea y medieval, vence a las mitologías indígenas, proyecta una mitología europea: la edad de oro, la utopía, y derrota a ambas con la lógica implacable de la necesidad épica, dejando un espacio, sin embargo, para la reflexión irónica y la aspiración de libertad, rescatando la propia cultura de los vencidos. Crónicas de Indias, sí, pero también Moro, Maquiavelo y Erasmo. *Popol Vuh*, sí, pero también *Utopía*, *El príncipe* y el *Elogio de la locura*.

5. Imaginación, memoria y deseo

Nos miramos en los espejos del origen que nos presenta la novela iberoamericana, y entendemos que todo descubrimiento es un deseo, y todo deseo, una necesidad. Inventamos lo que descubrimos; descubrimos lo que imaginamos. Nuestra recompensa es el asombro. Describimos lo maravilloso, como Bernal Díaz del Castillo describe la capital lacustre de los aztecas tendida a sus pies: "Parecía a las cosas de encantamiento que cuentan en el libro de Amadís... y aun algunos de nuestros soldados decían que si aquello que veían si era entre sueños..."

El descubridor es el deseador, el memorioso, el nominador y el voceador. No sólo quiere descubrir la realidad; también quiere nombrarla, desearla, decirla y recordarla. A veces, todo ello se resume en otro propósito: imaginarla.

Todo deseo tiene un objeto y este objeto, como lo sugiere Buñuel, es siempre oscuro, porque queremos no sólo poseer sino transformar el objeto de nuestro deseo. No hay deseo inocente; no hay descubrimiento inmaculado; no hay viajero que, secretamente, no se arrepienta de dejar su tierra y tema no regresar nunca a su hogar.

El deseo, sin embargo, nos arrastra porque no vivimos solos. Todo deseo es imitación de otro deseo que queremos compartir, poseer para nosotros y suprimir la diferencia entre el objeto y nosotros. El viaje, el descubrimiento, desemboca en la conquista: queremos el mundo para transformarlo. Colón descubre en las islas la edad de oro y el buen salvaje. A éste lo envía encadenado a España; y la edad de oro pasa a ser la edad de hierro. La melancolía de Bernal Díaz es la de un peregrino que encuentra la visión del paraíso y en seguida debe destruir lo que ama. El asombro se convierte en dolor pero ambos son salvados por la memoria. Ya no deseamos para viajar, descubrir, conquistar; ahora recordamos para no volvernos locos y poder dormir.

La historia desprovista de imaginación es sólo la violencia que, como Macbeth, asesina al sueño. La gloria terrestre depende de la violencia y se revela, desenmascarada por la imaginación, como muerte. Bernal Díaz, el cronista, el escritor, sólo puede recordar. Allí el descubrimiento sigue siendo maravilloso, el jardín sigue intacto, el fin es un nuevo comienzo y la destrucción de la guerra coexiste con la aparición de un mundo nuevo, nacido de la catástrofe.

La catástrofe que se consume en sí misma carece de sentido. La tragedia, escribe María Zambrano, es lo que rescata a la destrucción de la insignificancia. Pero añade que la tragedia, para existir, requiere tiempo. Este tiempo es definido por Max Scheler como el necesario para transmutar la catástrofe en conocimiento.

Ese tiempo no existió en el drama histórico de la América india y española. La precipitación de la épica de la conquista destruyó la utopía renacentista, pero ésta subsistió como el ideal, renovado una y otra vez, con los nombres de arte a veces, de progreso otras, de revolución o de tradición, de regreso a los orígenes o de aceleración del porvenir, a lo largo de nuestra historia.

La utopía ha sido el ala constante que planea en nuestro firmamento, pero también ha sido la más pesada piedra de nuestros empeños de Sísifo. Como el albatros de Coleridge, si algún día voló, hoy parece más bien la carga que doblega nuestras espaldas.

La conquista fue empresa de utopía para unos, de evangelización para otros, de lucro, de poder político y de afirmación individualista para los más. La tragedia no tenía lugar en su movimiento. Suplimos su ausencia y todas nuestras contradicciones rescatando el derecho de nombrar y de dar voz, de recordar y de desear. Nombre y voz, memoria y deseo, nos permiten hoy darnos cuenta de que vivimos rodeados de mundos perdidos, de historias desaparecidas. Esos mundos y esas historias son nuestra responsabilidad: fueron creados por hombres y mujeres. No podemos olvidarlos sin condenarnos a nosotros mismos al olvido. Debemos mantener la historia para tener historia. Somos los testigos del pasado para seguir siendo los testigos del futuro.

Entonces nos damos cuenta de que el pasado depende de nuestro recuerdo aquí y ahora, y el futuro, de nuestro deseo aquí y ahora. Memoria y deseo son imaginación presente. Éste es el horizonte de la literatura.

ESPACIO Y TIEMPO DEL NUEVO MUNDO

I

EL HISTORIADOR mexicano Edmundo O'Gorman sugiere que
América no fue descubierta: fue inventada. Y fue inventada, seguramente, porque fue necesitada. En su libro *La invención de América*, O'Gorman habla de un hombre europeo
que era un prisionero de su mundo. La cárcel medieval estaba fabricada con las piedras del geocentrismo y la escolástica, dos visiones jerárquicas de un universo arquetípico, perfecto, incambiable aunque finito, porque era el lugar
de la Caída.

La naturaleza del Nuevo Mundo confirma el hambre de
espacio del Viejo Mundo. Perdidas las estructuras estables
del orden medieval, el hombre europeo se siente disminuido
y desplazado de su antigua posición central. La tierra se em-
pequeñece en el universo de Copérnico. Las pasiones —la
voluntad sobre todo— se agrandan para compensar esta dis-
minución. Ambas conmociones se resuelven en el deseo de
ensanchar los dominios de la tierra y del hombre: se desea
al Nuevo Mundo, se inventa al Nuevo Mundo, se descubre al
Nuevo Mundo; se le nombra.

De esta manera, todos los dramas de la Europa renacentista van a ser representados en la América europea: el drama maquiavélico del poder, el drama erasmiano del humanismo, el drama utópico de Tomás Moro. Y también el
drama de la nueva percepción de la naturaleza.

Si el Renacimiento concibió que el mundo natural estaba
al fin dominado y que el hombre, en verdad, era la medida de todas las cosas, incluyendo la naturaleza, el Nuevo
Mundo se reveló de inmediato como una naturaleza despro-
porcionada, excesiva, hiperbólica, inconmensurable. Ésta es

una percepción constante de la cultura iberoamericana, que nace del sentimiento de asombro de los exploradores originales y continúa en las exploraciones de una naturaleza sin fin en libros como *Os sertões* de Euclides da Cunha, *Canaima* de Rómulo Gallegos, *Los pasos perdidos* de Alejo Carpentier, *Gran sertón: veredas* de Guimarães Rosa y *Cien años de soledad* de Gabriel García Márquez. Pero, significativamente, este mismo asombro, este mismo miedo ante una naturaleza que escapa de los límites del poder humano, ruge sobre el páramo del rey Lear y su "noche helada". Nos "convertirá a todos en necios y locos", gime Lear.

El Nuevo Mundo es descubierto (perdón: inventado, imaginado, deseado, necesitado) en un momento de crisis europea: la confirma y la refleja. Para el cristianismo, la naturaleza es prueba del poder divino. Pero también es una tentación: nos seduce y aleja de nuestro destino ultraterreno; la tentación de la naturaleza consiste en repetir el pecado y el placer de la caída.

En cambio, la rebeldía renacentista percibe a la naturaleza como la razón de cuanto existe. La naturaleza es el aquí y ahora celebrado por los inventores del humanismo renacentista: el poeta Petrarca, el filósofo Ficino, el pintor Leonardo. El Renacimiento nace —por así decirlo— cuando Petrarca evoca la concreción del día, la hora, la estación florida en que por primera vez vio a Laura —una amante de carne y hueso, no una alegoría— cruzar el puente sobre el Arno:

> Bendito el día y el mes y el año
> y la estación y el tiempo, la hora, el punto,
> el hermoso país y el lugar donde yo me reuní
> con dos bellos ojos, que me han ligado...
>
> *Soneto* XXIX

En 1535, Gonzalo Fernández de Oviedo, el conquistador español y gobernador de la fortaleza de Santo Domingo, escribió una maravillosa *Historia natural de las Indias* y rápidamente enfrentó este problema, que yace en el corazón de las relaciones entre el Viejo y el Nuevo Mundo. La actitud de Oviedo hacia las tierras recién descubiertas, nos dice su biógrafo italiano, Antonello Gerbi, pertenece tanto al mundo cristiano como al renacentista. Pertenece al cristianismo porque Oviedo se muestra pesimista hacia la historia. Pertenece al Renacimiento porque se muestra optimista hacia la naturaleza. De esta manera, si el mundo de los hombres es absurdo y pecaminoso, la naturaleza es la razón misma de Dios y Oviedo puede cantar el ditirambo de las nuevas tierras porque son tierras sin historia: son tierras sin tiempo. Son utopías intemporales.

América se convierte en la Utopía de Europa. Una utopía inventada por Europa, como escribe O'Gorman. Pero también una utopía deseada y por ello una utopía necesitada. ¿Necesaria también?

Sin embargo, la Utopía americana es una utopía proyectada en el espacio, porque el espacio es el vehículo de la invención, el deseo y la necesidad europeos en el tránsito entre el Medievo y el Renacimiento. La ruptura de la unidad medieval se manifiesta primero en el espacio. Las ciudades amuralladas pierden sus límites, sus contrafuertes se cuartean, sus puentes levadizos caen para siempre y a las nuevas ciudades abiertas —ciudades de don Juan y Fausto, la ciudad de la Celestina— entran atropelladamente las epidemias del escepticismo, el orgullo individual, la ciencia empírica y el crimen contra el Espíritu Santo: las tasas de interés. Entran el amor y la imaginación sin Dios, como los conciben la Cleopatra de Shakespeare y el Quijote de Cervantes.

Antes de ser tiempo, la historia moderna fue espacio porque nada, como el espacio, distingue tan nítidamente lo viejo de lo nuevo. Colón y Copérnico revelan una hambre de espacio que, en su versión propiamente hispanoamericana, culmina irónicamente en la historia contemporánea por Jorge Luis Borges, *El Aleph*: el espacio que los contiene todos (el Aleph) no depende de una descripción minuciosa y realista de todos los lugares en el espacio; sólo es visible simultáneamente, en un instante gigantesco: todos los espacios del Aleph ocupan el mismo punto, "sin superposición y sin transparencia": "cada cosa era infinitas cosas... porque yo claramente la veía desde todos los puntos del universo. Vi el populoso mar, vi el alba y la tarde, vi las muchedumbres de América, vi una plateada telaraña en el centro de una negra pirámide, vi un laberinto roto (era Londres)... vi todos los espejos del planeta y ninguno me reflejó..."

La ironía de esta visión es doble. Por una parte, Borges debe enumerar lo que vio con simultaneidad, porque una visión puede ser simultánea, pero su transcripción ha de ser sucesiva, ya que el lenguaje lo es. Y por otra parte, este espacio de todos los espacios, una vez visto, es totalmente inútil a menos que lo ocupe una historia personal. En este caso, la historia personal de una mujer hermosa y muerta, Beatriz Viterbo, "alta, frágil" y con "una como graciosa torpeza, un principio de éxtasis" en su andar.

Una historia personal. Y la historia es tiempo.

No es gratuito que Borges, a guisa de exergo, inicie el cuento con una cita de *Hamlet:* "Oh Dios, podría encerrarme en una cáscara de nuez, y sentirme rey del infinito espacio..."

Cervantes y Shakespeare, inventores del mundo moderno, convierten el jubiloso y escarnecido descubrimiento del espacio en un hecho problemático. Cervantes, el comediante de la imaginación humana, envía a don Quijote fuera de su espacio —la aldea anónima de La Mancha—, que es el espacio limitado y seguro de la Edad Media, al vasto espacio del Renacimiento: los caminos abiertos del "valiente mundo nuevo". Allí, don Quijote descubre, con dolor y alegría también, que el espacio del mundo ha cambiado para siempre y que su encargo mayor es el de aceptar la diversidad y mutación del universo sin sacrificar la capacidad mental para la analogía y la unidad, a fin de que este mundo cambiante no se convierta en un mundo sin sentido.

Y Shakespeare, el dramaturgo de la voluntad humana, llena el nuevo espacio del humanismo con preguntas, dudas y temores irracionales, como si todas las cosas hubiesen perdido su armonía a cambio del mero "sonido y la furia". En el alba de su afirmación individualista, en la cima de su descubrimiento personal, en el instante mismo en el que reclama al mundo como centro de todas las cosas y a sí mismo como centro del mundo, el hombre se siente disminuido por la rápida expansión del universo y por los usos crueles, destructivos, fragmentarios y rencorosos que puede darle a su razón, a su orgullo y a su poder recién liberados. ¿Hay exclamación más terrible que la de Lady Macbeth?:

> Aséxuame ahora mismo
> y lléname de la coronilla a los pies
> con la más terrible crueldad.

> [*Unsex me here*
> *And fill me from the crown to the toe top full*
> *Of direst cruelty* (I.v.46)]

El dramaturgo inglés y el novelista español son fundadores del mundo moderno. Uno de ellos, el mundo inglés de Shakespeare, se adaptará a la modernidad, y la impulsará como ninguna otra nación. El otro, el mundo español de Cervantes, rehusará la modernidad y le opondrá los mayores obstáculos. Pero en su origen, ambos mundos comparten el deseo del espacio y lo descubren inventándolo.

Los viajes de exploración son, por ello, tanto causa como reflejo de esta hambre de espacio. Los descubridores y conquistadores son hombres del Renacimiento. José Antonio Maravall, historiador español, incluso describe el Descubrimiento de América como una gran hazaña de la *imaginación* renacentista.

Estos hombres, llenos de la confianza que les daba saberse actores de su propia historia, aunque ello signifique también ser víctimas de sus propias pasiones, no llegaron solos. La *Pinta*, la *Niña* y la *Santa María* fueron seguidas por la nave de los locos, la *navis stultorum* del famoso grabado de Brandt. El vigía se llamaba Maquiavelo, Tomás Moro era el piloto en nuestra embarcación de los necios y el cartógrafo era el encorvado y vigilante Erasmo de Rotterdam. Sus respectivas consignas, los estandartes de su nave eran, respectivamente, *esto es, esto debe ser* y *esto puede ser.*

Maquiavelo venía de la Italia pulverizada de las ciudades-estado y sus conflictos: un mundo de violencia para el cual Maquiavelo reclamaba un jefe realista, terrenal pero también poseído del idealismo necesario para construir una nación y un Estado. Moro venía de la Inglaterra que perdía su inocencia agraria y capitulaba ante las exigencias del *enclosure*, la partición de las antiguas tierras comunales y su entrega a la explotación y concentración capitalista. Erasmo, en fin, era el observador irónico de la locura histórica, testigo a la vez de Topía y de Utopía, de la razón y de la sinrazón, tanto de la fe tradicional como del nuevo realismo. A ambas —la razón y la fe— las conmina Erasmo a ser razonables, es decir, relativas. El humanismo erasmista significa el abandono de los absolutos, sean de la fe o de la razón, a favor de una ironía capaz de distinguir el saber del creer, y de poner cualquier verdad en duda, pues "todas las cosas humanas tienen dos aspectos". Esta razón relativista del humanismo es juzgada una locura para los absolutos de la Fe y de la Razón. Erasmo traza en sus cartas una ruta intermedia entre la *realpolitik* y el idealismo, entre topía y u-topía: su ironía significa un compromiso sonriente entre la fe y la razón, entre el mundo feudal y el mundo comercial, entre la ortodoxia y la reforma, entre el rito externo y la convicción interna, entre la apariencia y la realidad. No desea sacrificar ningún término: es el padre de Cervantes y de las ficciones irónicas que, entre nosotros, culminan en Borges y Cortázar. De allí el elogio de la locura, cuyo título latino es *Moraei Encomium*, que es también, de esta manera, el elogio de Moro.

En el Nuevo Mundo, Moro buscaba una sociedad basada nuevamente en el derecho natural y no en la expansión desordenada del capitalismo. Era preferible imaginar una utopía que compartiese las virtudes y los defectos de las sociedades precapitalistas, cristianas o salvajes.

El realismo político y la energía de Maquiavelo; el sueño de una sociedad humana justa de Tomás Moro; y el elogio erasmiano de la postura irónica que permite a los hombres y a las mujeres sobrevivir sus locuras ideológicas. Los tres harán escalas en el Nuevo Mundo.

Pero a menudo les resulta difícil —incluso imposible— llegar a buen puerto, porque la nave de los locos barrena en los bajíos del individualismo estoico que España hereda de Roma y transmite a América; o se inmoviliza en el mar de los sargazos del organicismo medieval; o es golpeada por las exigentes tormentas de la autocracia imperial.

Erasmo, Moro y Maquiavelo llegan al Nuevo Mundo a pesar de estos accidentes, llegan porque son parte, no de la herencia romana y medieval de América, sino de la "invención de América".

Tengo en mi estudio las reproducciones de los retratos de Tomás Moro y Desiderio Erasmo por Holbein *el Joven*, mirándose el uno al otro mientras yo los miro a ellos. Confieso mi temor de tener cerca de mí un retrato de Maquiavelo. Su rostro impenetrable tiene algo del animal rapaz, la mirada afilada y hambrienta que Shakespeare atribuye a Casio en el drama *Julio César*. Y añade Shakespeare, como si describiese al florentino: "Piensa demasiado. Tales hombres son peligrosos."

Erasmo y Moro, en cambio, poseen tanto gravedad en sus actitudes como una chispa de humor en las miradas, representando perpetuamente su primer encuentro, en el verano de 1499, en Hertfordshire:

—Tú debes ser Moro o nadie.
—Y tú debes ser Erasmo, o el Diablo.

Si Nicolás Maquiavelo se hubiese unido a ellos, ¿qué habría añadido? Quizás sólo esto: "Todos los profetas que llegaron armados tuvieron éxito, mientras que los profetas desarmados conocieron la ruina."

Esta gran tríada renacentista escribió sus delgados y poderosos volúmenes dentro de la misma década: El *Elogio de la locura* de Erasmo aparece en 1509; la *Utopía* de Tomás Moro en 1516; y Maquiavelo termina su *Príncipe* en 1513, aunque el libro sólo es publicado póstumamente, en 1532.

Los tres libros, en fechas distintas, hacen su aparición en el Nuevo Mundo. La *Utopía* de Moro, como nos lo ha enseñado Silvio Zavala, es el libro de cabecera del obispo de Michoacán, Vasco de Quiroga, y le sirve de modelo para la creación de sus fundaciones utópicas, en Santa Fe y Michoacán, en 1535. También la leyó el primer obispo de México, fray Juan de Zumárraga. El *Elogio de la locura* se encontraba en la biblioteca de Hernando Colón, el hijo del Descubridor, en 1515, y la obra más influyente del sabio de Rotterdam en España, el *Enchiridion*, es traducida en 1526 y se transforma en el evangelio de un cristianismo interno y personalizado, en oposición a las formas puramente externas del ritual religioso. *El príncipe*, en fin, es publicado en traducción castellana en 1552 e incluido en el *Index Prohibitorum* por el cardenal Gaspar de Quiroga en 1584.

Llegan a nosotros, de esta manera, "a pesar de", no "gracias a". Como el continente mismo, ellos son, en cierto modo, figuras inventadas, deseadas, necesitadas y nombradas por el "nuevo mundo" que primero fue imaginado y luego encontrado por Europa.

La disolución de la unidad medieval por el fin del geocentrismo y el descubrimiento del Nuevo Mundo da origen a las respuestas de Maquiavelo, Moro y Erasmo: *Esto es. Esto debe ser. Esto puede ser.* Pero esas respuestas del tiempo europeo son contestaciones a preguntas sobre el espacio americano. No hay sindéresis real. Como el Nuevo Mundo carece de tiempo, carece de historia. Son respuestas a una interrogante sobre la naturaleza del espacio del Nuevo Mundo y transforman a éste en utopía. De allí su contrasentido, pues Utopía, por definición, es el lugar imposible: el lugar que no es. Y sin embargo, aunque no hay tal lugar, la historia de América se empeña en creer que no hay *otro* lugar. Este conflicto territorial, histórico, moral, intelectual, artístico, aún no termina.

La invención de América es la invención de Utopía: Europa desea una utopía, la nombra y la encuentra para, al cabo, destruirla.

Para el europeo del siglo XVI, el Nuevo Mundo representaba la posibilidad de regeneración del Viejo Mundo. Erasmo y Montaigne, Vives y Moro anuncian el siglo de las guerras religiosas, uno de los más sangrientos de la historia europea, y le contraponen una utopía que finalmente, contradictoriamente, tiene un lugar: América, el espacio del buen salvaje y de la edad de oro.

En el espacio, las cosas están *aquí* o *allá*. Resulta que la edad de oro y el buen salvaje están *allá*: en otra parte: en el Nuevo Mundo. Colón le describe un paraíso terrestre a la reina Isabel *la Católica* en sus cartas: Utopía es objeto de una confirmación y, en seguida, de una destrucción. Si estos aborígenes encontrados por Colón en las Antillas son tan dóciles y están en armonía con las cosas naturales, ¿por qué se siente obligado el Almirante a esclavizarlos y mandarlos a España cargados de cadenas?

Estos hechos llevan a Colón a presentar la edad de oro, no como una sociedad ideal, sino como un lugar de oro: no un tiempo feliz sino, literalmente, un espacio dorado, una fuente de riqueza inagotable. Colón insiste en la abundancia de maderas, perlas, oro. El Nuevo Mundo *sólo* es naturaleza: es una u-topía a-histórica, idealmente deshabitada o, a la postre, deshabitada por el genocidio nativo y rehabitable mediante la inmigración europea. La civilización o la humanidad no están presentes en ella.

Pero Colón cree, después de todo, que ha encontrado un mundo antiguo: los imperios de Catay y Cipango: China y Japón. Américo Vespucio, en cambio, es el primer europeo que dice que éste es, en verdad, un Mundo Nuevo: merecemos su nombre. Es Vespucio quien, firmemente, hunde la raíz utópica en América. Utopía es una sociedad; los habitantes de Utopía viven en comunidad armónica y desprecian el oro: "Los pueblos viven con arreglo a la naturaleza y mejor los llamaríamos epicúreos que estoicos... No tienen propiedad alguna sino que todas son comunes." Como no tienen propiedad, no necesitan gobierno: "Viven sin rey y sin ninguna clase de soberanía y cada uno es su propio dueño."

Todo esto impresiona mucho a los lectores contemporáneos de Colón y Vespucio, explica Gerbi, pues ellos sabían que Cristóbal era un gitano afiebrado, oriundo de Génova, puerto de mala fama, codicia visionaria, pasiones prácticas y testarudas; en tanto que Américo era un florentino escéptico y frío.

De tal suerte que cuando este hombre tan *cool* le dice a sus lectores que el Nuevo Mundo es nuevo, no sólo en su lugar, sino en su materia: plantas, frutas, bestias y pájaros; que es en verdad el paraíso terrestre, los europeos están dispuestos a creerlo, pues este Vespucio es como Santo Tomás. No cree sino lo que ve y lo que ve es que Utopía existe y que él ha estado allí, testigo de esa "edad de oro y su estado feliz" (*l'ettá dell'oro e suo stato felice*) cantada por Dante, donde "siempre es primavera, y las frutas abundan" (*qui primavera e sempre, ed ogni frutto*). América, pues, no fue descubierta: fue inventada. Todo descubrimiento es un deseo, y todo deseo, una necesidad. Inventamos lo que descubrimos; descubrimos lo que imaginamos. Nuestra recompensa es el asombro.

Pues el descubridor no sólo quiere descubrir la realidad;

también quiere descubrir la fantasía. El bestiario de Indias nos habla de manatíes con tetas de mujer, tiburones machos con miembros viriles duplicados, tiburones hembras que, míticamente, sólo paren una vez en toda su vida; peces voladores, leviatanes cuajados de conchas, tortugas que desovan nidadas de seiscientos huevos de tela delgada, playas de perlas inmensas bañadas por el rocío, vacas marinas y vacas corcovadas, salamandras, unicornios, sirenas, amazonas... Eldorado.

Viajes, descubrimientos, conquistas: los libros que contienen estas palabras evocan en mí, mexicano, el pasaje de varios rostros: los de los dioses en fuga; los de los conquistadores que se parecen a la antigua descripción de los dioses; y los rostros del sol, la naturaleza y la tierra que, en las palabras del mito maya del Chilam Balam, pueden ser mordidos por acontecimientos terribles, oscurecidos y extinguidos.

Recomponer el rostro primero del hombre, el rostro feliz, es la misión del viaje a Utopía: América aparece primero como la Utopía que lavará a Europa de sus pecados históricos. Pero, en seguida, Utopía es destruida por los mismos que viajan en su busca.

La buscan en el espacio: las tierras inmensas del nuevo mundo, la naturaleza infinita, inconmensurable. Esto no es posible; Utopía es el lugar que no es: *U Topos*. No hay utopía en el espacio. ¿La hay en el tiempo? Eso piensan todos los viajeros utópicos, de Tomás Moro en el siglo XVI a Alejo Carpentier en el siglo XX. No permanecen en el tiempo de Utopía; regresan a contarnos de su existencia y jamás pueden regresar. Éste es el viaje más melancólico de todos. Es el camino de la Utopía.

II

Europa encuentra en América un espacio que da cabida al exceso de energías del Renacimiento. Pero encuentra también un espacio para limpiar la historia y regenerar al hombre.

Montaigne no tiene la suerte de Vespucio. El ensayista francés no ha estado, como el cartógrafo florentino, en Utopía, pero quisiera haber tenido "la fortuna de... vivir entre esas naciones, de las que se dice que viven aún en la dulce libertad de las primeras e incorruptibles leyes de la naturaleza".

Este deseo nace de una desesperación, perfectamente expresada por Alfonso de Valdés, el erasmista español y secretario del emperador Carlos V: "¿Qué ceguera es ésta? Llamámosnos cristianos y vivimos peor que turcos y que brutos animales. Si nos parece que esta doctrina cristiana es alguna brujería, ¿por qué no la dejamos del todo?"

Con menos énfasis pero con idéntica persuasión, Erasmo le pedía al cristianismo que creyera en sí mismo y adaptara su fe a su práctica: el cristianismo exterior debería ser el reflejo fiel del cristianismo interior. Predicó, en efecto, la reforma de la Iglesia *por* la Iglesia. Como suele pasar, mientras esto no ocurrió Erasmo gozó de la popularidad inmensa que el enfermo reserva al médico que le dice: "Vas a curarte." Pero cuando el cirujano se presentó, cuchillo en mano, a arrancar el tumor, el amable crítico fue arrojado fuera de la ciudad, a reunirse con el temible quirúrgico de la Iglesia de Roma, Martín Lutero. Erasmo resistió esta asimilación, se mantuvo fiel a Roma, pero el educador de la cristiandad era ya el hereje, el réprobo, el autor prohibido.

Existe en la *Cosmografía* de Münster un retrato de Erasmo censurado por la Inquisición española: las facciones nobles del humanista están rayonadas brutalmente con tinta, sus cuencas vaciadas como una calavera, su boca deformada y sangrante como la de un vampiro. El verdadero Erasmo es la imagen de la inteligencia irónica pintada por Holbein, como Martín Lutero es la dura, plebeya, estreñida imagen pintada por Cranach e interpretada por Albert Finney en la pieza teatral de John Osborne.

Erasmo, el primer teórico de la Reforma, jamás se unió a la reforma práctica de Lutero, no sólo por fidelidad a la Iglesia sino por una profunda convicción de la libertad humana. Erasmo reprochaba a Lutero sus ideas sobre la predestinación y reclamaba, desde la Iglesia pero para la sociedad civil capitalista prohijada por el protestantismo, "un poder de la voluntad humana... aplicable en múltiples sentidos, que llamamos el libre arbitrio": "¿De qué serviría el hombre —medita Erasmo— si Dios lo tratase como el alfarero a la arcilla?"

La paradoja de este debate, claro está, es que la severidad fatalista de Lutero desembocaría en sociedades de creciente libertad civil y desarrollo económico, en tanto que la fidelidad erasmiana al libre arbitrio dentro de la ortodoxia cristiana contemplaría la parálisis económica y política impuesta al mundo español por el Concilio de Trento y la Contrarreforma. Entre estas opciones, Europa se desangra en las guerras de religión, esa época terrible que Brecht evoca en la figura de la Madre Coraje, "vestida de hoyos y de podredumbres", en la que "la victoria o la derrota" es "una pérdida para todos". Pero adiós ilusiones: "La guerra se hace para el comercio. En vez de manteca, se vende plomo. Y nuestros hijos mueren." *Dulce bellum inexpertis*, escribe Erasmo: la guerra sólo es dulce para quienes no la sufren.

Tomás Moro respondió a estas realidades con la idea de utopía. En la sociedad excéntrica de Utopía, una sociedad sin cristianismo pero con derecho natural, tanto los vicios como las virtudes del paganismo y del cristianismo podrían observarse con más claridad. Moro escribe su *Utopía* como una respuesta a la Inglaterra de su tiempo y al tema económico que apasionaba a sus contemporáneos: el fin de la comunidad agraria antigua y su sustitución por el sistema capitalista de la *enclosure*, que acabó en el siglo XVI con las tierras comunales, cercándolas y entregándolas a la explotación privada.

Al invocar en la *Utopía* una sociedad basada en el derecho natural, Moro imaginó el encuentro del Viejo Mundo y el Nuevo Mundo no sólo como el encuentro del cristianismo y el paganismo, sino como la creación de una nueva sociedad que acabaría por compartir tanto las virtudes como los defectos de las sociedades cristianas y aborígenes.

La utopía de Moro no es la sociedad perfecta. Abundan en ella rasgos de crueldad y exigencias autoritarias. En cambio, la codicia ha sido extirpada y la comunidad restaurada. Pero los rasgos negativos amenazan constantemente a los positivos: *Utopía* no es un libro ingenuo, y gracias a su dinámica de claroscuros y opciones constantes, es una obra que deja abiertas dos cuestiones interminables, que continúan siendo parte legítima de nuestra herencia, y de nuestra preocupación.

La primera es la cuestión de los valores de la comunidad y su situación respecto de los valores individuales y los valores del Estado. Moro coloca los valores comunitarios por encima del individuo y del Estado, porque considera que estos últimos sólo son *una parte* de la comunidad. En este sentido, *Utopía* es una continuación de la filosofía tomista que da preferencia al bien común sobre el bien individual. La escolástica, apoyada por la utopía, será la escuela trisecular de la política iberoamericana.

La segunda es la cuestión, derivada de las dos anteriores, de la organización política. Si la comunidad es superior al individuo y al Estado, entonces, nos dice Moro, la organización política debe estar constantemente abierta y dispuesta a renovarse, para reflejar y servir mejor a la comunidad. Así, *Utopía* puede leerse como un anticipo democrático de la Ilustración dieciochesca y la filosofía política de la Independencia.

Éstos son valores utópicos positivos que conviene tener presentes mientras damos forma a nuestra historia y a nuestra cultura contemporáneas. Pero hay más: la modernidad de Moro, más que nada, se encuentra en su celebración del placer del cuerpo y la mente.

La *Utopía* de Tomás Moro es un libro sumamente personal: es, como casi todos los grandes libros, un debate del autor consigo mismo: un debate de Moro con Moro, pues como dijo William Butler Yeats, de nuestros debates con los demás hacemos retórica, pero del debate con nosotros mismos hacemos poesía. Nos permite ver a Moro y a su sociedad en el acto de entrar a la edad laica. En efecto, lo que Moro hace en la *Utopía* es explorar la posibilidad de la vida secular para él y para todos. Explora el tema, infinitamente fascinante, de la relación del intelectual con el poder: ¿debe un hombre sabio servir al rey? Explora la combinación de elementos que podrían crear una sociedad buena. Al permitirles a los habitantes de Utopía que vivan como le gustaría vivir a él, Moro ofrece un ideal de vida muy personal. Los aspectos desagradables, disciplinarios y misóginos de Utopía son, al cabo, valores para Tomás Moro, porque a él le hubiese gustado ser un sacerdote casado que trae el claustro a la corte. Pero acaso el aspecto más interesante del libro es que Moro ofrece esta imagen del mundo posiblemente más feliz, o más feliz posible, sometiéndolo a una crítica que no renuncia a la ambigüedad y a la paradoja como instrumentos de análisis.

Retengamos estas lecciones mientras pasamos a considerar el arribo de Tomás Moro en el Nuevo Mundo, llevado de la mano de su más fervoroso lector, el fraile dominico Vasco de Quiroga.

Los frailes humanistas llegaron al Nuevo Mundo pisándole los talones a los conquistadores. En 1524, los llamados Doce Apóstoles del orden franciscano desembarcaron en el México de Hernán Cortés; fueron seguidos en 1526 por los dominicos, entre ellos Quiroga. Llegaron a asegurarse de que la misión civilizadora del cristianismo —la salvación de las almas— no se perdiese en el ajetreo de la ambición política y la premura de la afirmación maquiavélica.

Bartolomé de las Casas fue el denunciador supremo de la destrucción de Utopía por quienes inventaron y desearon la utopía. Pero Vasco de Quiroga no vino a denunciar, sino a transformar la utopía en historia.

Llega con el libro de Tomás Moro bajo el brazo. La lectura de Moro simplemente identifica la convicción del obispo dominico: *Utopía* debería ser la Carta Magna, la constitución de la coexistencia pacífica entre el mundo devastado de los indios y el mundo triunfalista del hombre blanco en el Nuevo Mundo. Quiroga, cariñosamente llamado *Tata Vasco* por los indios purépechas, es animado por la visión del Nuevo Mundo como Utopía:

> Porque no en vano sino con mucha causa y razón éste de acá se llama Nuevo Mundo, y eslo Nuevo Mundo, no porque se halló de nuevo sino porque es en gentes y cuasi en todo como fue aquel de la edad primera y de oro, que ya por nuestra malicia y gran codicia de nuestra nación ha venido a ser de hierro y peor. [Vasco de Quiroga citado por Silvio Zavala.]

La influencia de Moro y las tareas de Quiroga en la Nueva España han sido objeto de brillantes y exhaustivos estudios realizados por Silvio Zavala. Recuerdo asimismo que Alfonso Reyes llamó a Quiroga uno de "los padres izquierdistas de América". Estos hombres religiosos pusieron pie en tierras que los ángeles no se atrevían a pisar, pero donde los conquistadores ya habían entrado, pisando fuerte y hasta dando patadas.

Voraces conquistadores, descritos por Pablo Neruda en una secuencia de sus memorias: "Devorándolo todo, patatas, huevos fritos, ídolos, oro, pero dándonos a cambio de ello su oro: nuestra lengua, la lengua española."

Ruidosos conquistadores, cuyas voces ásperas y resonantes contrastaban con las voces de pájaro de los indios. Una vez escuché a un mexicano de voz dulce y discreta preguntarle al poeta español León Felipe:

—¿Por qué hablan tan fuerte ustedes los españoles?

A lo cual León Felipe contestó imperativamente:

—Porque fuimos los primeros en gritar: ¡tierra!

Crueles conquistadores: los humanistas los acusaron de pisotear las tierras de Utopía y devolverlas a la edad de hierro. Los religiosos, que eran humanistas, los denunciaron también. El valiente mundo nuevo y su buen salvaje estaban siendo esclavizados, herrados y asesinados por los hombres armados del viejo mundo que descubrieron y proclamaron que ésta era la tierra de Utopía, la tierra de la Edad de Oro.

Para *Tata Vasco* sólo Utopía podía salvar a los indios de la desesperación. Los "hospitales" o comunidades utópicas fundadas por Vasco de Quiroga en Santa Fe y en Michoacán aplicaron literalmente las enseñanzas de la *Utopía* de Moro: propiedad comunal, jornada de trabajo de seis horas, prohibición de lujo, magistraturas familiares y electivas, y distribución equitativa de los frutos del trabajo.

Quiroga fundó estas comunidades en 1536. Ese mismo año, Tomás Moro fue decapitado en Inglaterra por órdenes de Enrique VIII. Como dice Eugenio Ímaz en su espléndido ensayo sobre el tema, *Topía y Utopía*, Moro es un auténtico mártir de la filosofía, testigo de la razón ante la razón de Estado, de la *utopía* ante la *topía*: la pareja de Sócrates. Acaso también sabía —añade el filósofo español— cómo se estaba "frustrando la gran ocasión de América, como lo veía utópicamente Quiroga".

¡La gran ocasión de América!

Entre 1492 y 1640, la población indígena de México y de las Antillas desciende de 25 millones a un millón, y la de la América del Sur de tres millones y medio a medio millón. El buen salvaje fue esclavizado en la mina, la encomienda y el latifundio. La edad de oro se convirtió en la edad de fierro. La utopía murió. Y sin embargo, el problema de la utopía persiste. ¿Por qué?

Mircea Eliade habla del sustrato mítico de la literatura y la historia para decirnos que es la evidencia de que el hombre no puede escapar al tiempo porque nunca hubo ni habrá un tiempo sin tiempo. La función del mito es proclamar que el tiempo existe y que debe ser dominado si queremos recuperar el tiempo original. Pero, ¿por qué hemos de desear esta reconquista del tiempo original? Porque la memoria nos dice que, entonces, éramos felices: vivíamos en la edad de oro.

El arte ha caminado una larga avenida en busca de la tierra feliz del origen, de la isla de Nausica en Homero, a la visita irónica de Luis Buñuel a una isla de esqueletos y excrementos en su película *La Edad de Oro*, pasando por las arcadias sin penas de Hesíodo, la edad de la verdad y la fe en Ovidio, la primavera cristiana de Dante, la edad de los arroyos de leche en Tasso y, finalmente, su agria desembocadura en el poema de John Donne:

> Las doradas leyes de la naturaleza son derogadas…,

y su desencantado recuerdo en Cervantes:

> Dichosa edad y siglos dichosos aquellos a quien los antiguos pusieron nombre de dorados, y no porque en ellos el oro, que en nuestra edad de hierro tanto se estima, se alcanzase en aquella venturosa sin fatiga alguna, sino porque entonces, los que en ella vivían, ignoraban estas dos palabras de tuyo y mío. Eran en aquella santa edad todas las cosas comunes; a nadie le era necesario para alcanzar su ordinario sustento, tomar otro trabajo que alzar la mano y alcanzarle de las robustas encinas que liberalmente les estaban convidando con su dulce sazonado fruto. Las claras fuentes y corrientes ríos, en magnífica abundancia, sabrosas y transparentes aguas les ofrecían… Todo era paz entonces, todo amistad, todo concordia…

La evocación de Cervantes es la del obispo Quiroga: y ambas, a su vez, son la de Ovidio en *Las metamorfosis:*

> En el principio fue la Edad de Oro, cuando los hombres, por su propia voluntad, sin miedo al castigo, sin leyes, obraban de buena fe y hacían lo justo… La tierra… producía todas las cosas espontáneamente… Era la estación de la primavera eterna… Los ríos fluían con leches y néctares… Pero entonces apareció la edad de hierro y con ella toda suerte de crímenes; la modestia, la verdad y la lealtad huyeron, sustituidas por la traición y la trampa; el engaño, la violencia y la codicia criminal.

Todos ellos hablan de un tiempo, no de un lugar, *U-topos* quiere decir: *no hay tal lugar*. Pero la búsqueda de Utopía se presenta siempre como la búsqueda de un lugar y no de un tiempo: la idea misma de Utopía en América parece marcada por el hambre de espacio propia del Renacimiento.

El Mundo Nuevo se convierte así en una contradicción viviente: América es el lugar donde usted puede encontrar el lugar que no es. América es la promesa utópica de la Nueva Edad de Oro, el espacio reservado para la renovación de la historia europea. Pero, ¿cómo puede tener un espacio el lugar que no es?

El mundo indígena, el mundo del mito, contesta a esta pregunta desde antes de ser conquistado. La utopía sólo puede tener tiempo. El lugar que no es no puede tener territorio. Sólo puede tener historia y cultura, que son las maneras de conjugar el tiempo. Origen de los dioses y del hombre; tiempos agotados, tiempos nuevos; augurios; respuestas del tiempo a una naturaleza amenazante, a un cataclismo natural inminente.

Tomás Moro describe la ironía de esta verdad cuando envía a su viajero utópico, Rafael Hitlodeo, de regreso a Europa. Pero él no habría regresado, nos dice Moro, ni el lector tampoco:

> Si usted hubiera estado en Utopía conmigo y hubiera visto sus leyes y gobiernos, como yo, durante cinco años que viví con ellos, en cuyo tiempo estuve tan contento que nunca los hubiera abandonado si no hubiese sido para hacer el descubrimiento de tal nuevo mundo a los europeos...

En su novela *Los pasos perdidos* el escritor cubano Alejo Carpentier concibe su ficción como un viaje en el espacio, Orinoco arriba, hasta las fuentes del río, pero, también, como un viaje en el tiempo. El movimiento de la novela es una conquista del espacio pero también una reconquista del tiempo. El viajero de Carpentier, a diferencia del de Moro, pasa de las ciudades modernas a los ríos de la conquista a las selvas anteriores al Descubrimiento a "la noche de los tiempos", donde "todos los tiempos se reúnen en el mismo espacio".

Viajando hacia atrás, hacia "los compases del Génesis", el Narrador de Carpentier se detiene al filo de la intemporalidad y sólo allí encuentra la utopía: un *tiempo* donde *todos los tiempos* coexisten, así como Borges encontró *El Aleph*, el *espacio* donde *todos los espacios* coexisten. Su narrador, como el de Tomás Moro, ha estado en Utopía y ha vivido su tiempo perfecto, un instante eterno, una edad de oro que no necesita ser recordada o prevista.

Tanto Moro como Carpentier quisieran permanecer en Utopía. Pero ambos sucumben a la racionalización de sus culturas modernas: deben regresar y contar sobre Utopía a fin, dice Moro, de "hacer el descubrimiento de tal nuevo mundo a los europeos"; a fin, dice Carpentier, más de cuatro siglos después, de comunicarle la existencia de Utopía a "un joven de alguna parte", que "esperaba tal vez mi mensaje, para hallar en sí mismo, al encuentro de mi voz, el rumbo liberador".

Pues si la utopía es el *recuerdo* del tiempo feliz y el deseo de reencontrarlo, es también el *deseo* del tiempo feliz y la voluntad de construirlo.

"No regresar" es el verbo de la utopía de la edad de oro original.

"Regresar" es el verbo de la utopía de la ciudad nueva donde reinará la justicia.

Los narradores, el de Tomás Moro y el de Alejo Carpentier, están divididos por esta doble utopía: se debaten entre encontrar lo perdido y conservarlo, o regresar, comunicar, reformar, liberar. El protagonista de *Los pasos perdidos* comete, al cabo, "el irreparable error de desandar lo andado, creyendo que lo excepcional puede serlo dos veces".

Juan Bodino, el autor de los *Seis Libros de la República* sobre los cuales se fundan la teoría y la práctica de la monarquía centralizadora francesa, ofrece una variante típicamente gálica al tema de la utopía en el Nuevo Mundo.

Escribe en 1566 para dudar, simplemente, que la utopía pueda tener lugar entre pueblos "primitivos" o que éstos estén a punto de regenerar a la corrupta Europa. Bien pudiera ser que los nobles salvajes viviesen también "en una edad de hierro" y no en una edad de oro. De acuerdo con Bodino, lo que el Nuevo Mundo tenía para ofrecer era una vasta geografía, no una historia feliz: un futuro, no un pasado.

Antes de que esta profecía original de América-como-Futuro se volviese indebidamente optimista, Bodino puso todos nuestros pies sobre la tierra mediante el elogio sencillo aunque elegante de la realidad: el Nuevo Mundo es extraordinario por la muy ordinaria razón de que existe.

América es, y el mundo, al fin, está completo.

América no es Utopía, el lugar que no es. Es Topía, el lugar que es. No un lugar maravilloso, pero el único que tenemos.

Semejante realismo, sin embargo, no logra apagar el sueño del nuevo mundo, la imaginación de América. Pues si la realidad es América, América primero fue un sueño, un deseo, una invención, una necesidad. El "descubrimiento" sólo prueba que jamás encontramos sino lo que primero hemos deseado.

Irving Leonard sostiene que los conquistadores llegaron al Nuevo Mundo armados con lo que el investigador norteamericano llama "los libros de los valientes", las epopeyas de caballerías que enseñaban las normas del arrojo y el honor. ¿A quiénes? Seguramente no a los aristócratas españoles que las habían mamado, sino a los protagonistas de la epopeya española en América: hombres de una clase media emergente, bachilleres destripados como Hernán Cortés; cristianos nuevos de dudosa asociación con la corte, como Gonzalo Fernández de Oviedo (alias) *Valdés;* miembros de la pequeña nobleza andaluza, como Álvar Núñez Cabeza de Vaca; pero también plebeyos iletrados como los hermanos Pizarro, y don nadies como Diego de Almagro, de quien el cronista Pedro de Cieza de León nos dice que su origen era tan bajo y su linaje tan reciente, que comenzaba y terminaba con él; corsarios como Hernando de Soto, que se hizo rico con el botín del Inca asesinado, Atahualpa, y luego lo perdió en su expedición a la Florida; o más antiguos, como Pedro de Mendoza, el fundador de Buenos Aires, quien financió su propia empresa en el Río de la Plata con el botín del saco de Roma por Carlos V:

> A conquista de paganos
> con dinero de romanos.

Ricos como Alfonso de Lugo, el Adelantado de Canarias, y deudores en fuga como Nicuesa. Andaluces y extremeños en su mayoría, los brillos de utopía y topía, de la gloria y la riqueza, se fundían en la quimera de Eldorado.

Hijo de un regidor, lector de *Amadís de Gaula* y los demás "libros de los valientes", Bernal Díaz del Castillo es el prototipo del hombre nuevo que se arriesga a viajar de España a las Indias llevado por dos impulsos: el interés y el sueño, el esfuerzo individual y la empresa colectiva: la epopeya y la utopía. Es nuestro primer novelista.

LA ÉPICA VACILANTE DE BERNAL DÍAZ
DEL CASTILLO

I

BERNAL DÍAZ DEL CASTILLO nació en Medina del Campo, Valladolid, en 1495 —tres años después del primer viaje de Colón al Nuevo Mundo—, llegó a América en 1514 y en 1519 se unió a la expedición mexicana de Hernán Cortés. Después de la conquista, se radicó en Guatemala, donde escribió su *Historia verdadera de la conquista de la Nueva España*. Concebida como respuesta a la historia de Antonio López de Gómara, publicada en 1552, Bernal sólo terminó la suya en 1568, a los setenta y tres años de edad, y remitió un borrador a España, que fue utilizado, al cabo, para la primera edición en 1632. Antes, en 1584, Bernal había muerto en Guatemala, a los ochenta y nueve años de edad, sin ver su obra publicada. La versión completa del libro sólo vio la luz en Guatemala en 1904.

Pero en 1519, al desembarcar con Cortés en México, Bernal, el joven soldado, cuenta sólo con veinticuatro años de edad. Tiene un pie en Europa y otro en América y llena el vacío dramático entre los dos mundos de una manera literaria y peculiarmente moderna. Hace, en efecto, lo que Marcel Proust hizo recordando el pasado. Sólo que en vez de magdalenas mojadas en té, los resortes de su memoria son los nombres de los guerreros, el número de sus caballos, la lista de los combates:

> Quiero aquí poner por memoria todos los caballos y yeguas que pasaron...
>
> ... digo que haré esta relación... y quiénes fueron los capitanes y soldados que lo conquistamos y poblamos...
>
> Pasó un Martín López; fue muy buen soldado...

Y pasó un Ojeda... y quebráronle un ojo en lo de México...

Y pasó un fulano de la Serna... tenía una cuchillada por la cara que le dieron en la guerra; no me acuerdo qué se hizo de él.

Y pasó un fulano Morón, gran músico...

Y pasaron dos hermanos que se decían Carmonas, naturales de Jerez; murieron de sus muertes.

Éste es un mundo desaparecido cuando Bernal lo describe.

Busca el tiempo perdido: es nuestro primer novelista. Y el tiempo perdido es, como en Proust, un tiempo que sólo se puede recuperar como un minuto liberado del orden del tiempo: liberado por la palabra en la página. Además, Bernal, como Proust, ha vivido *ya* lo que va a contar, pero debe dar la impresión de que *lo que cuenta* está ocurriendo al ser escrito: la vida fue vivida, el libro ha de ser descubierto.

Es una nueva manera de vivir: de re-vivir, ciertamente, pero también de vivir por primera vez la experiencia recordada como experiencia escrita. De allí la extraordinaria y perenne frescura de la obra.

Bernal no es el poeta épico de algo concluido, como diría Ortega hablando de lo épico, sino el novelista de algo por descubrir: un pasado que se hace presente en su libro.

A medida que la narración se desarrolla, la voluntad épica vacila. Y una épica vacilante no es épica: es novela. Y una novela es una obra contradictoria y ambigua: es la portadora de la noticia de que en verdad no sabemos quiénes somos, de dónde venimos o cuál es nuestro lugar en el mundo. Es la mensajera de la libertad al precio de la inseguridad.

Es, en verdad, una reflexión sobre el precio que debemos pagar para obtener el progreso material. Ese precio es la pérdida de nuestras premisas tradicionales, morales y filosóficas. Es el precio de Prometeo. Don Quijote será el más vivo ejemplo español de este drama de la modernidad, pero Bernal Díaz lo prefigura en su épica vacilante. Hay una falla en la armadura de este guerrero cristiano en combate contra

los aztecas paganos, y a través de ella brilla un corazón heri-
do, tristemente enamorado de sus enemigos.

Ésta es la fuente secreta de la literatura hispanoamericana
concebida como una respuesta constante al enigma del
mundo histórico. Bernal Díaz escribe un misterioso lamento
por las oportunidades perdidas de los hombres y de la historia: una épica angustiada, una novela esencial.

Bernal escribe con admiración, incluso con amor, de la
nobleza y hermosura de muchos aspectos del mundo indio.
Sus descripciones del gran mercado de Tlatelolco, del palacio del emperador y del encuentro entre Cortés y Moctezuma, se cuentan entre las páginas más conmovedoras de la
literatura. Y la descripción de Moctezuma no tiene rival en el
arte de considerar generosamente al enemigo.

Pero la épica de Bernal está llena de rumores distantes de
atabales y muerte, antorchas y sacrificios: sangre y humo, un
tono prevaleciente de amenaza, desastre inminente y el
temor de que la valiente compañía de menos de quinientos
soldados, su retirada cortada por la decisión de barrenar las
naves, pueda fácilmente, y en cualquier momento, ser destruida por el poder superior de los ejércitos aztecas.

Cuando al cabo de esta epopeya la ciudad capital de los
aztecas, en 1521, cae, y sus habitantes lamentan la muerte
del guerrero, la sangre del niño, la violación de la mujer y el
fin del imperio, el conquistador se une a sus víctimas en una
gran elegía: el réquiem por todo lo que, dice Bernal Díaz,
está caído, regado y perdido para siempre. Bernal canta la épica
de la conquista —pero luego entona la elegía, y no sabemos
si lo que lamenta es el triunfo o la derrota: o si, acaso, ambas
son una sola cosa—.

En todo caso, no es común que el cronista épico de la
Edad Media y del Renacimiento ame lo que está obligado a
destruir. En verdad, nos advierte Simone Weil en su ensayo
sobre la *Ilíada*, esta actitud no se ha vuelto a dar desde el
canto homérico. Bernal se acerca a ella. Está escribiendo una
página gloriosa de la historia protagonizada por un valiente

y duro grupo de hombres en consonancia con sus conciencias individuales y sus propósitos (y medios) políticos.

Estos hombres están allí para obtener gloria y ganancia personales, pero también, con menor ímpetu, para alcanzar los fines de la Providencia, la salvación de los paganos, y para extender los dominios de la corona española. De este modo, las principales razones que mueven a los hombres de España hacia el mundo nuevo están presentes en la Conquista de México: la ambición individualista militante, el ejército cruzado, la Iglesia militante y la corona militante.

Semejante integridad entre lo que se cuenta y la conciencia detrás de la narración es propia del tema épico. Pero Bernal, al escribir la primera épica europea del Nuevo Mundo, introduce una novedad general, acaso porque está describiendo la novedad misma —el Descubrimiento— en tanto que la épica, como nos advierten tanto el filósofo español Ortega y Gasset como el crítico ruso Mijail Bajtin, se ocupa de lo ya conocido.

II

Me detengo un momento en el problema genérico de la *Historia verdadera de la conquista de la Nueva España*, porque creo que toda gran obra literaria —y la de Bernal lo es— es no sólo un diálogo con el mundo, sino consigo misma. Hay obras que nacen cantando su propia gestación, contemplándose y debatiéndose a sí mismas. Cervantes funda la novela moderna porque pone en tela de juicio todos los géneros, los compendia en la aventura quijotesca y (en las palabras de Claudio Guillén) hace que los géneros —pastoril, caballerías, picaresca, cárcel de amor, novela bizantina— dialoguen entre sí, generando la inmensa dinámica de la novela fundadora de la modernidad europea. Sterne y Diderot, Stendhal y Flaubert, Balzac y Dostoievski, James Joyce, Virginia Woolf y Hermann Broch: todos redefinen su propio genéro para decirnos: la novela es el género de géneros, el territorio más amplio de la literatura, el más dinámico, el

palacio inacabado de la palabra: una construcción interminable.

Para Ortega, novela y épica son "justamente lo contrario".
La provincia de la épica es el pasado "como tal pasado". En
ella se habla "de un mundo que fue y concluyó... el pasado
épico huye de todo presente" porque su tema es "el pasado ideal, la absoluta antigüedad". El poeta épico sólo habla
de lo que ya concluyó: de lo que su auditorio ya sabe: "Homero no pretende contar nada nuevo. Lo que él sabe lo sabe
ya el público, y Homero sabe que lo sabe."

La novela, en cambio, es la operación literaria fundada en
la novedad, como lo indica Bajtin. La épica, nos dice el gran
crítico ruso, se basa en una cosmovisión única y unificada,
"obligatoria e indubitablemente cierta" para los héroes, los
autores y el auditorio. Igual que Ortega, Bajtin entiende que
la épica se ocupa de las categorías e implicaciones de un
mundo completo, pasado y comprendido (o comprensible) a
partir de sus propias premisas.

Si la épica es algo completo, la novela es algo incompleto:
"Refleja las tendencias de un nuevo mundo que aún se está
haciendo", explica Bajtin: éste es el mundo cuya unidad
épica ha sido "pulverizada" por la historia.

Hegel, desde luego, había otorgado *otra* posición en el discurso literario a la épica: la de pulverizar, precisamente, el
mundo precedente, el del mito. Para Hegel, la épica es el *acto
humano* que perturba la tranquilidad del ser y su integridad
mítica: una especie de arañazo que nos empuja fuera del
mundo paterno, lejos del hogar mítico y nos envía a la guerra de Troya y los viajes de Ulises: la épica es el accidente
que hiere a la esencia mítica.

Por su parte, Simone Weil atribuye a la épica homérica
todo lo contrario de lo que la designa para Ortega: la *Ilíada*
es un movimiento inconcluso, cuyo mensaje moral espera
cumplirse en nuestro propio tiempo. No es un poema pasado, sino *por venir*.

Creo que Bernal pertenece *más* a esta épica *en movimiento* que describen Hegel y Simone Weil que a la épica *concluida* que evocan Ortega y Bajtin, pero si aceptamos las premisas del filósofo español y del crítico soviético, también es cierto que Bernal escribe una novela en función de su novedad frente a la épica anterior, que es la del romance de caballería. Hace, digámoslo así, una *novela épica*, con tanto movimiento y novedad como la *épica* según Hegel y Simone Weil, y con tanta novedad y dinamismo como *la novela* según Bajtin y Ortega.

Escojo, pues, esta novedad novelesca dentro de la épica de Bernal para describir un libro que también es crónica, historia verdadera, biografía, autobiografía, memoria, novela de caballería violentamente trasladada a la realidad, y canto narrativo proclamando su propia, novedosa gestación. Otra vez, como Cervantes, pero antes que Cervantes y nuevamente a partir de Cervantes, el diálogo genérico ocupa un lugar en el libro de Bernal.

III

Bernal, escribiendo muy tarde, en 1568, para contestar la biografía de Gómara sobre Cortés, que es de 1552, niega que la conquista haya sido una epopeya individual, sino que, más bien, fue una empresa colectiva actuada por la clase media española, popular y emergente a la cual Bernal pertenecía.

Bernal no rebaja a Cortés, a quien admira muchísimo. Pero sí establece el derecho del guerrero común y corriente, del jinete, del artillero, del soldado de a pie, en contra del culto de la personalidad del conquistador. Ésta es una épica colectiva, no la epopeya de grandes héroes, caballeros y monarcas, sino la de hombres sencillos empeñados en fabricar su propio destino: la gente del pueblo son los actores de la historia, dice Bernal Díaz, tres siglos antes de Michelet y su sonoro pensamiento en la *Historia de la Revolución francesa*: la convocación de los Estados Generales de 1789 llamó al pueblo entero a ejercer sus derechos: en ese instante, la historia comenzó, dice Michelet, a ser hecha por todos: "Todos se reunieron para elegir... todas las ciudades eligieron... el campo eligió, y no sólo las ciudades."

"Todos quisieron lo mismo", explica Michelet, y así nació la concepción del pueblo como actor de la historia: la Revolución francesa tuvo un protagonista colectivo, los extras se convirtieron en estrellas: "¡Gran escena, escena extraña, asombrosa! Ver a todo un pueblo que instantáneamente pasaba de la nada al ser y que, silencioso hasta entonces, adquiría de un golpe una voz."

La gran crónica popular de Bernal Díaz del Castillo es una premonición de estas palabras. Como toda gran narración, además, transforma el *hecho en acontecimiento* y al hacerlo va más allá de sus propias intenciones y nos habla del encuentro de la gesta popular con los destinos individuales: los de Cortés, Moctezuma y *la Malinche*.

Pero, en segundo lugar, esta crónica no es contada a medida que los eventos ocurren, sino *con* la perspectiva de casi cincuenta años y la lejanía de la ancianidad. Bernal, residente en Guatemala, rompe su largo silencio a fin de hacerles justicia a los soldados de la conquista. No tiene pretensiones literarias: escribe su libro para sus hijos y sus nietos y se lo deja como una suerte de testamento.

No alcanzó a ver su obra impresa. Pero en el ocaso de la vida, ciego y sordo, no tiene "otra riqueza que dejar a mis hijos y descendientes, salvo esta mi verdadera y notable relación" y siente que ello es su "ventura".

Esta perspectiva le da al libro un tono de extraña melancolía. La nostalgia de la juventud y del tiempo perdido; el recuerdo triste y vibrante de las promesas del valor recompensado.

Bajo el signo del romance épico —las referencias al Paladín Rolando, a Amadís de Gaula y los libros de caballerías, "los libros de los valientes", como los llamó Irving Leonard— el libro de Bernal está escrito con la *inclusividad* y la *consonancia moral* propias del poema épico. Bernal lo incluirá todo, en impresionantes letanías: soldados, caballos, batallas, el producto de la plaza.

Pero al acercarse a estrategias narrativas más modernas, se mostrará novedoso en su abreviación y su gusto por la tangente novelística. Nos dice en cierto pasaje que no perderá más tiempo con el tema de los ídolos; nos apremiará a dejar atrás el tema del tesoro; dejará que se largue el intérprete Melchor, deseándole mala suerte, a fin de regresar cuanto antes a "nuestra historia". La crónica minuciosa de lo épico coexiste con el arte elíptico propio de la novela.

La consonancia de Bernal con los ideales de la fe cristiana nunca está en duda, como no lo está su fidelidad a la corona de España. Y sin embargo, es capaz de dar ciertas notas disonantes, si no heréticas, al menos secamente humorísticas.

Gómara había dicho que la batalla de la llanura de Tabasco fue ganada gracias al arribo físico de los apóstoles Santiago y Pedro. Pero Bernal escribe que, siendo un pecador, él no fue *digno* de ver a los santos.

Lo que sí observa son las grandes hazañas de Hernán Cortés y su banda. Su genio narrativo consiste en emplear los poderes de la memoria; evocar los hechos al tiempo que preserva su frescura.

La novedad y el asombro son las premisas de su escritura: ésta abunda en maravillas dignas de ser vistas, lugares maravillosos, maravillosas visiones: todo era tan maravilloso, nos informa, que él no sabría cómo describir estas "cosas nunca oídas, ni aun soñadas, como veíamos…"

La memoria es el cántaro que recibirá esta lluvia de maravillas. Los acontecimientos parecen estar ocurriendo mientras leemos porque *la memoria* es lo que está ocurriendo para ellos: Bernal nos advierte así que escribe los nombres de los soldados de memoria, pero que más adelante, en el tiempo y lugar aconsejables, escribirá los nombres de todos los que tomaron parte en la expedición de Cortés, en la medida en que el cronista pueda recordarlos.

La memoria de Bernal, dije, es la memoria moderna del novelista, y está inmersa en diversos *afectos* narrativos inseparables de la novela en el momento de su gestación.

El primero es el amor de la *caracterización*. Bernal nos hace saber que él se está refiriendo a un tal y simple Rojas, hijo de vecino, *no* a Rojas el rico; o a Juan de Nájera, pero no al sordo del mismo nombre que jugaba pelota en México. Éstos son individuos concretos, no guerreros alegóricos: no pueden ni deben ser confundidos con *otros* individuos o con seres genéricos. Aunque las figuras de Bernal, a veces, son tan excéntricas en su caracterización como ciertas sombras de Shakespeare o Melville: por ejemplo, Cervantes el loco, el juglar que precede y advierte al desfile de soldados y estadistas; o Juan Milán, el astrólogo y adivino de la expedición.

El segundo afecto es el del *detalle*, especialmente el detalle que desacraliza a las figuras épicas. Cortés pierde una sandalia en Champotón y desembarca en el lodo descalzo de un pie para librar su primera gran batalla en México. Moctezuma y Cortés juegan a los dados para matar las horas, y el emperador acusa a Pedro de Alvarado de hacer trampas en el juego.

El tercero es el *amor por el chisme*, sin el cual, sin duda, no habría novela moderna o inclusive narración épica: del secuestro de Helena de Troya al secuestro de Albertine en el *XVI Arrondissement*, de Homero a Proust, Defoe, Dickens o Stendhal son todos, en este sentido, "chismosos". Bernal también. Nos cuenta que Cortés acaba de casarse con una mujer llamada *la Marcaida*: "... y a lo que yo entendí y otras personas decían, se casó con ella por amores, pero esto de este casamiento muy largo lo decían otras personas que lo vieron, y por esta causa no tocaré más en esta tecla..."

Le basta a Bernal plantar la semilla del rumor con tanta sutileza como Henry James, y retirarse de "tan delicado tema" una vez que nos entera de que mientras para algunas personas fue un matrimonio de amor, para otras, que lo observaron de cerca, había mucho que decir acerca de esto.

En Bernal la literatura épica sale al encuentro de la historia, la psicología y la sociología. El autor *recuerda*, pero hay algo que ha sobrevivido a la memoria misma y es la tradición hispanoamericana del hidalgo como tipo social y político. Bernal Díaz es un maestro del retrato literario. Nos entrega una extraordinaria semblanza de Cortés en la isla de Cuba, donde, apenas recibe nombramiento de general: "Se comenzó a pulir y ataviar su persona mucho más que antes, y se puso su penacho de plumas, con su medalla y una cadena de oro, y una ropa de terciopelo, sembradas por ella unas lazadas de oro..." Pero este "bravo y esforzado capitán", "... para hacer estos gastos que he dicho no tenía de qué, porque en aquella sazón estaba muy adeudado y pobre, puesto que... todo lo gastaba en su persona y atavíos de su mujer..."

Lujo, diversión, prodigalidad: el generoso derroche de los clanes patrimoniales de la América Española va de la deuda de la Invencible Armada a la deuda del Fondo Monetario Internacional. Estas ambiciones señoriales, pasadas y recientes, ya son descritas por Bernal en las figuras de Cortés y de los conquistadores.

Pero, en el caso de Cortés, éstos son sólo signos exteriores de un profundo *amor de la teatralidad* y *de la intriga*, que se vuelven características esenciales para obtener sus fines políticos: por ejemplo, Cortés impresiona a los enviados de Moctezuma con la treta, casi cinematográfica, de hacer galopar a los caballos en la playa cuando la marea está baja.

El conquistador adora la duplicidad y aun emplea dobles. El suyo es el indio Quintalbor llamado "el otro Cortés". Pero también hay un vasco viejo, charrasqueado y ciego, llamado Heredia: es más feo que los ídolos y es enviado a espantar a los ídolos mismos. La imaginación de la conquista —choque de dos mundos— empieza a diseñarse en el espectro del doble. Y el doble convoca ya el encuentro con su contrario: el sincretismo inicial será una marca de la cultura indo-afro-iberoamericana.

Cortés seduce a los enemigos potenciales. Hace que los caballos husmeen a las yeguas en celo y se encabriten, y que los cañones vomiten fuego a ciertas horas, todo ello con propósitos teatrales para asombrar y homenajear a los enviados indios. Pero también escucha, aprende, oye las quejas, detiene a los cobradores de impuestos, libera a los pueblos del tributo de Moctezuma y se encarga de que estas noticias sean conocidas: la política maquiavélica de Cortés transforma a la novela de Bernal, que en sí es la transformación de la épica de Bernal, en la *historia política* de Bernal: una historia, al cabo, de colonización, imperialismo, genocidio y codicia.

Desde el instante en Cempoala cuando los españoles reciben sus primeros cien *tamemes* o cargadores indios al instante en el que los primeros indios son esclavizados y herrados, la violencia ocupa el lugar del encantamiento, y luego el espacio del asombro es avasallado por la codicia, la corrupción y la sombra del autoritarismo burocrático.

La descripción de la querella sobre el oro de Moctezuma es una fea historia de engaño, sospecha y despojo; los soldados de a pie no ven un centavo de este botín. La precocidad de la intriga política alentada por la burocracia española es asombrosa: aun antes de la caída de México, las principales plazas administrativas han sido otorgadas anticipadamente y ya los abogados, los secretarios, los notarios, toda la espesa y oscura nube del oficialismo patrimonialista, revolotea e intriga por encima del humo y la sangre de Tenochtitlán. Pero en el libro de Bernal Díaz del Castillo la memoria regresa sobre sí misma como a su seno materno, y desde allí proclama la resemblanza melancólica de las hazañas épicas "que hicimos en aquellos tiempos": la destrucción de las naves, la decisión de marchar sin miedo a la ciudad de México, la temeridad de apoderarse de Moctezuma: ¿qué otros soldados en todo el mundo, numerando sólo cuatrocientos, se hubieran atrevido? Ésta es la pregunta, tocada por la angustia, de Bernal.

Ahora que está viejo, nos dice, a menudo se detiene a considerar las heroicas acciones de aquel tiempo. Y le parece tenerlas presentes ante sus ojos.

Esta melancólica admisión del pasado, este recurso a la memoria en el alba misma del *valiente mundo nuevo* que poderosamente se proyecta hacia el futuro, fundan el derecho de Bernal para estar presente en nuestra propia modernidad hispanoamericana. También nosotros deberemos recordar claramente, o no tendremos futuro. También nosotros, como hombres y mujeres modernos, nos enfrentamos a la posibilidad tan admirablemente evocada por Bernal: vivir maravillados de los grandes logros de una civilización y, en seguida, ser los testigos de su destrucción por nuestra propia mano.

Como Bernal Díaz, miramos el jardín, *un lugar maravilloso, una maravilla para la mirada* y como él, pensamos que no se descubrirá otra tierra comparable a ésta en todo el mundo. Pero hoy todo esto que entonces vivimos está derrumbado y destrozado, y nada queda en pie.

IV

Los españoles entran a una ciudad de México ensombrecida por el presagio. *Ce Ácatl* —el año de la Caña—, 1519, era el tiempo prometido para el regreso de Quetzalcóatl, el dios bueno que protagonizó no sólo la creación sino la caída en la cosmografía indígena.

Origen de la agricultura —es el dador del maíz—, de las artesanías, de la arquitectura y de la enseñanza moral, Quetzalcóatl, la Serpiente Emplumada, vivía aislado en su palacio de la ciudad imperial de Tula.

Su grandeza encendió la envidia de los dioses menores del panteón indígena.

¿Cómo hacer que cayera Quetzalcóatl?

Un demonio nocturno, Tezcatlipoca, cuyo nombre significa *El espejo de humo*, dijo entonces: "Llevémosle un regalo a Quetzalcóatl."

Encabezados por este Puck sombrío, los demonios visitaron a Quetzalcóatl y le entregaron un regalo, envuelto en algodones.

"¿Qué es?", se preguntó el dios, desenvolviéndolo.

Era un espejo.

El dios se vio por primera vez reflejado y descubrió que tenía un rostro.

No lo sabía. Sabiéndose divino, creía carecer de rostro.

Al reconocerse con un rostro humano, temió poseer un destino humano también, ya no divino. Arrojó, lleno de horror, el espejo.

Los demonios de Tezcatlipoca huyeron vociferando. Quetzalcóatl sucumbió esa noche a las tentaciones humanas: se emborrachó, cometió incesto con su hermana, Quetzaltépatl, y al día siguiente, avergonzado, huyó hacia el Oriente, por el mar, en una barca de serpientes, prometiendo regresar para ver si los hombres —sus criaturas— habían cuidado o descuidado la tierra, pues la tierra sólo les fue dada a los hombres provisionalmente, para que la cuidaran. Hemos venido a soñar, canta el poeta azteca, la vida es pasajera, dura menos que la flor de un jardín, vivamos en paz.

Prometió regresar este año: 1519, *Ce Ácatl*.

Su apariencia —el rostro que lo espantó— era ya un presagio: rubio, barbado, de ojos claros.

Los portentos se abatían sobre Tenochtitlán: desde antes de la llegada de Cortés, la ciudad ya estaba sitiada por el augurio.

Los cometas recorrían durante largas horas los cielos.

Las aguas de la laguna de México se agitaban en gigantescas oleadas, derrumbando casas y torres.

Una extraña mujer erraba por las calles a medianoche, proclamando la muerte de los niños y la pérdida del mundo: *la Llorona*.

Aun los más cercanos aliados del emperador Moctezuma, como el rey de Texcoco, observaron el firmamento noche tras noche y supieron que las profecías iban a cumplirse.

El rey abandonó su trono, dispersó a sus ejércitos y le dijo a su pueblo que disfrutara del poco tiempo que quedaba.

Y los soñadores, como es su costumbre, soñaron el apocalipsis.

Quetzalcóatl se aparecía en muchos sueños y les decía a los soñadores: el tiempo de mi regreso se aproxima. Si Moctezuma me recibe en paz, habrá abundancia. Si me recibe en guerra, todos morirán de hambre.

Moctezuma reunió a los soñadores en su palacio. Les hizo primero repetir los sueños; en seguida, los mandó matar. Moctezuma creyó que matando al soñador moriría el sueño. Pero no moriría, en cambio, la profecía del retorno de Quetzalcóatl.

Cortés llegó a México —blanco, rubio, con barba— como un profeta armado. Los indios no podían resistir el cañón y la pólvora ni, al principio, la monstruosidad mitológica de un centauro con seis patas.

Hay un doble asombro en todo esto:

El de los españoles al descubrir el horror y la magia de los reinos indígenas.

Y el del mundo indígena al recibir lo que nunca había visto antes, pero que debía aceptar como parte del cumplimiento de una profecía.

Pero Cortés no sabía que era, ni quería ser, *un profeta*.

Quería ser *un príncipe*.

Eran los aztecas quienes querían ver en él a un dios: el *Teúl*.

Rara vez ha habido un encuentro de dos tiempos tan diferentes en la historia.

Cortés, el hombre del Renacimiento europeo, emplea con un talento superior la combinación de coraje, audacia y habilidad que Maquiavelo llama *virtù:*

El príncipe del Nuevo Mundo intriga, escucha, y escucha sobre todo las quejas humanas —demasiado humanas— de los pueblos oprimidos por Moctezuma.

El capitán español une a estos pueblos en una alianza

invencible contra el déspota teocrático. La Conquista de México fue algo más que el éxito asombroso de una banda de menos de quinientos soldados europeos, como lo evoca Bernal Díaz.

Fue la victoria de los *otros indios* contra el soberano azteca.

Fue la victoria del mundo indígena *en contra de sí mismo*, pues el resultado de la conquista significó genocidio y esclavitud para la mayoría.

Pero, al cabo, la conquista significó la derrota del conquistador.

Un incidente relatado, no por Bernal, sino al padre Sahagún poco después de la conquista, avala la referencia de Bernal al mundo de los dobles que, por extensión, es una referencia a un tema constante de la cultura indo-afro-iberoamericana: el sincretismo enmascarado.

Moctezuma teme encontrarse con Cortés, pero desea poner a prueba al Teúl. El monarca indio envía un doble de su real persona a interrumpir la marcha de los españoles de la costa a la meseta persuadiendo a Cortés, mediante el regalo de objetos preciosos, de que regrese a su morada divina en el Oriente.

El ofrecimiento del oro sólo aumenta el apetito de Cortés. Pero lo que verdaderamente le divierte es la conducta del doble. El falso Moctezuma es una caricatura del verdadero: muestra duda, orgullo y miedo, pero ninguna *nobleza*. Cortés ve a través de este actor transparente. Cortés ha imaginado ya un Moctezuma que no es esta pálida imitación. Regaña al doble y castiga a los aztecas por andarse creyendo que él, Cortés, puede ser engañado tan fácilmente.

El conquistador prosigue su marcha hacia el trono de Moctezuma.

El incidente convence al emperador de que Cortés es, en verdad, un dios: ve a través del engaño.

Pero Cortés, que es por fin un hombre que puede ser lo que sus antepasados sólo pudieron soñar (un joven español de clase media ascendiendo a reclamar su poder en el mundo) desenmascara cualquier disfraz imaginable porque el disfraz es un destino de farsa, y la habilidad suprema, el poder máximo de Hernán Cortés consiste en definir *su propio* destino, sin disfraces.

Cortés representa a los hombres que saben su destino. Es hijo de comerciantes. Él mismo es abogado. Veamos a Hernán Cortés no sólo como guerrero, sino como mercader y licenciado.

Rinde homenaje verbal a la providencia, pero su verdadera relación con lo religioso es la que el propio Maquiavelo describe no sin emoción:

> *Dios no lo hará todo,* pues ello nos despojaría de nuestro libre albedrío, y de la parcela de gloria que sólo nos pertenece a nosotros.

En este punto, no puede haber compromiso para Cortés.

Debe ser fiel a la *parcela de gloria* que es sólo suya.

No puede posar como un dios, porque sacrificaría su humanidad.

No puede ser un instrumento de la fatalidad divina, pues dejaría de ser un héroe de la voluntad humana, un actor de la historia humana, un hijo del destino humano.

Moctezuma sólo posee un recurso final: la brujería.

Les pide a sus magos oficiales que detengan a Cortés con hilo negro tendido en el camino del conquistador.

Cuando la tropa española pasa por alto el delgado obstáculo de la magia, Moctezuma ordena que sus brujos sean ejecutados.

¿Para qué sirven los magos si no pueden hacer milagros?

Entonces el emperador avanza sobre la calzada de Tenochtitlán para recibir a Cortés, aceptando el cumplimiento de la profecía sagrada con esta palabras:

"Te hemos estado esperando. Ésta es tu casa. Ahora descansa."

Moctezuma impuso a Cortés la máscara del dios que prometió regresar, Quetzalcóatl.

Pero, al hacerlo, el emperador azteca perdió la máscara

que él mismo usurpó, y ésta era la máscara definida por su título imperial: el *Tlatoani*, el señor de la gran voz, el dueño de la palabra.

Los augurios habían predicho el arribo de Cortés, y éste ocurrió en sincronización perfecta con un calendario que gobernaba en grado supremo las vidas y los destinos del mundo azteca.

Moctezuma sabía que el universo había nacido de la catástrofe y terminaría en la catástrofe.

Pero el cataclismo final sería la obra de los dioses, tal y como había sido prometido en todas las escatologías del mundo indígena.

Moctezuma aceptaría su destino a manos de los dioses, pero no a manos de meros mortales.

Rehusó un destino histórico para sí porque quiso elevar la historia misma al destino sin rostro de los dioses: la Historia como Sacralidad.

Los españoles tenían que ser dioses para que Moctezuma pudiese seguir siendo el emperador enmascarado.

El pueblo mexicano supo entender, al cabo, que combatía contra hombres, no contra dioses, como lo demuestran la resistencia del joven emperador Cuauhtémoc y el coraje y la intensidad de la batalla final de los aztecas contra los europeos, vistos desde ese momento como invasores extranjeros.

Fue esta afirmación, en el instante agónico, lo que salvó los grandes valores de la cultura indígena: su sentido de la muerte, del mito, de la memoria, del arte y del deseo: su recordatorio constante, en una escultura, en un poema, en un juguete, en un baile, en un sueño, de lo que el Occidente había olvidado.

Los indios se convirtieron en los guardianes de nuestra humanidad olvidada.

V

¡Qué hermosa es la humanidad!, exclama Shakespeare en su gran drama poético *La tempestad*. Su exclamación es la del humanismo triunfante, inseparable de la visión de América: "¡Valiente mundo nuevo, que tiene tal gente en él!"

La visión del humanismo se sobrepone a la visión del mito indígena, pero ambas, al cabo, son derrotadas por la necesidad épica de la política imperial militante.

Hay un rumor sardónico en el libro de Bernal: el rumor del mundo indígena que el cronista español descubre con asombro pero no entiende plenamente, un mundo al cual ama pero al cual también debe matar. Implícitamente, la *Historia verdadera de la conquista de la Nueva España* diseña los grandes temas del "valiente mundo nuevo" que el cronista ignora —es su paradoja—, mediante una suerte de simpatía poética y un asombro que desencadena sobre el mundo nuevo la imaginación del viejo mundo.

Estos temas son los de la soledad de la naturaleza ante la creación; la alegría y el dolor de la creación; el sentido de la historia como catástrofe; el origen catastrófico como precedente del nacimiento de algo nuevo; el fin como nuevo principio, y el terror y la destrucción de la guerra coexistiendo con el nacimiento de una nueva sociedad, una nueva composición racial, una nación en cierne, nacida de la catástrofe.

A través de las páginas de Bernal Díaz se dibujan varios rostros. Los de los dioses en fuga. Los de los conquistadores se parecen a la antigua descripción de los dioses. Los de los pueblos mismos, trashumantes, en busca de su sede final.

Los aztecas, tribu migratoria, sólo llegaron al altiplano mexicano en 1325, para asentarse allí y extender su dominio. Pero las civilizaciones precedentes despreciaron a los recién venidos, llamándolos "el pueblo sin rostro". El poder de los aztecas, el pueblo sin rostro, culmina en un emperador enmascarado pero dueño de la Gran Voz: el Tlatoani, Moctezuma, el Señor de la Gran Voz.

Sólo una voz podía escucharse, en el mundo azteca, entre los labios de la máscara.

¡Devuélvannos nuestro rostro!, clama el pueblo.

¡Devuélvannos nuestra voz!

Éste es el gran clamor que se escucha, aún hoy, desde el corazón de México, uniendo los rostros y las voces de la historia y de la literatura.

Lo que Bernal nos dice desde el siglo XVI es que sólo recobraremos nuestra cara y nuestras palabras si primero recobramos nuestro tiempo.

Tiempo perdido: como los rostros, como los jardines, como las voces, los tiempos pueden perderse y recobrarse. Bernal Díaz, escribiendo cinco décadas después de los acontecimientos, nos ofrece una aventura de la duración, una resurrección del reino perdido. Pero no es sólo la mirada retrospectiva lo que le permite entender la tristeza y futileza inherentes a toda gloria humana. Bernal es dueño de una visión más profunda que generalmente atribuimos a las más grandes ficciones narrativas. Su libro resuena con vaticinios de peligro y derrota, pero ninguno es mayor que el vaticinio del peligro y la derrota que llevamos en nuestros propios corazones.

Esta sabiduría se proyecta sobre los dos protagonistas de esta historia, el emperador indio y el conquistador español.

Hernán Cortés es el gran personaje maquiavélico del descubrimiento y la conquista del Nuevo Mundo.

Maquiavelo, desde luego, no fue leído por Cortés antes de 1519. *El príncipe*, escrito en 1513, sólo fue publicado póstumamente, en 1532. Pero Cortés es la mejor prueba de que el maquiavelismo, la figura del príncipe que conquista su propio poder, estaba en el aire del tiempo, representaba una realidad central de la afirmación política del humanismo y no sólo se cumplía ya en las figuras que Maquiavelo invoca en el viejo mundo —César Borgia, Fernando *el Católico*— sino que iba a encarnar, con coincidencia aún más llamativa, en las figuras de los conquistadores del Nuevo Mundo.

Maquiavelo es el hermano de los conquistadores. Pues ¿qué es *El príncipe* sino un elogio de la voluntad y una condenación de la providencia, un manual para el hombre nuevo del Renacimiento que se dispone a ser el nuevo estadista, liberado de excesivas obligaciones hacia la fortuna. incierta, el derecho hereditario o la altura de la cuna? El príncipe gana su reino terrestre mediante el derecho de conquista. El reino de este mundo, como titula Alejo Carpentier una de sus grandes novelas, es el reino de lo que es: la negación de la Utopía que, por definición, no tiene lugar: U-Topos.

Fiel a su destino maquiavélico, Hernán Cortés vive esta profunda ironía: toda su virtud, el esfuerzo de su brazo y el tamaño de su voluntad, no son suficientes para prevalecer sobre su fortuna, su destino, su providencia. En esto se asemeja, al cabo, a su víctima, Moctezuma.

Moctezuma es gobernado por el destino: el pueblo lo asesina, lapidándolo, en junio de 1521.

Cortés gobierna su voluntad. Se conquista a sí mismo, conquista a los aztecas pero, finalmente, es conquistado por la corona de España. Derrota a Moctezuma pero es derrotado por Carlos V, quien no está dispuesto a tolerar la existencia en el Nuevo Mundo de las feudalidades, las esferas particulares de poder o las veleidades democráticas que acaba de eliminar en el Viejo Mundo, consolidando el poder absolutista.

La relectura actual a Bernal Díaz nos permite, quizás, entender un contrato de fundación tan dramático como positivo: la épica de la conquista fue una derrota compartida. Si esto es comprendido, quizás podamos transformarla un día en una victoria compartida también.

La épica de la conquista es el drama de un hombre que lo tenía todo —Moctezuma— derrotado por un hombre que no tenía nada —Cortés—.

Pero, ¿qué ganó al cabo el conquistador? ¿Se parece su destino al de su víctima? ¿Existe una empatía entre la fortuna de ambos?

Concluida la fase militar de la conquista, Cortés fue nombrado gobernador, luego rodeado por una nube de burócratas intrigantes enviados por la corona; finalmente juzgado por crímenes más o menos imaginarios, perdonado pero juzgado, ahora, inútil, dotado de títulos pero no de poder y abandonado a escribir cartas patéticas al rey, solicitando dinero para pagar a sus criados y sus sastres. La fortuna del marqués del Valle sólo se consolida, al cabo, a cambio del infortunio político. Cortés será rico, pero no poderoso.

Dos fechas coinciden aquí:

La caída de Tenochtitlán, la capital azteca, en 1521, y la derrota, ese mismo año, de la revolución de las comunidades de Castilla por Carlos V en Villalar.

La coincidencia nos permite preguntarnos si creyendo que ha triunfado en el Nuevo Mundo el conquistador acaba de ser derrotado en el Viejo Mundo: su clase social ha sido vencida, sus valores burgueses serán sometidos a la ortodoxia contrarreformista.

El conquistador quería ser el príncipe del Nuevo Mundo porque no pudo serlo en el Viejo Mundo.

La Corona y la Iglesia derrotaron tanto al vencedor como al vencido.

La autocracia vertical de Moctezuma fue sustituida por la autocracia vertical de los Austrias.

La tensión del libro de Bernal es la tensión propia de las novelas en las que el destino individual se cruza con el destino histórico.

Pero hay otra tensión en la crónica de Bernal, y es entre la promesa utópica del Nuevo Mundo y la destrucción de la Utopía por la necesidad militar y política de la épica.

Bernal nos entrega una épica enamorada de su utopía, de su edad de oro, de su paraíso perdido, de su jardín devastado por las herraduras y la bota de la épica misma.

Un enorme vacío hispanoamericano se abre entonces entre la promesa utópica y la realidad épica.

Pero los vacíos producen un horror y exigen ser llenados, como lo fue el vacío hispanoamericano, de muchas maneras:

mediante la promesa utópica renovada, mediante más violencia, épica a veces, a veces criminalmente impune, o mediante el sincretismo religioso y el arte barroco, disposiciones anímicas y estéticas que llenan vacíos y se cumplen como parte de lo que Lezama Lima llama la Contraconquista de América: una absorción de la cultura europea y africana y un mantenimiento de la cultura autóctona que, al encontrarse, crean la cultura hispanoamericana.

VI

Bernal, en primer término, cumple la función de recordar y nombrar:

Nombre, memoria y voz: cómo te llamas, quiénes fueron tu padre y tu madre, cuáles son tus palabras, cómo hablas, quién habla por ti: qué recuerdas: todas estas preguntas actualísimas del continente hispanoamericano están formuladas ya en Bernal, y serán las preguntas de Rubén Darío y de Pablo Neruda, de Alejo Carpentier y de Gabriel García Márquez.

Son las preguntas dirigidas al nombre, a la voz y al recuerdo de una utopía americana devastada por una épica, sin embargo, vacilante.

¿Puede pensarse que el resultado de esta ambigüedad sea la *tragedia*, que Max Scheler describió como un conflicto de valores condenados a la exterminación mutua?

No lo creo así. Más bien me adhiero al pensamiento de María Zambrano, la gran escritora española, cuando nos advierte que:

El conflicto trágico no alcanzaría a serlo... si consistiera solamente en una destrucción; si de la destrucción no se desprendiera algo que la sobrepasa, que la rescata. Y de no suceder así, la tragedia sería nada más el relato de una catástrofe.

Las filosofías del progreso lineal hacia la felicidad inevitable despojaron al Occidente de la perspectiva trágica.

Nietzsche lamenta la muerte de la tragedia porque, privados de ella, ya no entendemos que las acciones del héroe trágico, aunque provoquen destrucción, crean *también* un círculo de consecuencias superiores que nos permiten fundar un nuevo mundo sobre las ruinas del viejo mundo.

Ello es así porque el conflicto trágico no ocurre entre dos virtudes —el bien y el mal— sino entre dos valores igualmente importantes: la ciudad y la familia —Antígona—, el individuo y Dios —Prometeo— y dos culturas —la del mito indígena y la de la utopía europea—.

La tragedia del mundo moderno ha sido la ausencia de tragedia. El sitio de este vacío fue ocupado por el crimen: Auschwitz, el Gulag, Vietnam, en nuestro siglo.

El melodrama del bien y del mal en el nuevo mundo ha consistido en negar a una de las partes, cargándola de culpas, para exaltar a la otra, colmándola de bondades. Esta operación maniquea, hecha en nombre de la Utopía, nos condenó a ser los destinatarios de una felicidad imposible. Pues como esa felicidad ha tardado en llegar, pospuesta por la ausencia de una constante tensión y renovación trágicas, a menudo la carga utópica nos ha condenado a la desesperación. ¿Por qué no somos felices?

La relectura de Bernal Díaz nos propone anticipadamente la idea clásica de Nietzsche, pero le da un cauce novedoso, el que expresa para nuestro tiempo María Zambrano.

El héroe trágico, escribió Nietzsche, sufre, advierte y restaura los valores de la comunidad.

El autor narrativo, advirtió Bernal para nuestros días, no posee las armas para cerrar el círculo trágico, pero sí las necesarias para mantener abierta la posibilidad poética y la posibilidad histórica de los seres humanos.

Un pueblo, dijo Michelet, tiene derecho a soñar su futuro.

Yo diría que también tiene derecho a soñar su pasado.

Todos estamos en la historia porque el tiempo de los hombres y de las mujeres aún no termina.

El futuro de la humanidad sólo está vivo si está inacabado y es capaz de recibir las obras del tiempo.

Pero nuestro pasado también está inacabado, exigiendo constantemente que lo imaginemos de nuevo para que permanezca vivo.

El arte nos revela la novedad del pasado.

La novela ha ocupado el lugar de la tragedia para advertirle tanto a la épica como a la utopía que ambas son insuficientes si no se enfrentan a una historia abierta, inacabada, en la que se reflejan las tendencias de un mundo nuevo que aún se está haciendo.

Para nosotros, españoles e hispanoamericanos, es el mundo por hacerse el que debe unirnos.

Somos todo lo que somos. No podemos negar ni las grandezas ni las servidumbres de nuestros pasados: ni la gloria ni la muerte.

Pero sólo seguiremos *siendo* en el futuro si lo enfrentamos unidos, con todas las cargas de nuestra historia, pero con todas su promesas también, pues es una esperanza compartir la lírica indígena, la prosa de Cervantes, la noche mística de San Juan y el sueño barroco de Sor Juana, las catedrales de Quito y de Burgos, la Coatlicue y la Dama de Elche, las cuevas de Altamira y los murales de Bonampak, Picasso y Tamayo, Neruda y Lorca, el son antillano y el cante jondo, el corrido mexicano y el romancero andaluz.

Hay un mundo después del Quinto Centenario, un mundo de crisis y desafíos descomunales en todos los órdenes —político, económico, tecnológico, cultural— y si ese mundo nos encuentra desunidos, nos vencerá en el nombre de lo que *no es nosotros*.

Para ser, tenemos que ser juntos: españoles e hispanoamericanos.

Pero sólo contaremos para el mundo si antes contamos para nosotros mismos.

Por eso me he acercado hoy a quien primero nos contó: Bernal Díaz del Castillo, preguntándonos: ¿de qué nos acordamos, de qué nos olvidamos, de qué somos responsables?

Pues para actuar unidos, no debemos olvidar, pero tampoco debemos petrificarnos en la culpa, sino convertir la memoria en responsabilidad compartida: la memoria y el deseo son algo más que controversia política, son parte de la dinámica de la cultura: el artista intenta darnos una versión más completa de la realidad.

Compartir la memoria de Bernal Díaz es compartir la imaginación de la creación americana, con su poderosa carga de coraje, sueño, desilusión, voluntad y fatalidad, sentido de los límites, ambiciones frustradas, cosmogonías vencidas pero, ascendiendo sobre las ruinas, el perfil de una nueva civilización.

RÓMULO GALLEGOS:
LA NATURALEZA IMPERSONAL

I

En *El Aleph*, Borges reproduce los espacios del mundo, para reducirlos a uno que los contenga a todos; en *El jardín de senderos que se bifurcan* multiplica los tiempos del mundo, pero al cabo sólo puede darles cabida en la Biblioteca de Babel, una biblioteca que es infinita *si se cifra* en un libro que es el compendio de todos los demás: Funes lo recuerda todo pero Pierre Menard debe reescribir un solo libro, *Don Quijote de la Mancha*, a fin de que nosotros, los hispanoamericanos, contemos con dos historias universales. Vale decir: con una historia interna y otra externa.

Borges es uno de los autores de la historia interna. Rómulo Gallegos el de una historia externa que, al ser releída, nos proporciona la sensación de estar ante un verdadero repertorio de los temas que muchos de nuestros narradores habrán de retomar, refinar, potenciar y a veces, por fortuna y por desgracia, arruinar.

El tema central de Rómulo Gallegos es la violencia histórica y las respuestas a esta violencia *impune*: civilización o barbarie. Respuesta que puede ser individual, pero que se enfrenta a las realidades políticas de la América Hispánica.

No obstante, el sostén primario de las novelas de Gallegos es la naturaleza; una naturaleza primaria también, silenciosa primero, impersonal.

Voy a ocuparme de una sola novela de Gallegos, *Canaima*, porque me ofrece, en primer término, el mejor ejemplo de esta concepción de la naturaleza anterior a todo, sin tiempo, sin espacio, sin nombres: "Inmensas regiones misteriosas donde aún no ha penetrado el hombre", nos advierte Gallegos en el capítulo primero, "Guayana de los aventureros"; una naturaleza autónoma, que avanza sola como el Orinoco: "El gran río avanza solo." De principio a fin, a pesar de las apariencias, a pesar de las miradas diferentes, "acostumbrados los ojos a la actitud recelosa ante los verdes abismos callados", la naturaleza de *Canaima* mantendrá su virginidad impersonal, será siempre, desesperadamente,

> la selva fascinante de cuyo influjo ya más no se libraría Marcos Vargas. El mundo abismal donde reposaban las claves milenarias. La selva anti-humana... un templo de millones de columnas... océano de la selva tupida bajo el ala del viento que pasa sin penetrar en ella... cementerios de pueblos desaparecidos donde son ahora bosques desiertos.

La vida, si existió aquí, es apenas un recuerdo: será, si llega a existir, apenas un recuerdo cuando desaparezca fatalmente. Será siempre, en resumen, lo que Gallegos llama "el alba de una civilización frustrada".

El reino de la naturaleza americana es para el autor venezolano el de la frustración o retrato de la historia: "Mundo retardado, mundo inconcluso, Venezuela del descubrimiento y la colonización inconclusas."

Y a pesar de, o quizás gracias a ello, es "tierra de promisión": el espacio, el río, la selva, engendran un tiempo aunque sólo sea el tiempo propio de la naturaleza:

> Un paisaje inquietante, sobre el cual reinara
> todavía el primaveral espanto de la primera
> mañana del mundo.

II

La naturaleza clásica empieza a ser humanizada cuando Heráclito dice que el universo está en tensión y esta tensión es resultado de una conciencia y de una presencia: el hombre está en la naturaleza, es parte de ella, pero no se somete ciegamente a ella. Gracias a esto, el universo sabe que su permanencia es su cambio y su cambio su permanencia; como en el gran soneto de Quevedo, "sólo lo fugitivo permanece y dura".

Y acaso sólo en el origen se da ese pánico al que se refiere Hölderlin en sus *Reflexiones sobre Edipo:* el pánico de dejar de ser uno con la naturaleza, la necesidad de separarse de ella para ser.

En gran medida, la literatura de Occidente es lo que es porque recuerda u olvida ese temblor original, ese *pánico.* Lo recuerdan Heathcliff y Cathy en la pasión de *Cumbres borrascosas,* pero de Rousseau a Thomas Mann, Europa trata de domesticar a la naturaleza —una domesticación que a veces parece olvido. Balzac, Stendhal, Flaubert escriben una literatura de interiores o de jardines cultivados—, pero a veces la naturaleza en la literatura europea es violenta nostalgia —los poetas románticos ingleses— y a veces es una sustitución radical y repelente: el paisaje industrial que los novelistas ingleses, de Dickens a Arnold Bennett, son los primeros en dibujar y los primeros, también, en impugnar: D. H. Lawrence, como Van Gogh, sale de las entrañas del tizne industrial a descubrir el sol de nuevo en los mediodías de la Provenza o del plexo solar/sexual.

Sin embargo, había otro espacio, increíble para el paseante solitario de Rousseau o para ese gran enfermo de las nieves y montañas de la civilización que es Hans Castorp. En su espléndido ensayo *¿Tolstoi o Dostoievski?,* George Steiner hace notar que dos literaturas nacionales, las de Rusia y los Estados Unidos, mantuvieron abiertos, desde el siglo XIX, los grandes espacios olvidados por la cultura eurocentrista. Son los vastos espacios, ciertamente, a los que Tocqueville, en su famosa profecía, otorgó la sede de los dos primeros estados continentales del porvenir.

Dos inmensos estados sobre dos inmensos espacios. Pero la literatura no vive nunca de absolutos, ni de proposiciones monistas; busca la dualidad, lo múltiple, los espejos contradictorios. La tensión de la novelística rusa y norteamericana en el siglo que va de 1850 a 1950, consiste en que el espacio inmenso de las estepas de Tolstoi encuentra su contraste recíproco en el espacio minúsculo de la recámara oscura —amarilla como el humo del verano— de Raskolnikov; los bosques inmensos de Turgueniev lo son en el contraste con el rincón del cubo de escalera donde, aterradamente —sin tierra, en el puro artificio sin naturaleza— se topan el príncipe Myshkin y su *némesis*, Rogochin. Los océanos de Melville, también, conocen su contrapunto en las mazmorras, tumbas y paredes condenadas por Edgar Allan Poe y su legión de muertos mal enterrados. Y las praderas de Fenimore Cooper no caben físicamente, aunque sí como nostalgia, impronunciable, en los salones bostonianos de Henry James.

Los dos leviatanes políticos de nuestro tiempo, conquistadores del espacio, le temen, sin embargo, al espacio. La Unión Soviética, heredera de la paranoia zarista, se construyó una fortaleza encerrada, del Elba al Pacífico, y de Siberia a los Himalayas. Pretendió de esta manera cerrar las rutas de todas las invasiones: germánicas y suecas desde el Occidente; mongólicas desde el Oriente; y musulmanas desde el Sur. La apertura actual de la URSS de Gorbachov es una paradoja. Si Rusia se encerró para ser gran potencia, ahora debe abrirse para seguirlo siendo. El *glasnost* no es sólo mental; es apertura física. Los vecinos fronterizos de la URSS amenazan más que nunca a Rusia, pero no militarmente, sino con desarrollo económico, tecnología, diversidad cultural, libertades políticas pero también intolerancias religiosas. La URSS debe concentrarse ahora dentro de sus fronteras, pero sólo para abrirse a la inevitable competencia fuera de ellas, en el siglo XXI, si quiere seguir siendo una gran potencia.

Los EE. UU., movidos por su "destino manifiesto" en el siglo XIX, lo cumplieron ante todo en el espacio: extender su dominio material sobre todo el continente americano, del Atlántico al Pacífico, asegurándose de que sólo tendrían dos

vecinos y ambos débiles: Canadá y México. El destino manifiesto en el espacio se agotó cuando el continente, en California, llegó a su fin. Zona de terremotos y deslizamientos,
slide area, precipitación del "sueño americano" en el mar,
California fue la patria de una literatura limítrofe, en la que
los EE. UU. se veían a sí mismos en un simulacro de espacio
perfectamente simbolizado por el escenario de cartón piedra, el fondo pintado, el *back projection* de los estudios cine-
matográficos de Hollywood. La fábrica de sueños aumentó
una parte del sueño americano, el que se asoció íntimamente a la conquista del espacio. Pero otra parte, insatisfecha,
exigió que ahora se cumpliese, también, un tiempo dominado por los EE. UU.: *el siglo americano*, como lo bautizó Henry
Luce.

¿En qué consistía ese tiempo? En el derecho de ofrecerle
a las civilizaciones menos favorecidas los valores democráticos y los ideales del progreso norteamericanos, con-
siderados universales, incluyendo la filosofía del mercado
capitalista.

Que otras naciones admirasen esos valores e ideales, pero
no los deseasen para sí; o que, más aún, las otras naciones
tuviesen valores e ideales propios, definidos por su historia,
conformados por su cultura y dotados de una dinámica
propia, es algo que a los misioneros políticos y culturales
norteamericanos los llenaba, a veces, de perplejidad, y otras
veces, de cólera. De México al Caribe, a Vietnam y de vuelta
a Centroamérica, los EE. UU. trataron de extender la ilusión
de un espacio agotado mediante un tiempo que, ahora, se
está agotando también. El optimismo de esta extensión más
allá de California llevó a Ernest Hemingway a buscar en
África y España el espacio dramático que su Illinois nativo
parecía negarle, y a Scott Fitzgerald a explotar en la Costa
Azul el placer civilizado que el nuevo rico Gatsby, en la cima
del éxito norteamericano, no pudo encontrar ya entre los
ricos, un poquitín más antiguos, de Long Island. Los asesinos esperaban a Hemingway de regreso: eran los demonios

personales que ningún turismo sanguinario podía exorcizar. California esperaba a Fitzgerald para matarlo como Hemingway se mató a sí mismo. Ambrose Bierce cumplió más oportunamente, con mayor ironía, el trayecto de California a la muerte, buscándola y encontrándola en la Revolución Mexicana; en el abrazo con lo extraño, lo otro.

"Ser un gringo en México; ah, eso es eutanasia", escribió Bierce antes de cruzar la frontera en 1913 y unirse a las fuerzas de Pancho Villa. No se supo más de él. Adentro de California, la eutanasia fue suplida por la ilusión (Hollywood), la comedia grotesca (Nathanael West), el fascismo maquillado (Dashiell Hammett), la violencia a la luz del neón (Raymond Chandler) y, en su nivel más lúcido, por Joan Didion y su visión adolorida de un país exhausto que se engaña a sí mismo e insiste en creer que los demás quieren o necesitan los óbolos norteamericanos.

Sin embargo, para seguir siendo gran potencia en el siglo venidero, los EE. UU. tienen que reconocer los tiempos, es decir, las culturas, ajenos, y respetarlos. Nadie les pide ni intervención ni abstención. Todos les pedimos cooperación, respetuosa, solidaria, despojada de una arrogancia que siempre fue intolerable pero hoy resulta ridícula, pues no tiene más sustento que el autoengaño. "Somos la envidia del mundo", exclamó el incorregible Dan Quayle durante la campaña presidencial de 1988. No es cierto. Ni un alemán, ni un japonés, ni un italiano, ni un español, envidian a los EE. UU.: Europa protagoniza un progreso más democráticamente diversificado y con mayor calidad de vida en todos los órdenes, que el de los EE. UU. América Ibérica, con todos sus problemas, ha descubierto que sólo los resolverá a partir de su propia continuidad cultural, incluyendo su tensión particular entre la historia —el tiempo— y la naturaleza —el espacio—.

Dos grandes escritores del Occidente proponen en sus términos más justos y más dramáticos la posición actual de la naturaleza en la novela. Para Europa, Albert Camus es capaz de mirar a la otra ribera del Mare Nostrum y saber qué es la naturaleza para el europeo que se redescubre en los ojos cegados por el sol árabe en *El extranjero:* en realidad, Mersault no es el extranjero, es el hijo pródigo. Pero, acaso, sólo William Faulkner reúne, paradójicamente, todos los cabos sueltos de la naturaleza occidental en su tierra excéntrica y perdida del Sur norteamericano. Esa tierra se llama Yoknapatawpha y quiere decir, en la lengua de los indios chicsaw desposeídos, tierra dividida, *yocana* y *petopha.* El hombre divide la tierra y, quiéralo o no, se divide a sí mismo. La restauración de la comunidad —la tierra perdida, los hombres derrotados por sí mismos más que por la historia porque han dividido sus almas como han dividido sus tierras— es el tema trágico de Faulkner, y su búsqueda le conduce por los meandros del tiempo y el recuerdo a una actualización verbal que conforma el destino humano: somos lo que hacemos, decimos, recordamos y proyectamos *hoy, aquí.* Este destino continúa siendo trágico porque la voluntad no basta para identificar la libertad o impedir que sucumba, de nuevo, ante el error.

La saga faulkneriana es el momento más alto de la reflexión del Occidente contemporáneo sobre el destino de su naturaleza convertida en espacio histórico y vencida, así, por el tiempo. También es la más alta reflexión americana sobre el destino del espacio en el Nuevo Mundo. Reacción de un sureño que concibió literalmente la derrota frente al mundo del éxito propio del Norte de los EE. UU., la obra de Faulkner nos abre, por la vía de una sensibilidad barroca común a Iberoamérica y al Sur de los EE. UU., la posibilidad de un reconocimiento trágico del cual carecemos. Las razones de esta carencia son múltiples. Para Nietzsche, a partir de Sócrates el mundo trágico es vencido por el mundo racionalista. En todo caso, la tragedia propone la difícil contienda de los valores, no la de las virtudes; no promete que el conflicto pueda resolverse para siempre; sólo ofrece la esperanza de que nuestros desastres, catárticamente y con el paso del tiempo, se transmuten en conocimiento personal y colectivo. El cristianismo pide virtud más que valor y promete salvación final. El mundo industrial y laico secularizó la promesa cristiana y le dio un nombre: progreso. La América española y portuguesa, a partir del siglo XIX, cree en el progreso; pero desde antes, cree en la Utopía. Fuimos inventados por Europa para cumplir la promesa utópica. Admitir el conocimiento trágico es sacrificar la latencia utópica de Iberoamérica, confundida al cabo tanto con la esperanza cristiana como con el progreso moderno.

Faulkner, por el camino de la excepción radical a la filosofía del progreso y del pragmatismo más exitosos del mundo moderno —la de los EE. UU. de América— llegó al umbral de la tragedia: el reconocimiento del valor de la derrota y la hermandad con el fracaso, que es regla, y no excepción, de lo humano. Su experiencia literaria, siendo ejemplar, no suple, en cambio, nuestra experiencia iberoamericana y nuestro camino de hachazos ciegos para salir de la naturaleza primaria, impersonal, descrita por Gallegos.

Por esto es tan importante Gallegos. Sabemos que hay algo mejor y más importante, quizás, que su obra, que resulta raquítica, simplista y sentimental frente a la de un Faulkner. Pero esa misma obra es insustituible, tan insustituible como nuestro propio padre. Si hemos de llegar a la conciencia trágica que es la libertad más cierta que los seres humanos son capaces de encontrar y mantener, deberemos hacerlo a través de nuestro padre Gallegos y las miserias que con tanta *verecundia* latina —con tanta reverencia paternal— el novelista venezolano nos comunica. Padre nuestro que eres Gallegos. Por tu camino se llega al *Paradiso*, contradictorio, erótico y místico, pagano y cristiano, de Lezama Lima: nuestro propio umbral trágico tan lejos de la naturaleza impersonal de Gallegos, las "inmensas regiones misteriosas donde aún no ha penetrado el hombre".

III

Podemos contrastar y reunir el tema de la naturaleza en Gonzalo Fernández de Oviedo en el siglo XVI y en Rómulo Gallegos en el siglo XX. Es uno de los múltiples encuentros directos entre las crónicas de fundación y la novelística contemporánea a los que me vengo refiriendo. Oviedo, decía en un capítulo anterior, siguiendo la interpretación de Gerbi en *La disputa del Nuevo Mundo,* es tanto cristiano como renacentista en su tratamiento de la naturaleza americana. Cristiano porque se muestra pesimista ante la historia, renacentista porque se muestra optimista hacia la naturaleza. Por lo tanto, si el mundo de los hombres es absurdo o pecaminoso, la naturaleza es la razón misma de Dios, y Oviedo puede exaltar la grandeza de las tierras nuevas porque son tierras sin historia: es decir, *tierras sin tiempo,* utopías intemporales.

Canaima es una novela que, cuatro siglos después de Oviedo, nos demuestra cómo fue humanizada esa naturaleza que certificó su salud en la intemporalidad, en la contradicción de querer ser pura Utopía del espacio, cosa material y filológicamente imposible: Utopía es el lugar que no es, *U-Topos.* Pero también es el tiempo que *sí* puede ser. El conflicto es fértil para comprender, con suerte, que sólo podemos crearnos a contrapelo de nuestras ilusiones fundadoras.

Gallegos entiende esto de inmediato cuando nos habla en su primer capítulo de la naturaleza *diferente* de las miradas que miran a la naturaleza. La naturaleza es un punto de vista, y el hombre no sólo ve sino que *se ve* distinto cuando sólo mira o dependiendo de cómo mira a la naturaleza: Marcos Vargas, como espectáculo; Gabriel Ureña, como espectador.

¿Qué historia nos está contando Rómulo Gallegos en *Canaima?* ¿Cómo se humaniza una naturaleza que es inhumana de arranque y terminará por serlo otra vez: "Se los tragó la selva"? ¿Qué intermedio terrible es éste de los hombres y mujeres sobre la tierra, en la naturaleza? ¿Cómo adquiere ésta, así sea *intermediariamente*, una historia y pasa del espacio al tiempo, aunque termine por perder el tiempo? El mito, la utopía y la historia contienen las respuestas, subyacentes a veces, explícitas otras, promisorias literariamente como lo son lateralmente, sospechamos, en el espíritu de Gallegos.

Tierra mítica, pues el autor nos habla de "los viejos mitos del mundo renaciendo en América". *Tierra utópica*, porque es tierra de "promisión". Pero *tierra histórica* porque la Utopía no se ha cumplido y no se ha cumplido porque ha sido violada por el crimen, por la violencia impune. De allí el carácter inacabado de la historia. De allí este texto: *Canaima*.

La violencia histórica rebana a la mitad las páginas de la novela y se instala, sangrante, en el centro mismo del texto. El corazón histórico de *Canaima* es una fecha, una noche en que "los machetes alumbraron el Vichada": la noche del crimen de Cholo Parima, el asesino del hermano de Marcos Vargas, cuando las aguas se tiñeron de sangre, aumentando con la violencia humana el caudal de la violencia natural de un río que Gallegos nos describe como naciendo del sacrificio: "Una inmensa tierra se exprime para que sea grande el Orinoco."

Gallegos toca en este nivel el problema clásico del origen de la civilización: ¿cómo contestar al desafío de la naturaleza, ser con ella pero distinto a ella?

De la respuesta que demos a esta pregunta dependerá la posición que otorguemos a los seres humanos en la naturaleza misma, sin la cual ningún individuo y ningún grupo humanos pueden subsistir. Cuando el hombre, con arrogancia, se llama a sí mismo "el amo de la Creación", está dándole un tinte religioso a un hecho histórico: el hombre, amo de la naturaleza. ¿Dentro de ella? Hölderlin nos advierte que seremos devorados por ella. ¿Afuera de ella? Freud nos advierte que nos sentiremos exiliados, expulsados, huérfanos. ¿Afuera, pero empeñados en reconciliarnos con ella? Adorno considera que tal empresa es imposible. Hemos dañado demasiado a la naturaleza y al hacerlo nos hemos dañado demasiado a nosotros mismos. Pero, acaso, si reconocemos este doble daño, logremos un punto de vista relativo ante la naturaleza. Socialmente, dice Adorno, no podemos dejar de explotar a la naturaleza. Intelectualmente, no le permitimos que hable, le negamos su punto de vista porque tememos que anule el nuestro. La pérdida de la diferencia entre la naturaleza y el hombre sería, como la pérdida de la diferencia entre el objeto y el sujeto, no una liberación, sino una catástrofe. Autorizaría un absolutismo totalitario a fin de imponer la reconciliación como bien supremo. Adorno ve claramente los peligros de un modelo de reconciliación forzada y desconfía de los impulsos románticos que quisieran recuperar la unidad. Tiene razón: la unidad no es el ser. Y ser indiferenciado no es ser uno. No tenemos más camino, quizás, que hacer un valor de la diferencia, lo heterogéneo; lo que Max Weber llama el politeísmo de valores.

La novela iberoamericana del siglo XX, en la que el dato natural es casi constante, confronta primero a la naturaleza en el extremo devorador, como exclama Rivera en *La vorágine:* "Los devoró la selva." Es decir: ocurrió la catástrofe temida por Hölderlin. En Lezama Lima, encontraremos la creación de la contranaturaleza, en cambio, cuyo artificio autosuficiente, barroco, es como el de ese jardín metálico inventado por el personaje de un momento teatral de Goethe: nuevamente, se trata de probar que somos los amos de la Creación. Podemos *crear* una naturaleza *artificial*. Lezama, claro está, propicia un movimiento barroco que despoja a la fijeza estatuaria de su perfección artificial y la somete al movimiento primero, a la encarnación en seguida, alejándola de la perfección inmóvil. Lezama, que es nuestro gran novelista católico, pero también un poeta pagano, neoplatónico, ubica así el problema de la relación hombre-naturaleza entre dos ideales: la aproximación a Dios, que es la

no-naturaleza, y la entrega al hombre, que es la pasión erótica, como parte de la naturaleza, pero distinta de ella, ni devorada, ni exiliada. Julio Cortázar, en fin, dirá mejor que
nadie que, entre la naturaleza devoradora y la historia exilia-
dora, no tenemos otra respuesta que el arte: específicamente
el arte de narrar.

Pero *Canaima* de Gallegos, al responder a esta pregunta, la
presenta, simplemente, como la historia de un hombre, Marcos Vargas, y su lucha por ser uno con la naturaleza sin ser
devorado por ella.

El tema de la naturaleza en Gallegos se presenta de manera muy directa. *Canaima* es la historia de un hombre, Marcos Vargas, sorprendido entre la naturaleza y sí mismo,
primero; y entre ser uno con la naturaleza sin ser devorado
por ella, en seguida. Gallegos encarna vigorosamente el
dilema pero lo simplifica a la vez que lo rebasa. Lo simplifica, reduciéndolo a una dicotomía entre barbarie y civilización, maldad o bondad, virtud o pecado, de la naturaleza o
del hombre. Lo rebasa, al cabo, creando verbalmente un
espacio hermético y autosuficiente, permitiéndonos escu-
char el silencio magnífico y aterrador de una naturaleza
supremamente indiferente al hombre y dándole a Marcos
Vargas, en cambio, un texto solamente, esta novela, encarnación fugitiva y duradera del verbo posible, realidad única
en la que Vargas puede ser uno con la naturaleza sin ser
devorado por ella: su libro, como *El extranjero*, es el libro de
Mersault.

Pero para llegar a esta conclusión, Gallegos debe pasar
por todo el debate de nuestra modernidad y sus avatares
progresistas. La historia es el primer camino de la humani-
zación de la naturaleza. Primero la historia fue utopía
—espacio— violado por la "violencia impune" que transfor-
mó la edad de oro en edad de hierro. Pero si la naturaleza
inhumana pudo pasar a la edad de oro, a la utopía del hombre, puede también pasar de la edad de hierro a la edad civilizada, la edad de las leyes y el progreso. La barbarie —vio-

lencia impune, edad de hierro— sólo puede superarse a través de la autoridad de la ley.

La historia de *Canaima* sucede en un mundo bárbaro dominado por tiranuelos: los Ardavines, llamados a la manera seudoépica *los Tigres del Guarari*, acompañados de su banda de compinches, "guaruras" y parientes: Apolonio, el Sute Cúpira, Cholo Parima: el ejército caciquil y patrimonialista que ha usurpado las funciones de la ley y la política en la América Española.

Las fuerzas de la civilización se oponen ineficazmente a ellos. Las encarnan los comerciantes honestos como el padre de Marcos Vargas, los ganaderos decentes como Manuel Ladera, los jóvenes intelectuales como el telegrafista Gabriel Ureña; y el propio Marcos Vargas cuando llega a trabajar con Ladera. Estamos en presencia de lo que, en México, con grandes esperanzas, Molina Enríquez llamó "las amplias clases medias", protagonistas del extremo positivo de la disyuntiva civilización-barbarie. Son las fuerzas de una nueva edad de oro —la promesa de una ciudad más justa, más civilizada— opuestas a la edad de hierro —la realidad de una ciudad injusta y bárbara, bañada en sangre—.

IV

La barbarie: estamos en el mundo de los caciques, los jefes políticos rurales que son la versión en miniatura de los tiranos nacionales que gobiernan en nombre de la ley a fin de violar mejor la ley e imponer su capricho personal en una confusión permanente de las funciones públicas y privadas.

No es otra la definición del patrimonialismo que Max Weber estudia en *Economía y sociedad* bajo el rubro de "Las formas de dominación tradicional" y que constituye, en verdad, la tradición del gobierno y ejercicio del poder más prolongada de la América española y portuguesa, según la interpretación de los historiadores norteamericanos Richard

Morse y Bradford Burns. Como esta tradición ha persistido desde los tiempos de los imperios indígenas más organizados, durante los tres siglos de la colonización ibérica y republicana, a través de todas las formas de dominación, la de los déspotas ilustrados como el Dr. Francia y Guzmán Blanco, la de los verdugos tecnocráticos como Pinochet y las juntas argentinas, pero también en las formas institucionales y progresistas del autoritarismo modernizante, cuyo ejemplo más acabado y equilibrado hasta hace poco era el régimen del PRI en México, vale la pena tener en cuenta que, literariamente, ésta es la tierra común del Señor Presidente de Asturias y el Tirano Banderas de Valle-Inclán, el Primer Magistrado de Carpentier y el Patriarca de García Márquez, el Pedro Páramo de Rulfo y los Ardavines de Gallegos, el Supremo de Roa Bastos y el minúsculo don Mónico de Mariano Azuela.

El cuadro administrativo del poder patrimonial, explica Weber, no está integrado por funcionarios sino por sirvientes del jefe que no sienten ninguna obligación objetiva hacia el puesto que ocupan, sino fidelidad personal hacia el jefe; no obediencia hacia el estatuto legal, sino hacia la persona del jefe, cuyas órdenes, por más caprichosas y arbitrarias que sean, son legítimas.

A su nivel más parroquial, es don Mónico echándole encima la Federación a Demetrio Macías en *Los de abajo*, porque el campesino no se sometió a la ley patrimonial y le escupió las barbas al cacique.

La burocracia patrimonialista, advierte Weber, está integrada por el linaje del jefe, sus parientes, sus favoritos, sus clientes: los Ardavines, el jefe Apolonio, el Sute Cúpira, en Gallegos; en Rulfo: Fulgor Sedano. Ocupan y desalojan el lugar reservado a la competencia profesional, la jerarquía racional, las normas objetivas del funcionamiento público y los ascensos y nombramientos regulados.

Rodeado por clientes, parientes y favoritos, el jefe patrimonial también requiere un ejército patrimonial, compuesto de mercenarios, "guaruras", guardaespaldas, "halcones", guardias blancas.

Para el jefe y su grupo, la dominación patrimonial tiene por objeto tratar todos los derechos públicos, económicos y políticos, como derechos privados: es decir, como probabilidades que pueden y deben ser apropiadas para beneficio del jefe y su grupo gobernante.

Las consecuencias económicas, indica Weber, son una desastrosa ausencia de racionalidad. Puesto que no existe un cuadro administrativo formal, la economía no se basa en factores previsibles. El capricho del grupo gobernante crea un margen de discreción demasiado grande, demasiado abierto al soborno, el favoritismo y la compraventa de situaciones.

Esta "forma tradicional de dominación" afecta todos los niveles del ejercicio del poder en la América Latina. Pero la distancia entre cada uno de estos niveles es inmensa y la función que el cacique se reserva es la de ser el "poder moderador" entre los distantes poderes nacionales y los seres demasiado próximos a la interpretación caciquil del poder.

La "monarquía indiana" de España en América se caracterizó por una distancia, no sólo física, sino política, entre la metrópoli y la colonia y, dentro de la colonia, entre sus estamentos. La Nueva Inglaterra se fundó sobre el autogobierno local y jamás dejó de practicarlo; de allí la transición casi natural a la república en el siglo XVIII. La "monarquía indiana"', en cambio, se fundó sobre una pugna persistente entre el lejano poder real y el cercano poder señorial. Madrid nunca admitió los privilegios señoriales reclamados por las novedosas "aristocracias" de las Nuevas Españas porque iban a contrapelo de la restauración centralista, autoritaria y ecuménica de los Habsburgo en la vieja España. De asambleas, ayuntamientos o cortes americanas dice desde un principio, desdeñosamente, Carlos V: "Su provecho es poco y daña mucho."

Distancia entre el poder real centralista y el poder señorial local; pero enorme distancia, también, entre la república de los criollos y la república de los indios, para no hablar de la república marginada y encarcelada: la de los esclavos indios y negros. Desde la era colonial, la América Española vive la contradicción entre una autoridad central de derecho, obstruyendo el desarrollo de las múltiples autoridades locales de hecho. El resultado fue la deformación de ambas, el empequeñecimiento de la autoridad ausente y el engrandecimiento de la autoridad presente modelada sobre aquélla. "El cacique establece el orden allí donde no llega la ley del centro", me dijo imperiosamente un connotado político mexicano la única vez que lo traté.

El orden caciquil reproduce el sistema imperial de delegaciones y ausencias autoritarias a escala regional o aldeana. José Francisco Ardavín comete los crímenes: pero se los ordena su hermano Miguel, quien se reserva el papel del padre protector de sus propias víctimas y así apacigua la cólera. El cacique oculto, asimilado a la naturaleza, al horizonte, al llano venezolano, es un "hombre que se pierde de vista".

Gallegos clama contra la calamidad de los caciques políticos, que son "la plaga de esta tierra" y que quieren para sí todas las empresas productivas. Nicaragua fue la hacienda de Somoza y Santo Domingo la hacienda de Trujillo. La cadena del poder se basa en una cadena de corrupción: Apolonio el caciquillo menor le roba impunemente su yegua al ranchero Manuelote; los Ardavines, caciques mayores, se la roban a Apolonio. Nadie chista. La palabra muere. La injusticia y la barbarie son generales:

Mujerucas de carnes lacias y color amarillento, asomándose a las puertas al paso de los viajeros; chicos desnudos con vientres deformes y canillas esqueléticas cubiertas de pústulas, que se las chupan las moscas; viejos amojamados, apenas vestidos con sucios mandiles de coleta. Seres embrutecidos y enfermos en cuyos rostros parecía haberse momificado una expresión de ansiedad. Guayana, el hambre junto al oro.

La barbarie y la injusticia son generales y se instituyen en sistema:

Se liquidaron las cuentas. Bajaron en silencio la cabeza y se rascaron las greñas piojosas los peones que no traían sino deudas; cobraron sus haberes los que habían sido más laboriosos y prudentes o más afortunados; de allí salieron a gastarlos en horas de parranda y al cabo todos regresaron a sus ranchos encogiendo los hombros y diciéndose que el año siguiente sacarían más goma, ganarían más dinero y no volverían a despilfarrarlo. Pero ya todos, de una manera o de otra, arrastraban la cadena del "avance", al extremo de la cual estaba trincada la garra del empresario.

La injusticia y la barbarie, sin embargo, también son individuales. El patrimonialismo es un nombre sociológicamente elegante para el capricho, y el capricho regala la muerte, una muerte tan gratuita y absurda como la de don Manuel Ladera a manos de Cholo Parima, que establece una cadena de muertes, ojo por ojo, diente por diente, hasta culminar con el simple manotazo sobre una mesa con el que Marcos Vargas, para vengar todas las muertes, cierra el círculo y destruye, de puro miedo, al cacique José Francisco Ardavín, revelándole su condición: estaba hecho polvo; sólo que nadie lo había tocado. El cacique muere en la confrontación circular con su propio ser.

Pero *Canaima*, decálogo de la barbarie, también quisiera ser el texto de la civilización, el repertorio de las respuestas de la historia civilizada, inseparable para Gallegos del proceso de personalización creciente, de pérdida del anonimato del hombre en la naturaleza.

v

Civilización: Nombre y Voz; Memoria y Deseo. Para Gallegos, el primer paso para salir del anonimato es bautizar a la naturaleza misma, nombrarla. El autor está cumpliendo aquí una función primaria que prolonga la de los descubridores y

anuncia la de los narradores conscientes del poder creador de los nombres. Con la misma urgencia, con el mismo
poder de un Colón, un Vespucio o un Oviedo, he aquí a
Gallegos bautizando:

> ¡Amanadoma, Yavita, Pimichin, el Casiquiare, el Atabapo, el
> Guainía!... Aquellos hombres no describían el paisaje, no reve-
> laban el total misterio en que habían penetrado; se limitaban a
> mencionar los lugares donde les hubiesen ocurrido los episo-
> dios que referían, pero toda la selva fascinante y tremenda pal-
> pitaba ya en el valor sugestivo de aquellas palabras.

La primera cosa que Marcos Vargas averigua de los indios
de la selva, en el siguiente capítulo, es que no dicen sus
nombres por nada del mundo, porque "creen que entregan
algo de su persona cuando dan su nombre verdadero".

En una especie de resonancia simétrica, esto será también
lo último que sabremos de Marcos Vargas: ha perdido su
nombre al ingresar al mundo mítico, el mundo de los indios.

La respuesta mínima a la barbarie es la nominación. El
protocolo, la cortesía, el respeto a las formas, tiene también
el propósito de exorcizar la violencia, como en el encuentro
de Manuel Ladera y Marcos Vargas:

> —Ya tuve el gusto de conocer a su padre.
> —Pues aquí tiene al hijo.
> —También he tenido el honor de conocer a misia Herminia,
> su santa madre de usted.
> —Santa es poco, don Manuel. Pero ya usted me amarró con
> ese adjetivo para mi vieja.
> —Un buen hijo es ya para mí la mitad de un amigo.
> —No sé si tengo derecho, pues mi vieja hizo sacrificios por
> mi educación, de los cuales no sacó el fruto que esperaba.
> —Permítame ser su amigo.
> —Quien a buen árbol se arrima.

Todos estos circunloquios tienen por objeto aplazar el uso
de la fuerza, anatematizar el capricho, optar por la civi-

lización y permitir que fructifique su respuesta máxima: la salvación ideológica a través de la fidelidad a las ideas de la Ilustración, es decir, a la filosofía del progreso. Ésta es la parte más débil de Rómulo Gallegos, en la que juega el papel del D'Alembert del llano y distribuye buenos consejos para alcanzar la felicidad a través del progreso, como en estas palabras de Ureña a Marcos Vargas:

> Lee un poco, cultívate, civiliza esa fuerza bárbara que hay en ti, estudia los problemas de esta tierra y asume la actitud a la que estás obligado. Cuando la vida da facultades —y tú las posees, repito— da junto con ellas responsabilidades.

Hasta aquí, Gallegos se hace eco del ideal ilustrado del siglo XVIII; pero en seguida, en el mismo parlamento del mismo personaje, el discurso da un giro iberoamericano sorprendente:

> Este pueblo todo lo espera de un hombre —del Hombre Macho se dice ahora— y tú —¿por qué no?— puedes ser ese Mesías.

Esta singular mezcla de la filosofía capitalista del *self-made man* y la filosofía autoritaria del hombre providencial, revela un conocimiento de la *psique* de Marcos Vargas que se le escapa al progresista puro, don Manuel Ladera, quien hace el elogio del capital y el trabajo y condena la ilusión del oro y el caucho y el sistema esclavista del cual la ilusión se sirve:

> Lo que el peón encuentra en la montaña es la esclavitud, casi, por la deuda del avance, sin modo de zafarse ya del empresario, ni autoridad que contra él lo ampare... La esclavitud, que a veces le heredan los hijos con la deuda.

Marcos Vargas no está de acuerdo con todo esto. Su respuesta es la del hidalgo español, la del hijo del conquistador Pizarro y no la del hijo del filósofo Rousseau:

> Era posible que desde un punto de vista práctico Ladera tuviese razón; pero la aventura del caucho y del oro tenía otro aspecto:

el de la aventura misma, que era algo apasionante: el riesgo corrido, el temor superado. ¡Una fiera medida de hombría!

Gallegos asume las consecuencias de su contradicción, que son las de nuestra tradición, y, quizás a pesar suyo, nos cuenta la historia de un hombre dotado de todas las posibilidades pero carente de fe en el progreso, que podría ser el Jefe, el Hombre Macho de un patrimonialismo ilustrado, el individuo más singularizado del grupo, y que sin embargo terminará perdido en la selva, aculturado con los indios, anónimo con la naturaleza. Singular destino el de Marcos Vargas, que en realidad no lo es porque el otro destino, individual, machista, que Ureña le diseña es un mito *erzatz*, en contradicción con la naturaleza colectiva del mito auténtico. Marcos Vargas pregunta a cada instante —y uno recuerda a Jorge Negrete interpretando este papel en una película mexicana de los años cuarenta—: "*¿Se es o no se es?*" Lo asombroso de *Canaima* es que la pregunta bravucona del macho escondía la afirmación secreta del verdadero mito. Marcos Vargas ingresa al mundo mitológico de los indios y allí deja de ser el macho, el barrunto de jefe, el cacique ilustrado que Ureña soñó para él. Marcos Vargas *es* porque *ya no es*.

Es un personaje excéntrico, el conde Giaffano, quien expresa mejor en *Canaima* la respuesta individualizada a la barbarie. Giaffano es un expatriado italiano que ha ido a la selva venezolana a fin de "desintoxicarse de la inmundicia humana" y que, solo en la selva, cultiva la amistad, el amor y el misterio de sí: las cualidades estoicas, la "intimidad hermética" que para él es la única respuesta a la selva, la única "válvula de escape" de la naturaleza. Confesar esta intimidad, dice Giaffano, es perderla, y perderla es perder "la sensación integral de sí". Giaffano el europeo es lo que Ureña y Vargas nunca pueden ser: un individualista sin tentación de poder o exhibicionismo, un ser privado. Ureña y Vargas en sociedad son, para recordar al gran Usigli, *gesticuladores*.

Entre la crítica, la contradicción y la mera insuficiencia,

¿qué le queda a Rómulo Gallegos en su extraño y fascinante palimpsesto del ser y el estar iberoamericanos? Una paradoja suprema para quien tan agudamente ha precisado el papel enmascarado de la legalidad escrita. Esto es lo que queda, otra vez la palabra escrita, detrás de las máscaras de la apariencia y el poder. El primer nivel de esta respuesta final de la civilización a la barbarie es la nominación de lugares, espacios y gentes que se les asimilan: ríos nombrados como suenan sus aguas, hombres nombrados como suenan sus actos: los Tigres del Guarari, el Cholo Parima, el Sute Cúpira, Juan Solito, Aymará, la india Arecuna.

Pero el segundo nivel es éste, inseparable del tercero: la dramatización de la fuerza de la palabra escrita. El cacique muerto, José Gregorio Ardavín, es casado en pleno *rigor mortis* por el jefe Apolonio con la india Rosa Arecuna. Consumado por escrito el matrimonio, Apolonio exclama: "¡Lo que pueden los papeles, Marcos Vargas!" ¿Dirían otra cosa los Zapata, los Jaramillo, todos nuestros rebeldes campesinos armados, más que con fusiles, con papeles, con títulos de propiedad?

¿Pero dirían otra cosa, también, los poderosos armados de leyes coloniales, constituciones republicanas y contratos transnacionales? El derecho escrito es un arma de dos filos y será Gabriel García Márquez, en *El otoño del patriarca,* quien con mayor lucidez pero con medios más implícitos, explore la doble vertiente de la letra: literatura y ley, palabra y poder. Pero en esta escena espléndida de *Canaima,* Gallegos plantea por vez primera el tema en nuestra novela y ello le sirve para llegar, velozmente, al meollo mismo de su trabajo literario, a la única solución posible, a este nivel del conflicto que él, y Sarmiento antes que él, quisieron resolver también en la acción política, pues ambos fueron presidentes de sus países, aunque más afortunado Sarmiento en Argentina que Gallegos en Venezuela.

El tercer nivel, en fin, de la respuesta de la civilización a la barbarie es nada menos que éste, el de Rómulo Gallegos escribiendo esta novela sobre la lucha entre Civilización y Barbarie y demostrando, al hacerlo, que no posee otra manera de trascender dramáticamente el conflicto. ¿Cómo lo resuelve, en efecto, al nivel de la escritura, más allá del didactismo y los sermones? El derecho más elemental de la literatura es el de nombrar. Imaginar también significa nombrar. Y si la literatura crea al autor tanto como crea a los lectores, también nombra a los tres: es decir, también se nombra a sí misma. En el acto de nombrar se encuentra el corazón de esa ambigüedad que hace de la novela, en las palabras del escritor checoslovaco Milan Kundera, "una de las grandes conquistas de la humanidad". Puede pensarse que este juego de nombrar personajes es anticuado, añade Kundera, pero quizás es el mejor juego que jamás fue inventado, una invitación permanente a salir de uno mismo (de nuestra propia verdad, de nuestra propia certidumbre) y entender al otro.

> Cuando el dios de Pascal salió lentamente del lugar desde donde había dirigido el universo y su orden de valores —dice Kundera—, don Quijote también salió de su casa y ya no fue capaz de comprender al mundo. Hasta entonces transparente, el mundo se convirtió en problema, y el hombre, con él, en problema también. A partir de ese momento, la novela acompaña al hombre en su aventura dentro de un mundo repentinamente relativizado.

Para mí, la novela es un cruce de caminos del destino individual y el destino colectivo expresado en el lenguaje. La novela es una reintroducción del hombre en la historia y del sujeto en su destino; así, es un instrumento para la libertad. No hay novela sin historia; pero la novela, si nos introduce en la historia, también nos permite buscar una salida de la historia a fin de ver la cara de la historia y ser, así, verdaderamente históricos. Estar inmersos en la historia, perdidos en la historia sin posibilidad de una salida para entender la historia y *hacerla* mejor o simplemente *distinta*, es ser, simplemente, también, víctimas de la historia.

En su momento, Gallegos fue fiel a todas estas exigencias del arte narrativo. Sin él no se habrían escrito *Cien años de soledad*, *La casa verde* o *Los pasos perdidos*. Pero su valor no es sólo el de un precursor, un padre venerado primero, detestado después y finalmente comprendido. Digo que Gallegos fue siempre fiel al arte de la novela porque, como don Quijote, como Mr. Pip, como Mitya Karamazov, como Anna Karenina, sus personajes salieron al mundo y no lo comprendieron, sufrieron la derrota de sus ilusiones pero ganaron la experiencia de la gran aventura de la verdad relativa.

VI

El conflicto entre civilización y barbarie es resuelto literariamente por Gallegos mediante una asimilación de su personaje, Marcos Vargas, criatura de la palabra escrita, a una dialéctica, es decir, a un movimiento de germinación y contradicción relativas, que primero nos ofrece una visión de la Naturaleza, en seguida una visión de la Historia como su doble cara —Jano de la Utopía y del Poder— y entre ambas, partiendo su cráneo bifronte, coloca la corona de la verdadera visión humana, ni totalmente natural ni totalmente histórica, simplemente verbal e imaginativa. Entre la naturaleza devoradora y el exilio histórico, el arte de la novela crea un tiempo y un espacio humanos, relativos, vivibles y convivibles.

Rómulo Gallegos es un verdadero escritor: se derrota a sí mismo. Derrota su tesis creando los conflictos de Marcos Vargas entre las exigencias de la naturaleza y de la historia; y esos conflictos, inesperadamente, le otorgan un perfil mítico al personaje.

Marcos Vargas, el conquistador, el hidalgo, el macho, el mesías frustrado, adquiere primero una conciencia de la injusticia y éste es su factor racional: "Desde el Guarampín hasta el Río Negro todos estaban haciendo lo mismo, él entre los opresores contra los oprimidos, y ésta era la vida de la selva fascinante, tan hermosamente soñada."

En el curso de esta reflexión, Marcos Vargas se da cuenta de que conquistar una personalidad es disputársela a la naturaleza, a sabiendas de que se es parte de esa naturaleza: como en el encuentro de Mersault con el sol árabe en *El extranjero,* como en el encuentro de Ismael con el mar colérico y bienhechor en *Moby Dick,* esta tensión es resuelta en *Canaima* mediante una extraordinaria epifanía:

Marcos Vargas está solo en la selva, en medio de una tormenta tropical, y es allí donde se descubre en la naturaleza, parte de ella, pero diferente a ella, amenazado mortalmente por ella, y sufriendo parejamente en ambas situaciones.

Su grito machista, *¿se es o no se es?,* es devorado por la tormenta, que no lo oye pero que le arrebata sus palabras; se las lleva el viento, son el viento y lo nutren. De ese vendaval estremecedor (el momento descriptivo más alto de la obra de Gallegos) Marcos Vargas saldrá —o más bien, será descubierto— desnudo, empapado, tembloroso y abrazado a un mono araguato que se esconde, temblando y llorando también, entre sus brazos.

Marcos Vargas se va a vivir con los indios en su mundo mítico. Se casa con una mujer india, Aymará; tiene con ella un hijo mestizo, el nuevo Marcos Vargas, que a los diez años regresa a la "civilización".

La novia de Marcos, la bordona Aracelis Vellorini, se ha casado con un ingeniero inglés.

Ureña está casado con la hermosa Maigualida, la hija de Manuel Ladera, y es un comerciante respetado.

Él recibe en su casa al hijo de Marcos Vargas.

El ciclo se reinicia. La segunda oportunidad levanta cabeza. Pero las tensiones persisten, no se resuelven, no deben resolverse:

Las tensiones entre el Mito y la Ley, entre la Naturaleza y la Personalidad, entre Permanecer y Regresar, entre Civilización y Barbarie.

Entre todos estos binomios, el hecho más llamativo de *Canaima* es el destino de los destinos. Ésta es una novela de destinos precipitados, cumplidos inmediatamente en los extremos de Ladera el probo y Parima el criminal —o de destinos, en contraste, eternamente postergados, estáticamente ubicados en contrapunto a la norma de la novela, que es la del destino veloz—.

De tal suerte que la fortuna de Marcos Vargas se convierte en un símbolo así de la velocidad del destino al asumir los rostros de la muerte, la desaparición o el olvido, como de su postergación al asumir, contrariamente, la salvaje persistencia de la naturaleza y el poder. En ambos casos, el destino se asemeja a la historia en tanto fuerza inescapable y ciega, pero se asemeja a la naturaleza en tanto ausencia virginal, intocada.

Marcos Vargas alarga la mano para tocar un destino que no sea ni aplastantemente abrupto ni aplastantemente ausente: ingresa al mundo aborigen del mito, cuya postulación es la simultaneidad, el eterno presente.

Gracias a su corona mítica, *Canaima* logra, simultáneamente, reunir y disolver los mundos contradictorios de la naturaleza y el poder hispanoamericanos. Dentro y fuera de la historia, podemos ver el mundo terrible de los Ardavines y el Cholo Parima como nuestro mundo y saber, al mismo tiempo, que su violencia no es privativa de la América Española, ya no, después de lo que hemos vivido en este siglo, *ya no* sólo nuestra.

Rómulo Gallegos, el escritor regionalista, entra a la historia de la violencia del siglo xx. Y esa violencia, lo diré a guisa de conclusión anticipada, es quizás el único pasaporte a la universalidad en las postrimerías de nuestro tiempo.

Rómulo Gallegos, novelista primario y novelista primordial de la América Española, India y Africana, nos ofrece una salida de la naturaleza, sin sacrificarla. Y un ingreso a la historia, sin convertirnos en sus víctimas.

ALEJO CARPENTIER: LA BÚSQUEDA DE UTOPÍA

I

Los pasos perdidos de Alejo Carpentier repite el viaje más antiguo de los hombres del Viejo Mundo en busca del Mundo Nuevo, la peregrinación "al vasto país de las Utopías permitidas, de las Icarias posibles". Es también el descubrimiento de que la Utopía consiste en "barajar las nociones de pretérito, presente, futuro". Es decir: empezando con un desplazamiento en el espacio, el viaje utópico termina con un desengaño y también con una sabiduría. *U-Topos* es el lugar que no es; pero si no es espacio, es tiempo. La pureza europea de una concepción utópica a escala espacial mínima, con el continente, por decirlo así, a la mano, es desvirtuada por la inmensidad del espacio americano. He aquí la paradoja: el tiempo de la Utopía sólo puede ser ganado después de recorrer un inmenso espacio que la niega; recorrer y vencer, neutralizar, eliminar. Utopía se da en *Canaima* pero debe convertir la selva, el río, los escenarios de Gallegos, en tiempo.

Ello es difícil, porque el espacio americano parece indomable. Europa convierte la naturaleza en paisaje. Entre nosotros, priva el asombro del gran poema de Manuel José Othón, por algo titulado *Idilio salvaje*. Aunque el poeta hable de "paisaje", una pintura de Poussin o de Constable sería devorada por "el salvaje desierto", el "horrendo tajo" de esta "estepa maldita" de bloques arrancados por el terremoto, "enjuta cuenca de océano muerto". En este "campo de matanza", parecen ser el dolor y el miedo lo único que, humanamente, se dibuja entre la pura extensión del espacio. Pero la nota dominante es, una vez más, la de una naturaleza agreste, que nos domina con su grandeza:

> Mira el paisaje: inmensidad abajo,
> inmensidad, inmensidad arriba...

El paisaje es raro en la literatura hispanoamericana; los jardines, artificiales evocaciones del mármol. El espíritu civilizado de José Donoso convierte al paisaje en personaje en *Casa de campo* (1978). Se trata, sin embargo, de una nueva manera del idilio salvaje: un paisaje fabricado, monstruoso, que transforma a la naturaleza domeñada en un sofoco. Ha huido el oxígeno de la naturaleza, jardín artificial, y del diálogo, que lo es de niños igualmente artificiales —robots voluntarios y voluntariosos, Midwich Cuckoos del campo chileno—. Eco de la sabiduría paisajística de Rugendas y de la retratística de Monvoisin, la de Donoso es salvajemente artificial, como la del jardín de Goethe ya evocado. Es una nostalgia del mundo primitivo intocado del primer amanecer. El hecho de que lo pueblen niños, artificiales también, prolonga la sensación de inocencia imposible: en *Casa de campo*, David Copperfield ha llegado a la isla desierta del Señor de las Moscas sin más defensa que su buena educación inglesa. Sabe comerse con etiqueta a sus semejantes.

José María Velasco, el gran paisajista mexicano, acaso tenga un equivalente literario en la prosa transparente de Alfonso Reyes. Pero en nuestras novelas, de Payno a Altamirano a Azuela a Rulfo ("la llanura amarguísima y salobre... el peñascal, desamparado y pobre" de Othón parecen descritos para *El Llano en llamas* y *Pedro Páramo*), la naturaleza no es paisaje: es augurio o nostalgia de algo que no es domeñable. La pintura mexicana, de los bosques impenetrables de Clausel a los volcanes del Dr. Atl a los cielos en llamas de Orozco y los pedregales de Siqueiros, abunda en naturaleza, no en paisaje. Pero el "idilio salvaje", si en su segundo término implica naturaleza impersonal, espacio inhumano, "selva selvaggia" que conduce al infierno, anuncia también el idilio que rescata tiempo, perdido, pasado y, acaso, feliz.

En *Los pasos perdidos*, la búsqueda de ese tiempo anterior y feliz —Utopía— crea su propio tiempo, y éste se revela no como un tiempo cualquiera. O más bien: no el tiempo lineal de la lógica progresista. Carpentier identifica la empresa utópica con la empresa narrativa: ambas pretenden conjugar las nociones del tiempo y trascender la discreción sucesiva del lenguaje y de las horas de la racionalidad positiva. Vencer al espacio —el monstruo de la pura inmensidad— y crear el tiempo.

El primer anticipo de esta intención, en *Los pasos perdidos*, la primera de muchas simetrías a las que Carpentier recurre para enriquecer la realidad empobrecida, el tiempo de los relojes, es, clásicamente, la representación dentro de la representación: esa cajita china o muñeca rusa, esa cebolla narrativa que permite a Shakespeare en *Hamlet* y a Cervantes en el retablo de Maese Pedro, como a Julio Cortázar en el hermosísimo relato *Instrucciones para John Howell*, introducir la representación dentro de la representación a fin de que ésta —poema, drama, ficción— se contemple a sí misma —si tiene el valor de hacerlo—. El espectador lector es invitado a hacer lo mismo, aun a costa de una pesadilla sublime, similar a la de esos personajes cómicos del *Discreto encanto de la burguesía* de Luis Buñuel, frustrados en su supremo intento francés de sentarse a gozar de una buena comida y que, cuando al cabo lo logran, apenas se llevan las cucharas soperas a la boca, ven al telón levantarse ante sus narices y se dan cuenta de que están en un escenario teatral, frente a una sala colmada y un público que espera de ellos diálogos ingeniosos, acaso picantes, mientras fingen comer sus pollos de cartón. El terror de saberse representado —y el nuestro de saberlos representados— echa a perder las digestiones estomacales pero facilita las digestiones mentales.

El objeto del "teatro dentro del teatro" en *Los pasos perdidos* es el de "hacer coincidir nuestras vidas". Carpentier se refiere aquí a dos vidas, las de una pareja mal avenida, el narrador y su esposa, la actriz Ruth. ¿Cómo hacer coincidir, en efecto, sus tiempos, si ella vive más en la realidad de un drama teatral sobre la Guerra de Secesión norteamericana que en la realidad de su marido el narrador musicólogo? Además, la obra teatral es un éxito prolongado que "aniquilaba lentamente a los intérpretes, que iban envejeciendo a la vista del público dentro de sus ropas inmutables".

Como el Narrador no puede hacer coincidir su tiempo con el de Ruth su mujer, parte a la América del Sur con su amante francesa, Mouche, que sí comparte el tiempo y los intereses del Narrador. Sobra decir que ésta es una ilusión y que la relación de la pareja Narrador-Ruth es sólo una premonición de la pregunta y la relación, erótica/utópica, central de la novela, que se hace presente cuando el Narrador conoce, en el Orinoco, a Rosario y la pregunta banalmente doméstica de Nueva York se convierte en la pregunta esencial de un lugar que los mapas de la memoria utópica llaman Santa Mónica de los Venados: ¿cómo hacer coincidir los tiempos del Narrador y Rosario?

El Narrador llega a una ciudad hispanoamericana que sólo puede ser Caracas. En el Nuevo Mundo hispano "conviven Rousseau y el Santo Oficio, la Virgen y *El capital*", pero cuando una insurrección aísla al hotel donde habita el Narrador y se interrumpen los servicios de luz y agua, las alimañas salen por las coladeras y los bichos van subiendo desde los sótanos.

El Narrador quiere ir más lejos. No viene en busca de la prolongación caricaturesca de la modernidad norteamericana en la modernidad hispanoamericana, sino de una realidad *ab-original:* el treno, la unidad mínima de la música. Vale decir: el mito de mitos, la palabra de palabras, el sonido del cual, en un lamento ritual —la trenodia—, nacen todos los demás. Pero ese mito sonoro está oculto en el corazón de las tinieblas, en la entraña de una naturaleza tupida. El Narrador hace caso omiso de la extensión en el espacio; más que un obstáculo, éste es una invitación que le identifica con los primeros descubridores del Mundo Nuevo, le permite rein-

cidir en su asombro —el de Colón y Bernal, Solís y Balboa—
y adquirir otro sentido de las proporciones: las montañas
crecen, el prestigio humano cesa, y los seres, ínfimos y mudos, sienten que ya no andan entre cosas a su escala. "Estábamos sobre el espinazo de las Indias fabulosas, sobre
una de sus vértebras."

Ya conocemos esta naturaleza impersonal: es la de *Canaima*. Pero el novelista cubano va a permitir que la naturaleza se revele como tiempo y se despoje de su pura extensión. Carpentier, musicólogo él mismo, se asemeja a ciertas
grandes obras musicales modernas —pienso en Varése,
Stravinsky, el Debussy del *Martirio de San Sebastián*— que
parecen identificarse como una extensión sólo para conjugar
un tiempo. Asimismo, en *Los pasos perdidos*, en el extremo de
la naturaleza, en el surtidor oscuro de los ríos, las bestias y la
flora, la selva va a revelarse como *una nación escondida*.

Un hombrecito de cejas enmarañadas conocido como el
Adelantado, acompañado de su perro Gavilán, le dice al Narrador en una taberna de Puerto Anunciación, allí donde se
dejan atrás las tierras del caballo para ingresar a las tierras
del perro:

> Cubriendo territorios inmensos —me explicaba—, encerrando
> montañas, abismos, tesoros, pueblos errantes, vestigios de civi-
> lizaciones desaparecidas, la selva era, sin embargo, un mundo
> compacto, entero, que alimentaba su fauna y sus hombres,
> modelaba sus propias nubes, armaba sus meteoros, elaboraba
> sus lluvias: nación escondida, mapa en clave, vasto país vegetal
> de muy pocas puertas. [...] Para penetrar en ese mundo, el Ade-
> lantado había tenido que conseguirse las llaves de secretas
> entradas: sólo él conocía cierto paso entre dos troncos, único en
> cincuenta leguas, que conducía a una angosta escalinata de lajas
> por la que podía descenderse al vasto misterio de los grandes
> barroquismos telúricos.

El Adelantado es, sin intención peyorativa alguna (todo lo
contrario), el Retrasado: sabe cómo ir adelante porque ha
estado allí antes y quizás en compañía de Rafael Hitloday, el

viajero utópico de Tomás Moro, quien en 1517 nos advierte
que para entrar a Utopía se requiere hacer un pasaje peligroso a través de canales

> que sólo los utopianos conocen, de tal suerte que los extranjeros
> sólo pueden entrar a esta bahía guiados por un piloto utopiano.
> Pues aun para los habitantes apenas si existen entradas segu-
> ras, salvo si marcan su pasaje con ciertos signos en la costa.

No margino el encanto narrativo de Carpentier: hay en
esta novela un elemento mágico, infantil, digno de Stevenson y Verne, pues para regresar a la Isla del Tesoro o llegar al
centro de la tierra, también se requiere un conocimiento
secreto, un mapa, una memoria. Utopía está en el recuerdo y
es necesario recordar para regresar a una tierra que no es
en el espacio sino en el tiempo. Las claves de *U-Topos* deben
ser claves en el tiempo y el recuerdo del tiempo se llama
mito, "el recuerdo vivo de ciertos mitos", como escribe Carpentier.

La catalizadora de este mundo mítico, de este recuerdo, es
una mujer: Rosario. Mujer estupefacta, sentada en un contén
de piedra junto al río, envuelta en una ruana azul, con un
paraguas dejado en el suelo, con la mirada empañada y los
labios temblorosos, mujer recobrada de las tinieblas, resuci-
tada, que parecía regresar de muy lejos, mira al Narrador
"como si mi rostro fuese conocido", da un grito y se agarra
de él, implorando "que no la dejaran morir de nuevo".

Hay una antigua hechicera que habita las más viejas ficciones terrenales, la isla de Circe de Homero y la Tesalia del
Asno de oro de Apuleyo, los páramos escoceses de *Macbeth* de
Shakespeare y las calles españolas de *La Celestina* de Rojas,
pero también los pasmados salones nupciales de Dickens,
donde Miss Havisham se muere entre las reliquias de unos
velos rasgados y un pastel devorado por las ratas, y en los
palacios venecianos de Henry James donde ella, la hechicera
anciana, guarda los secretos de la palabra y la historia: esta
mujer —la mujer— es "el conducto hacia los ritos primeros

del hombre". La hechicera es dueña de las claves esotéricas. Rosario pertenece a esta estirpe. Y esotérico —eso-theiros— significa introducir, hacer entrar. El "esoterismo", en este caso, es en apariencia el del ingreso a la selva, a la naturaleza; pero en realidad —como en Moro— es el ingreso a Utopía, el lugar que no es en el espacio pero que, acaso, tenga *lugar* en el *tiempo*. Para "hacer entrar", pasando del espacio al tiempo, de *topos* a *cronos*, hay que vencer los muros de lo que los sentidos llaman "realidad".

Paralelamente al encuentro con la hechicera, Carpentier se empeña, por estas razones, en un proceso de desrealización de la naturaleza que lleva a sus consecuencias finales la pugna entre naturaleza y naturalismo:

> Al cabo de algún tiempo de navegación en aquel caño secreto, se producía un fenómeno parecido al que conocen los montañeses extraviados en las nieves: se perdía la noción de la verticalidad, dentro de una suerte de desorientación, de mareo de los ojos. No se sabía ya lo que era del árbol y lo que era del reflejo. No se sabía ya si la claridad venía de abajo o de arriba, si el techo era de agua, o el agua suelo; si las troneras abiertas en la hojarasca no eran pozos luminosos conseguidos en lo anegado. Como los maderos, los palos, las lianas, se reflejaban en ángulos abiertos o cerrados, se acababa por creer en pasos ilusorios, en salidas, corredores, orillas inexistentes. Con el trastorno de las apariencias, en esa sucesión de pequeños espejismos al alcance de la mano, crecía en mí una sensación de desconcierto, de extravío total, que resultaba indeciblemente angustiosa. Era como si me hicieran dar vuelta sobre mí mismo, para atolondrarme, antes de situarme, en los umbrales de una morada secreta.

Sin embargo, esta sensación de desplazamiento y extrañeza es acompañada por otra sensación de asimilación constante: lo que más asombra al viajero narrador es "el inacabable mimetismo de la naturaleza virgen". "Aquí todo era otra cosa, creándose un mundo de apariencias que ocultaba la realidad, poniendo muchas verdades en entredicho".

De Cristóbal Colón a José Eustasio Rivera, de Américo

Vespucio a Rómulo Gallegos, por poderosa y descomunal que sea, la naturaleza americana, por ser naturaleza, se parece a sí misma. A partir de Carpentier, la naturaleza ya no se parece a la naturaleza. El puro espacio sin tiempo engaña, es un espejismo. Pero detrás del vasto engaño del espacio se esconde una vasta apertura del tiempo. La desrealización naturalista permite que el objetivo estético de Carpentier —el inventor del "realismo mágico"— se cumpla al imponerse el tiempo al espacio merced a estos pasos recuperados: el paso de la naturaleza "naturalista" a la naturaleza "enajenada" a la naturaleza puramente metafórica, mimética.

La irrupción del tiempo en *Los pasos perdidos* ocurre en el capítulo XXI, cuando el misionero fray Pedro habla del "poder de andarse por el tiempo, al derecho y al revés". Éste no es un espejismo: es simplemente la realidad de otra cultura, de una cultura distinta: los indios

me resultaban, en su ámbito, en su medio, absolutamente dueños de su cultura. Nada era más ajeno a su realidad que el absurdo concepto de salvaje. La evidencia de que desconocían cosas que eran para mí esenciales y necesarias, estaba muy lejos de vestirlos de primitivismo.

La otra cultura es el otro tiempo. Y como hay muchas culturas, habrá muchos tiempos. Como posibilidades ciertamente; pero sólo a condición de reconocerlos en su origen, de no deformarlos *and usum ideologicum* para servir al tiempo progresivo del Occidente, sino para enriquecer al tiempo occidental con una variedad que es la de las civilizaciones en la hora —previstas por Carpentier, por Vico, por Lévi-Strauss, por Marcel Mauss, por Nietzsche—, en que sus configuraciones salen de las sombras y se proponen como protagonistas de la historia.

Por ello el tiempo de *Los pasos perdidos*, apenas es descubierto, comienza a retroceder con la velocidad de una cascada que asciende a su origen:

El tiempo ha retrocedido cuatro siglos. Ésta es misa de descubridores [...]. Acaso transcurre el año 1540 [...]. Los años se restan, se diluyen, se esfuman, en vertiginoso retroceso del tiempo [...], hasta que alcanzamos el tiempo en que el hombre, cansado de errar sobre la tierra, inventó la agricultura [...] y, necesitado de mayor música, inventó el órgano al soplar en una caña hueca y lloró a sus muertos haciendo bramar una ánfora de barro. Estamos en la Era Paleolítica [...]. Somos intrusos [...] en una ciudad que nace en el alba de la Historia. Si el fuego que ahora abanican las mujeres se apagara de pronto, seríamos incapaces de encenderlo nuevamente por la sola diligencia de nuestras manos.

Éste es el sistema narrativo que Carpentier emplea en una de las obras maestras del relato hispanoamericano, *Viaje a la semilla*, en el que las candelas de un velorio, en vez de agotarse, empiezan a crecer hasta apagarse, enteras, mientras que el hombre velado se incorpora en su féretro y la vida se reinicia retrospectivamente, de regreso a la juventud, la niñez y el útero. El cuento es así una cuenta: la cuenta al revés de los lanzamientos al espacio, diez-nueve-ocho hasta cero. Pero éste es un lanzamiento al tiempo; y si en el cuento es la propia narración la que se cuenta hacia atrás, en la novela el conducto de este remontarse al revés, de este *countdown* o *conto alla rovescia*, es Rosario, quien inmersa en el tiempo y ausente en el espacio, no reconoce la lejanía: "A ella no le importa dónde vamos, ni parece inquietarse porque haya comarcas cercanas o remotas. Para Rosario no existe la noción de *Estar lejos* de algún lugar."

Esto es así porque Rosario vive en el tiempo: "Este vivir en el presente, sin poseer nada, sin arrastrar el ayer, sin pensar en el mañana, me resulta asombroso."

Y le resulta asombroso al lector. El esfuerzo del narrador por remontarse en el tiempo y conjugar pretérito, presente y porvenir, le es privativo y le es necesario porque él quiere *llegar* a Utopía. Pero para Rosario, que ya *está* en Utopía, el ayer y el mañana son innecesarios. El Narrador triunfa sobre el tiempo profano, consecutivo. Rosario ya está instalada en el tiempo mítico, simultáneo y sagrado.

El encuentro del Narrador y Rosario crea un doble movimiento en la novela: el del narrador hacia atrás, que es el ritmo mismo de la novela, "retrocediendo hacia los compases del Génesis"; y el de Rosario, que si para nosotros y el Narrador es un movimiento también hacia atrás, hacia un pasado original, para ella misma no es sino un eterno presente inmóvil. El Narrador tiene que ser moviéndose, si no hacia el futuro, entonces hacia el pasado. Rosario no tiene que moverse. Ya es, ya está. El Narrador encuentra a Rosario y cree que ella lo acompañará en su viaje al origen. No sabe que Rosario *ya está allí* —en el presente absoluto del mito— y no puede abandonar su estar primigenio, so pena (como la Ayesha de Rider Haggard o la tibetana en los *Horizontes perdidos* de James Hilton y otras heroínas de los romances populares) de convertirse en polvo al traspasar el umbral de su tiempo sagrado al tiempo común y corriente, newtoniano, sublunar.

Este doble movimiento, antes de divorciarse de nuevo, se funde en un paso a "la noche de las edades". Todos los tiempos, aquí, se reúnen en un mismo espacio que es cancelado por la abundancia real del tiempo que lo ocupa totalmente. En ese instante, anterior a la semilla y al fuego, donde los perros son anteriores a los perros, y los cautivos lo son de otros cautivos, "hay una forma de barro endurecida al sol":

Una especie de jarra sin asas, con dos hoyos abiertos de lado a lado y un ombligo dibujado en la parte convexa [...]. Esto es Dios. Más que dios: es la Madre de Dios. Es la madre primordial [...], "el secreto prólogo".

La naturaleza convertida en cultura es mucho más terrible que la naturaleza retratada, "naturalista", "verosímil". Veremos en Lezama Lima cómo el barroco, llevado a sus consecuencias finales, convierte el artificio en otra naturaleza, más natural que el artificio de lo natural "nacido sustituyendo", como dice el autor de *Paradiso*. En Carpentier, si de eso se trata, "lo que se abre ante nuestros ojos es el mundo anterior al hombre". Si lo que queremos es la naturaleza virgen, hela aquí en toda su terrible soledad; no el cromo naturalista y complaciente de una naturaleza que nos sobrecoge porque, de todos modos, somos capaces de verla, de estar en ella, sino una naturaleza radicalmente sola, sin testigos humanos y, por ello, posible.

> Aquí [...] aunque la abeja trabaje en las cavernas, nada parece saber de seres vivientes [...]. Estamos en el mundo del Génesis, al final del Cuarto Día de la Creación. Si retrocediéramos un poco más, llegaríamos adonde comenzara la terrible soledad del Creador —la tristeza sideral de los tiempos sin incienso y sin alabanzas, cuando la tierra era desordenada y vacía, y las tinieblas estaban sobre la faz del abismo.

Llevado a este extremo, el paso de la novela vuelve a desdoblarse. No se puede ir más lejos hacia atrás; Carpentier acaba de mostrarnos el abismo de la nada. Ahora, ¿permaneceremos para siempre al filo del alba, en el mito del origen —o le daremos otro contenido al origen, convirtiéndolo en historia—? Pero, ¿puede sobrevivir el mito del origen si se convierte en historia, en movimiento hacia el futuro? Tal es el dilema de toda utopía: permanecer en el origen feliz del pasado, o avanzar hacia la ciudad feliz del futuro.

El movimiento de la novela se descompone en dos utopías. La actividad temporal más señalada de la Utopía es la fundación de la ciudad; pero esta primacía le es disputada por otra actividad opuesta: la búsqueda de la Edad de Oro.

La contradicción es evidente, pues la fundación de la ciudad utópica introduce la historia y el movimiento hacia adelante, introduce la política, en tanto que la Edad de Oro es un mito que vive, como Rosario la mujer que lo encarna, en un presente absoluto e inmóvil.

Esta contradicción eterna de la Utopía es resuelta por la Edad Moderna mediante una inversión temporal. Si antes la

Edad de Oro estaba en el origen y los actos míticos tendían a recordar y restablecer ese momento privilegiado en el que la salud tenía lugar, el cristianismo, al introducir a la divinidad en la historia mediante una promesa de redención, sitúa al Paraíso en el porvenir. El Renacimiento inicia el proceso de secularización de la Edad de Oro en el Nuevo Mundo, y el Siglo de las Luces lo confirma como estandarte de la modernidad: no hay salida sino en el futuro; el pasado es, por definición, bárbaro, nos informa Voltaire.

Pero el Narrador de *Los pasos perdidos*, como el viajero utópico de Tomás Moro, ha estado en Utopía y ha vivido su tiempo perfecto, instante eterno, Edad de Oro que no necesita ser recordada ni prevista. Primero, toma la "gran decisión de no regresar allá": decide permanecer en la Edad de Oro. Pero en seguida las racionalizaciones de su cultura se le imponen y decide regresar: "Un joven, en alguna parte, esperaba tal vez mi mensaje, para hallar en sí mismo, al encuentro de mi voz, el rumbo liberador", dice el Narrador de Carpentier. Lo mismo dijo, más de cuatro siglos antes, el Narrador de Tomás Moro, y al llegar al reino indio de Michoacán bajo el brazo del obispo Vasco de Quiroga lo repitió:

> Si usted hubiera estado en Utopía conmigo y hubiera visto sus leyes y gobiernos, como yo, durante cinco años que viví con ellos, en cuyo tiempo estuve tan contento que nunca los hubiera abandonado si no hubiese sido para hacer el descubrimiento de tal nuevo mundo a los europeos [...]. [*Utopía*, libro primero.]

Nuestra cultura prometeica, persuasiva, ideológica, no puede estar tranquila si no catequiza a alguien: el Viajero de Moro y el Narrador de Carpentier regresan a persuadir, sermonear, transformar a sus contemporáneos occidentales. Éstos, sin duda, los escucharán y regresarán a Utopía —a colonizarla, si son de derecha; a hacer turismo revolucionario, si son de izquierda—.

"No regresar" es el verbo de la Utopía de la Edad de Oro original.

"Regresar" es el verbo de la Utopía de la Ciudad Nueva y Justa.

El Narrador de *Los pasos perdidos* está dividido por la doble utopía: entre encontrar lo perdido, y comunicar, regresar, reformar, liberar. Comete, al cabo, "el irreparable error de desandar lo andado, creyendo que lo excepcional puede serlo dos veces".

Acaso Vasco de Quiroga sea el único utopiano verdadero. Sabiéndose en la "edad de hierro" de la Conquista española, intenta restaurar una mínima comunidad humana entre seres concretos: los indios del reino purépecha sojuzgado. Quiroga ilustra más que nadie la verdad de que la historia sólo es digna del hombre cuando éste construye, sobre las ruinas de una civilización anterior, el edificio de una nueva convivencia. Las huellas de Alvarado, Cortés y Nuño de Guzmán ardían aún en los senderos indios de México. Quiroga los irrigó con su sabiduría, paciencia e infinito respeto hacia los vencidos. Su utopía era parte de un vasto empeño educativo que iba más allá de la evangelización, aunque la incluía. En la escuela de Santiago Tlatelolco, los indígenas demostraron muy rápidamente su aptitud para las lenguas, la escritura y las artes de la memoria. Aprendieron. español, griego y latín. En Michoacán, aprendieron a respetarse de nuevo a sí mismos en el orden del trabajo y la convivencia cotidiana. Que ambas experiencias hayan fracasado es una de las grandes tristezas de México. Utopía, como *paideia* de la potencia creativa y de la convivencia civilizada, fue real, por un instante, en los albores de la Nueva España. Alejo Carpentier da cuenta de la esperanza y de la tristeza, en su novela, de una comunidad colocada por encima del individuo y del Estado, porque contiene y perfecciona los valores de ambos.

II

Los pasos perdidos es una novela que J. B. Priestley dijo que quisiera haber escrito y que Edith Sitwell consideró perfecta:

ni le falta ni le sobra nada, dijo la escritora inglesa. Más que perfección, una palabra que no me gusta porque elimina el riesgo de la creación y el margen de la verdadera recreación, que es el del error del creador que nuestra lectura puede asumir y suplir patéticamente, yo hablaría de totalidad. No una totalidad monolítica —falsa totalidad política y literaria— sino una totalidad fugitiva, de niveles complejos, disímiles y a veces contradictorios.

Los niveles más evidentes de *Los pasos perdidos* son el erótico, el lingüístico, el musical y el mítico-utópico.

El erotismo es el del cuerpo, no en su naturaleza natural —Carpentier, a diferencia de muchos novelistas actuales, no da clases de anatomía— sino en su representación y, aun, en su representación de una representación. Ésta es la "concertada ferocidad" de los amantes:

Esta vez enmendamos las torpezas y premuras de los primeros encuentros, haciéndonos más dueños de la sintaxis de nuestros cuerpos. Los miembros van hallando un mejor ajuste; los brazos precisan un más cabal acomodo. Estamos eligiendo y fijando, con maravillados tanteos, las actitudes que habrán de determinar, para lo futuro, el ritmo y la manera de nuestros acoplamientos. Con el mutuo aprendizaje que implica la fragua de una pareja, nace su lenguaje secreto. Ya van surgiendo del deleite aquellas palabras íntimas, prohibidas a los demás, que serán el idioma de nuestras noches. En invención a dos voces, que incluye términos de posesión, de acción de gracias, desinencias de los sexos, vocablos imaginados por la piel, ignorados apodos —ayer imprevisibles— que nos daremos ahora, cuando nadie pueda oírnos. Hoy, por vez primera, Rosario me ha llamado por mi nombre, repitiéndolo mucho, como si sus sílabas tuvieran que tornar a ser moldeadas, y mi nombre en su boca ha cobrado una sonoridad tan singular, tan inesperada, que me siento como ensalmado por la palabra que más conozco, al oírla tan nueva como si acabara de ser creada. Vivimos el júbilo impar de la sed compartida y saciada, y cuando nos asomamos a lo que nos rodea, creemos recordar un país de sabores nuevos.

Este tipo de acoplamiento representativo es el que caracteriza otro aspecto del erotismo de *Los pasos perdidos*: su cópula intertextual, la introducción de un texto en otro. Las crónicas de Castillejos y Fernández de Oviedo, los diarios de Colón y Vespucio, las cartas de Cortés y la bitácora de Pigafetta son como amantes verbales de la novela de Carpentier, y el fruto de esta unión, el texto hijo de los otros textos, pudiera ser una simple frase sensual, un instante en que una nube pasa sobre los protagonistas y "comenzaron a llover mariposas sobre los techos, en las vasijas, sobre nuestros hombros".

Esas mariposas que llueven de una nube son descendientes de la erótica maravillada de los cronistas y descubridores: su intertextualidad contemporánea se prolonga en Malcolm Lowry y Gabriel García Márquez.

Y de este nivel proviene el siguiente, el lingüístico, pues Carpentier propone, como es sabido, una operación intertextual inmediata de rescate de nuestra lengua y sus riquezas perdidas. Pero esta operación es inseparable de la función nominadora de su texto, ya que Carpentier, como Colón u Oviedo, reclama para sí la tarea de "Adán poniendo nombre a las cosas".

En la construcción textual de *Los pasos perdidos*, esta nominación adánica de los árboles, los ríos, los peces y los panes del Nuevo Mundo, que ya notamos en la obra de Gallegos, se presenta en medio de un silencio "venido de tan lejos" que en él la palabra es una creación obligada. Así, el silencio virgen de la naturaleza abismal del Cuarto Día del Génesis le da a la palabra una resonancia musical, pues es en la música donde el silencio es visto, ante todo, como un valor: el silencio es la matriz del sonido.

El silencio total es roto, al nivel musical de la novela, por una "pavorosa grita sobre un cadáver rodeado de perros mudos". Al Narrador esa grita le resulta horrible, hasta que se da cuenta de que la horrenda fascinación de la ceremonia sólo revela que, ante la terquedad de la Muerte que se niega a soltar su presa, la Palabra se descorazona y cede el lugar a la expresión musical mínima, unitaria: ensalmo, estertor, convulsión: el Treno. Con el Narrador, acabamos de asistir al nacimiento de la Música. Y la música nace cuando la Palabra muere porque no sabe qué cosa decirle a la muerte.

Hay aquí una prodigiosa asimilación de los varios niveles verbales de la novela. Pues si el Treno que tan dramáticamente descubre el Narrador es la palabra célula que se transforma en música al necesitar más de una entonación vocal, más de una nota, para alcanzar su forma, no es otro el límite y la función del mito formado, según Lévi-Strauss, por *mitemas* que son la unidad mitológica mínima surgida del orden del lenguaje pero que lo trasciende con el *algo más* que en el lenguaje representa la frase o en la música el treno. No es otro el límite y la función del lenguaje verbal mismo, formado por el ascenso de unidades inferiores mínimas a unidades superiores que completan la unidad anterior.

La unidad de la función verbal, mítica y musical en *Los pasos perdidos* es ilustrada maravillosamente por este encuentro con el nacimiento de la música, con el treno que crea la música con el propósito de devolverle la vida a un muerto. Sin embargo, la hermandad del discurso filosófico de *Los pasos perdidos*, con sus procedimientos lingüísticos y míticos, no estaría completa sin una identidad fundamental de aquellos con esta otra realidad: la de la música en su intención de romper la sucesión lineal, la simple causalidad, situando al auditor en el centro de una red inagotable de relaciones sonoras. El auditor aparece entonces como constructor de un nuevo mundo multidireccional de elementos sonoros liberados, en el que todas las perspectivas son igualmente válidas.

La Utopía auténtica de *Los pasos perdidos* de Alejo Carpentier está aquí, en esta posibilidad, que su sustancia lingüística, erótica, musical y mítica nos ofrece, de construir una historia y un destino con diversas lecturas libres. Es una manera, superior y radical a un tiempo, de definir el arte.

Dicho todo lo anterior, regreso una vez más a la experiencia narrativa de *Los pasos perdidos*, compartiéndola con su Narrador explícito aunque no único:

Cada paso, lo hemos visto, le acerca a los orígenes físicos de la selva y del río, pero también le acerca a los orígenes históricos. Sin embargo, es muy poderosa la sensación de que ocurre una separación, como si ganar el espacio fuese una pérdida de tiempo, pero ganar los pasos del tiempo significase, a la postre, aceptar la pérdida de las huellas naturales. El Narrador apuesta a que recobrar los pasos perdidos en el tiempo no comporte la pérdida del espacio, gracias a una triple construcción del tiempo en el mito, la utopía y la historia. Pero este encuentro total, sin pasos perdidos ni en el reino de Topos ni en los dominios de Cronos, se revela imposible. La historia explota y niega a la naturaleza; el mito exige presencia constante; y la utopía es un mito perverso que no se contenta con el eterno presente del cual arranca, sino que quisiera "tener la chancha y los veintes": su salud está en el pasado, en la edad de oro; pero su dinámica está en el futuro, la ciudad feliz del hombre en la tierra.

Los pasos perdidos de Alejo Carpentier es, en realidad, un encuentro con el verdadero elemento re-ligador (re-ligioso en este sentido prístino) que permite tener presentes todas estas realidades del espíritu humano; su memoria, su imaginación, su deseo. Esta re-liga es la re-ligión de las palabras: el lenguaje. Viaje en el tiempo, viaje en el espacio, uno amenaza con anular al otro y sólo el lenguaje lo impide.

De allí la construcción verbal de la novela, en tres movimientos que son tres parejas de verbos: Buscar y Encontrar; Encontrar y Fundar; Permanecer o Regresar. Las dos primeras series son un continuo; la última pareja, un divorcio, una opción. La primera serie verbal (Buscar y Encontrar) lleva al Narrador de la ciudad de Topía a la Ciudad de Utopía, del espacio civilizado y fijo a la ciudad invisible. Es un viaje a lo largo del espacio de Canaima, un inmenso espacio que debe ser recorrido, colonizado, neutralizado, eliminado, según el caso, para transformar a Canaima en un lugar y un momento en el que coinciden espacio y tiempo. Pero, ¿cómo transformar a la naturaleza en tiempo, sin devastarla a ella o corromperlo a él? Es el problema propuesto por Rómulo Gallegos: el tiempo, esta vez, ¿será Utopía, o sólo un nuevo capítulo en la historia de la violencia impune? Sólo la peregrinación del Narrador —Buscar y Encontrar— esbozará la respuesta.

La selva que recorre el Narrador revela que tiene una historia, sólo que ésta es una historia oculta, una historia que espera ser descubierta. No se trata ya del descubrimiento utópico de lo temporal, de la utopía sin historia del cronista Fernández de Oviedo; tampoco de la fatal corrupción de la naturaleza auroral por la violencia descrita por Gallegos. A la nación escondida, el Narrador entra acompañado de una pareja erótica de su pareja verbal: *busca* con Mouche, su joven amante, compañera en la búsqueda activa, curiosa, del Occidente; *encuentra* con Rosario, la mujer del presente eterno, la que ya está allí, esperándolo, al parecer desde siempre. Rosario posee las llaves de Utopía: son las llaves del mito. El Narrador no puede compartir su tiempo —el descubrimiento del mito, el inminente regreso a Utopía— con su amante moderna. Necesita a la mujer que libera la imaginación mítica: Rosario. La encuentra escribiéndola, como Dante encuentra a Virgilio, evocado por la palabra, en la selva oscura y en la mitad del camino de la vida.

Acompañado de Rosario, el Narrador entra a otro tiempo. Pero entrar a otro tiempo se revela como un paso sinónimo a entrar a otra cultura. Con Rosario, el Narrador se dirige a los ritos iniciales de la humanidad. En todas las obras de Carpentier, es sumamente clara la conciencia de que a culturas distintas corresponden tiempos distintos. *Los pasos perdidos* lo dice claramente:

Aquellos indios que yo siempre había visto a través de relatos más o menos fantasiosos, considerándolos como seres situados al margen de la existencia real del hombre, me resultaban, en su ámbito, en su medio, absolutamente dueños de su cultura. Nada era más ajeno a su realidad que el absurdo concepto de *salvaje*. La evidencia de que desconocían cosas que eran para mí esenciales y necesarias, estaba muy lejos de vestirlos de primitivismo.

La modernidad es una civilización, es decir, un conjunto de técnicas que pueden perderse, o ser superadas. Pero también existe una modernidad de la cultura, y ésta es contemporánea a los diversos tiempos del ser humano. Se puede vivir en un "siglo XIII" de la civilización técnica del Occidente, que sin embargo es la actualidad más plena, menos desposeída, de quienes la viven. Carpentier escribió las primeras novelas hispanoamericanas en que esta modernidad comprensiva (y generosa) se hace explícita. En *Los pasos perdidos*, ello ocurre en el instante en que el Narrador se despoja del tiempo lineal de Occidente como se despoja de Mouche y, con Rosario, parte a descubrir la pluralidad de los tiempos. Rosario está inmersa en el tiempo y ausente en el espacio: no reconoce la distancia; vive en el más pleno de los presentes; le exige, sin duda, demasiado al Narrador: le exige ser Otro, el que no es él. La propia belleza narrativa de la obra, su movimiento acelerado hacia adelante, dirigiéndose al texto que leemos linealmente, sucesivamente (como desesperadamente lo hace notar otro Narrador, el del *Aleph* de Borges) en tensión con el movimiento regresivo de la novela, convirtiéndose en pasado a medida que remonta el espacio en busca del tiempo original, es un movimiento que carece de sentido para Rosario, como no sea el de representar el centro inmóvil del movimiento, el más peligroso equilibrio. Rosario está en el centro de una narración dinámica; el Narrador, debería renunciar a narrar para acompañarla plenamente, para ser su constante pareja carnal. Pero si deja de narrar, el Narrador dejaría de ser.

Por ello, al pasar a la segunda serie verbal de *Los pasos perdidos*, el Narrador, enamorado de Rosario y del eterno presente, se propone una actividad que conjugue su movimiento con la *stasis* de su amante. Ha *encontrado;* ahora va a *fundar. Encontrar* el eterno presente del mito; sobre él, *fundar* la ciudad de Utopía, la nueva ciudad del hombre. El Narrador llega al alba misma del tiempo y allí encuentra la actividad temporal que identifica tiempo e historia: la fundación de la ciudad. El verbo buscar se funde (se funda) con el verbo encontrar. Encontrado el tiempo, fundamos el tiempo: fundamos la ciudad como un espacio del tiempo. Sólo que, habiendo llegado al origen del tiempo, el Narrador continúa portando un doble movimiento. Si éste, en la primera serie verbal de la composición, fue doble (buscar y encontrar, progresión en el espacio, regresión en el tiempo) también lo es en la tercera serie, la final. La segunda, Encontrar y Fundar, es lo más cerca que el Narrador está de la unidad mítica simbolizada por Rosario. Su carga fáustica, en seguida, vuelve a ser una opción, una disyuntiva, un ejercicio de la libertad: *Permanecer* o *Regresar.* Como Prometeo, el Narrador de *Los pasos perdidos* es hombre suficiente para saber que la libertad que no se ejercita, se pierde; la carga de la libertad es usarla; Prometeo, escribe Max Scheler, pierde su libertad al usarla; y se pregunta el filósofo: ¿hubiera sido más libre si no la hubiera usado?

Es el dilema del Narrador de Carpentier. Es el dilema, lo hemos visto, de Utopía. La ciudad perfecta es el lugar que no es: no tiene sitio en el espacio. ¿Puede tenerlo en el tiempo? Es la esperanza del Narrador. Espera capturar la Utopía en el Tiempo, congelarla, junto con su descubrimiento de la música, del lenguaje y de la pasión de su amor con Rosario. Pero a nadie le es otorgado tanto. Prometeo lo supo siempre; a Fausto le costó su alma aprenderlo. El Tiempo no obedece al Narrador; el Tiempo no se detiene obsequioso; el Tiempo se mueve, se escapa a la traza de la ciudad, se precipita en el génesis y antes del génesis, en un "mundo" sin nombre, sin ciudad, sin Rosario, incluso sin Dios: "... la tristeza sideral de los tiempos sin incienso y sin alabanzas, cuando la tierra era desordenada y vacía, y las tinieblas estaban sobre la haz del abismo".

Y así el Narrador, habiendo encontrado la comunidad ideal, no puede retenerla. Si se mueve un paso más hacia atrás, desaparece en la prehistoria, en el pasado absoluto. Si se mueve un paso hacia adelante, desaparece en la historia, en el futuro absoluto, por definición siempre más lejos, nunca alcanzable. Y en ambos casos pierde a la mujer, pierde a Rosario.

Utopía aparece entonces como tiempo, sí, pero sólo un instante en el tiempo, una posibilidad deslumbrante de la imaginación. *U-Topos*, el espacio imposible, resulta ser un tiempo igualmente imposible, un doble paso perdido: los dos tiempos de Utopía se excluyen mutuamente, la ciudad del origen no puede ser la ciudad del futuro; ni ésta, aquélla. La edad de oro no puede estar en dos tiempos, el pasado remoto y el remoto futuro. No la vamos a recuperar; vamos a vivir con los valores conflictivos de la libertad, heterogéneos, jamás unitarios otra vez. Más vale saberlo. Más vale aceptarlo, no con resignación, sino como un desafío...

Entre Permanecer o Regresar, el Narrador de Carpentier usa su libertad para el viaje de retorno. Pero no regresa con las manos vacías. Ha descubierto el origen de la música, ha escuchado las posibilidades, éstas sí sin límite, de la imaginación humana, de la capacidad del saber humano. Estamos en la historia. Vivimos en la *polis*. Seres históricos y políticos, sólo lo somos valiosamente si nos sabemos, cada uno de nosotros, portadores únicos, irremplazables, de una memoria y de un deseo, unidos por la palabra y por el amor.

Alejo Carpentier trajo muchos de estos valores humanos e intelectuales, por vez primera, a la novela hispanoamericana. Fue un musicólogo, como su narrador: autor de una historia de la música en Cuba; de una deliciosa fantasía, *Concierto barroco*, en la que un indiano de México, perdido en el carnaval de Venecia en el siglo XVII, asiste a un concierto dirigido por Vivaldi con monjas que tocan el instrumento de su nombre —Sor Rebekah, Sor Laúd— y que culmina su noche de carnaval sentado sobre la tumba de Stravinsky en la isla mirando el paso del entierro con góndola de Richard Wagner. Pero, sobre todo, Carpentier es el autor de un breve relato maestro, *El acoso*, que narra la persecución de un revolucionario cubano por la policía del dictador Machado durante el tiempo que toma la ejecución, en el teatro de La Habana, de la *Quinta Sinfonía* de Beethoven. La novela coincide con los movimientos musicales y culmina, dentro del propio teatro, cuando reina el silencio: cuando muere el lenguaje, dentro y fuera del texto.

La belleza formal y la tensión narrativa de *Los pasos perdidos* obedecen también, en gran medida, al movimiento musical que he observado en las tres series verbales que arman, mueven, y dan su conflicto, al libro. Carpentier era un hombre extraordinariamente alerta a los movimientos en el arte y la ciencia contemporáneos, y sus novelas no sólo deben leerse tomando en cuenta el pasado histórico evocado con tanta fuerza en *Los pasos perdidos*, *El reino de este mundo*, *El siglo de las luces* o *Guerra del tiempo*, sino a la luz de las creaciones contemporáneas de la poesía y la música. De esta manera, en Carpentier se da un encuentro cultural de primera importancia en sí mismo y para la literatura en lengua española de las Américas. La vitalidad del tiempo en Carpentier es igual a la vitalidad del lenguaje, y en ello el novelista cubano participa de la visión de Vico, para quien entender el pasado no era posible sin entender sus mitos, ya que éstos son la base de la vida social. Para Vico, el mito era una manera sistemática de ver el mundo, comprenderlo y actuar en él. Las mitologías son las historias civiles de los primeros hombres, que eran todos poetas. Los mitos eran las formas naturales de expresión para hombres y mujeres que un día sintieron y hablaron en maneras que hoy sólo podemos recuperar con un esfuerzo de la imaginación. Éste es el esfuerzo de Carpentier en *Los pasos perdidos*, haciéndose eco de la convicción del filósofo napolitano: somos los autores de nuestra historia, empezando con nuestros mitos, y en consecuencia somos responsables del pasado que hicimos para ser responsables de un futuro que podamos llamar nuestro.

Carpentier, musicólogo y novelista, actualiza la historia como creación nuestra mediante narraciones en las que la libertad del lector es comparable a la del auditor de una composición de música serial, situado en el centro de una red de relaciones sonoras inagotables, que le dan a quien escucha la libertad de escoger maneras múltiples de acercarse a la obra, haciendo uso de una escala de referencias tan amplia como lo quieran tanto el autor como el auditor. Éste no crea, pues, el centro: *es* el centro, que no le es impuesto por el autor, quien se limita a ofrecer un repertorio de sugestiones. El resultado puede ser una escritura y una lectura, una composición y una audición tan revolucionarias como el pasaje, digamos, de las operaciones en secuencia de la computación, originadas por Von Neumann en los años cuarenta, a las operaciones previstas para la quinta generación de computadoras, que serán simultáneas y concurrentes. Comparablemente, en la música serial, como en el descubrimiento del treno por el Narrador de *Los pasos perdidos*, no hay centro tonal que nos permita predecir los momentos sucesivos del discurso. Julio Cortázar llevará a su punto de experimentación más alto, entre nosotros, esta narrativa multidireccional en la que el auditor/lector/espectador (Cortázar tiene más presente el cine que Carpentier, y su referencia musical más clara será el *jazz)* puede crear su propio sistema de relaciones con y dentro de la obra.

Pero habrá sido Alejo Carpentier quien primero trajo este espíritu y estas perspectivas a la novela hispanoamericana, enriqueciéndola sin medida. Es bueno leer a Carpentier recordando que con él nuestra novela entró al mundo de la cultura contemporánea sin renunciar a ningún derecho propio, pero tampoco ancilarmente, sino colaborando con plenitud en la creación de la cultura contemporánea —moderna y antigua, cultura de muchos tiempos, entre otras cosas, gracias a novelas como las de Carpentier—. El *lag* cultural que fue nuestro debate decimonónico —la llegada tardía a los banquetes de la cultura occidental, que lamentó Alfonso Reyes— no fue un problema para Carpentier o para los novelistas que le sucedieron. Si había retraso cultural, no fue colmado mediante declaraciones de amor a Francia, odio a España o filiaciones con uno u otro bando de la Guerra Fría, sino de la única manera positiva: creando obras de arte de validez internacional.

Las construcciones narrativas de Alejo Carpentier, sus usos de la simultaneidad de planos, junto con su fusión de lenguajes en tiempos y espacios múltiples, ofreciendo oportunidad de construcción a los lectores, son parte indisoluble de la transitoria universalidad que estamos viviendo.

En un libro que clama por ser reeditado, Eugenio Ímaz, uno de los grandes intelectuales de la emigración republicana española a México, nos recuerda que *U-Topía* es el lugar que no es porque no hay lugar en el tiempo. Por lo tanto, concluye el autor de *Topía y Utopía*, puede haber Utopía, el no lugar, en un ahora concreto. Pues si Utopía no tiene lugar en el mundo, tiene todo el tiempo del mundo. Carpentier diría: todos los tiempos del mundo, y la América Española, más que un espacio inmenso, es una superposición de tiempos vivientes, no sacrificables. Decir esto, y decirlo con la belleza literaria con que el gran novelista cubano lo hace, es precisamente lo que debe decirse cuando entramos a un final de siglo que será lo que será por la manera como entienda la pluralidad de los tiempos humanos.

Es Alejo Carpentier quien, en la novelística hispanoamericana, dice por primera vez que la utopía del presente es reconocer el tiempo de los demás: su presencia. En *Los pasos perdidos*, *El reino de este mundo*, *El siglo de las luces*, *Guerra del tiempo*, *Concierto barroco*, *El arpa y la sombra*, *El acoso* y *El recurso del método*, Carpentier nos ofrece el camino hacia la pluralidad de los tiempos que es el verdadero tiempo de la América Española: condición de su historia, espejo de su autorreconocimiento y promesa patética de su lucha por un porvenir de justicia.

Entre la búsqueda de la Edad de Oro y la promesa de la Ciudad Nueva del hombre, la Utopía de Alejo Carpentier se tiende como un puente verbal que nos permite conjugar aquel pasado y este porvenir en un presente al menos: el de la lectura de sus maravillosas novelas, fundadoras de nuestro presente narrativo.

III

Una de las críticas más pertinentes del tema que nos ocupa se debe a T. W. Adorno. El pensador de la Escuela de Frankfurt escribe que la historia de la civilización surge de un acto de violencia que los seres humanos y la naturaleza soportan por igual. El "dominio sobre la naturaleza" significa que no sólo son subyugadas las fuerzas naturales al imperativo de la necesidad humana, sino que el hombre debe ejercer violencia sobre el hombre. La violencia humana sobre la naturaleza es complementaria de la violencia del hombre contra otros hombres. De este modo, el hombre violenta constantemente *su propia* naturaleza humana.

La violencia y la explotación rompen la liga entre naturaleza y hombre. Nos damos cuenta de que la emancipación humana no puede ocurrir sin una resurrección de la naturaleza; pero semejante reconciliación es imposible porque el hombre nunca le ha permitido a la naturaleza expresar su propio punto de vista. Sólo le permitimos manifestarse ("salirse con la suya") si aprueba nuestros propios imperativos. ¿Y qué imperativo supera el que nos prohíbe dejar de explotar a la naturaleza, porque sin ella no sobreviviríamos? De allí que la totalidad utópica sea imposible.

Adorno rechaza las utopías regresivas que nos prometen la totalidad orgánica en el pasado. Las visiones de "estados originales de identidad feliz entre el sujeto y el objeto son románticas". El "estado indiferenciado" que es objeto del elogio utópico significa la desaparición de la distinción entre sujeto y objeto. Tal sería la perfecta armonía de la Utopía definitiva. En realidad, no sería sino una nueva enajenación, porque sin la distinción entre objeto y sujeto, se pierde la facultad de razonar. ¿Quién razona, y sobre qué?

Finalmente, explica Adorno, existe el peligro de que el anhelo de unidad, tan central al pensamiento utópico, se convierta en un modelo de "reconciliación forzada" en el futuro. Pero nada nos asegura que "una humanidad liberada constituya una totalidad". Lo que Adorno propone como meta axiológica, no es recobrar la unidad, sino restaurar la diferencia: la pluralidad. En esto, sus intenciones se asemejan a las de Vico y Bajtin, en cuanto éstos prefieren lo centrífugo sobre lo centrípeto, la alteridad sobre la unidad, y el reconocimiento constante de que vivimos en un mundo variable en el que no tenemos más remedio que dirigirnos siempre al otro.

En la era nuclear, nuestra conciencia del tema utópico ha sufrido un cambio fundamental. El pensamiento utópico ya no confronta la nostalgia de la ciudad recobrada, sino la posibilidad extrema de la atomización: la extinción de cuanto existe. Entre tanto, nuestra proposición vital se ha simplificado considerablemente. Fundados por la ilusión utópica del renacimiento europeo, hoy intentamos crear algo menos que nuevas utopías, pero algo más que simples imitaciones de modelos prestigiosos. La América india, negra e ibérica se propone sólo crear sociedades viables que puedan asegurarle a sus habitantes un mínimo de bienestar y justicia, sin demasiadas ilusiones, dentro de límites determinados, con actos fundados en la experiencia, incluyendo la experiencia cultural. Pero ésta, querámoslo o no, incluye una concepción crítica de la Utopía.

Pues si lo que nos aguarda es el Apocalipsis, entonces la Utopía arroja una negra luz sobre la catástrofe misma. Nos obliga, en las palabras de Walter Benjamin, a vernos a la luz de la Redención —pero también, hoy, a la luz de la Conde-

nación más absoluta—. Vistas desde uno y otro extremos
—redimidos, condenados— nuestras vidas y nuestras obras
parecen gravemente dañadas, insuficientes y distorsiona-
das. La Utopía vuelve a levantar cabeza sólo para recordar-
nos que pudimos soñarnos a nosotros mismos y a nuestra
sociedad de otra manera: individuos creativos, comunidades
buenas, aunque nunca llegásemos a la cima de nuestras
aspiraciones.

Quizás, entonces, tanto Carpentier como Gallegos tengan
razón. Como el Narrador de *Los pasos perdidos*, la búsqueda
de Utopía quizás sólo pueda darnos una visión del arte, de
la música, de la poesía, en tanto identificaciones concretas
de nuestra universalidad. Pero acaso, como en *Canaima*, esta
visión puede tener lugar en una sociedad un poco más humana y un poco menos injusta.

Entonces la Utopía, apenas le soltamos un poco las rien-
das, se encabrita y se ríe de nosotros, mostrando su verdadera cara. Es la cara de Jano: una *más-cara*. Su precio es la
separación dolorosa del tiempo original de la Creación.
Nacida del mito, la Utopía es un tiempo inconforme, rebelde, que no se contenta con el presente, sino que se dispara,
rostro bifronte, hacia el pasado que añora y el futuro que
desea, quebrándose en dos. Pero en ambos rostros, imposi-
blemente, el utopiano ve la cara de la felicidad.

JUAN RULFO: EL TIEMPO DEL MITO

1. IMAGINAR AMÉRICA

TODA gran novela —y *Pedro Páramo* lo es— es muchas cosas. Entre todas ellas, y para aproximarme a algunas, quisiera aplicar a la obra de Juan Rulfo las categorías que vengo empleando en este libro: epopeya y mito, pero, en esta ocasión, vistas a través de dos funciones: silencio y voz, y dos situaciones: posesión y des-posesión del lenguaje.

La invención de América es una hazaña de la imaginación renacentista. El mundo europeo descubre que tiene otra mitad. Primero la concibe como un doble en el espacio: lugar paradójico de la utopía —el lugar que no es— donde Europa puede, desde ahora, lavar sus pecados históricos rodeada de nobles salvajes.

Edad de Oro, Paraíso Terrestre: el sueño del Renacimiento tiene un lugar e, inmediatamente, lo destruye. La épica de la historia corrompe y esclaviza el sueño mítico, y el inmenso vacío entre la realidad y el sueño es llenado por el barroco americano, el estilo de la abundancia nacido de la abundancia de la necesidad: la gran concesión de la Contrarreforma católica al mundo de los sentidos (como la música es, quizás, la gran concesión de la Reforma protestante a la austeridad puritana de los altares sin figuras), el lugar donde los antiguos dioses pueden reunirse con el nuevo dios cristiano, y el sexo reconocerse en la muerte.

Nacido en las islas del Caribe, el barroco americano culmina y agota la búsqueda del espacio y nos replantea la invención de América como una invención de tiempo. Recordé las palabras de Juan Bodino: lo extraordinario de América, escribió en el siglo XVI el filósofo del Estado centralista francés, en respuesta a las utopías del Nuevo Mundo, es lo más ordinario: América *es* y el mundo, por fin, está completo. Hoy, tendríamos que hacernos eco de estas palabras del autor de los *Seis Libros de la República* sólo para extenderlas: América, el nuevo mundo, tiene como misión la de decir que el mundo nunca está completo porque la historia aún no termina, ni han acabado los hombres y las mujeres que la hacen. El Nuevo Mundo anuncia *su* Nuevo Mundo.

Imaginar América, contar el Nuevo Mundo, no sólo como extensión sino como historia. Decir que el mundo no ha terminado porque es *no sólo* un espacio limitado, sino un tiempo sin límite. La creación de esta *cronotopía* —tiempo y espacio— americana ha sido lo propio de la narrativa en lengua española de nuestro hemisferio. *La transformación del espacio en tiempo:* transformación de la selva de *La vorágine* en la historia de *Los pasos perdidos* y la fundación de *Cien años de soledad.* Tiempo del espacio que los contiene a todos en *El Aleph* y espacio del tiempo urbano en *Rayuela.* Naturaleza virgen de Rómulo Gallegos, libro y biblioteca reflejados de Jorge Luis Borges, ciudad aural e intransitable de Luis Rafael Sánchez. Para Juan Rulfo la cronotopía americana, el encuentro de tiempo y espacio, no es río ni selva ni ciudad ni espejo: es una tumba. Y allí, desde la muerte, Juan Rulfo activa, regenera y hace contemporáneas las categorías de nuestra fundación americana: la epopeya y el mito.

Pedro Páramo, la novela de Juan Rulfo, se presenta ritualmente con un elemento clásico del mito: la búsqueda del padre. Juan Preciado, el hijo de Pedro Páramo, llega a Comala: como Telémaco, busca a Ulises. Un arriero llamado Abundio lo conduce. Es Caronte, y el Estigio que ambos cruzan es un río de polvo. Abundio se revela como hijo de Pedro Páramo y abandona a Juan Preciado en la boca del infierno de Comala. Juan Preciado asume el mito de Orfeo: va a contar y va a cantar mientras desciende al infierno, pero a condición de no mirar hacia atrás. Lo guía la voz de su madre, Doloritas, la Penélope humillada del Ulises de barro,

Pedro Páramo. Pero esa voz se vuelve cada vez más tenue: Orfeo no puede mirar hacia atrás y, esta vez, desconoce a Eurídice. No son ella está sucesión de mujeres que suplantan a la madre y que más bien parecen Virgilios con faldas: Eduviges, Damiana, Dorotea *la Cuarraca* con su molote arrullado, diciendo que es su hijo.

Son ellas quienes introducen a Juan Preciado en el pasado de Pedro Páramo: un pasado contiguo, adyacente, como el imaginado por Coleridge: no atrás, sino al lado, detrás de esa puerta, al abrir esa ventana. Así, al lado de Juan reunido con Eduviges en un cuartucho de Comala está el niño Pedro Páramo en el excusado, recordando a una tal Susana. No sabemos que está muerto; podemos suponer que sueña de niño a la mujer que amará de grande.

Eduviges está con el joven Juan al lado de la historia del joven Pedro: le revela que iba a ser su madre y oye el caballo de otro hijo de Pedro Páramo, Miguel, que se acerca a contarnos su propia muerte. Pero al lado de esta historia, de esta muerte, está presente otra: la muerte del padre de Pedro Páramo.

Eduviges le ha preguntado a Juan en la página 27:

—¿Has oído alguna vez el quejido de un muerto? [...]
—No, doña Eduviges.
—Más te vale [contesta la vieja].

Este diálogo es retomado en la página 36:

—Más te vale, hijo. Más te vale.

Pero entre los dos diálogos de Eduviges, que son el mismo diálogo en el mismo instante, palabras idénticas a sí mismas y a su momento, palabras espejo, ha muerto el padre de Pedro Páramo, ha muerto Miguel el hijo de Pedro Páramo, el padre Rentería se ha negado a bendecir el cadáver de Miguel, el fantasma de Miguel ha visitado a su amante Ana la sobrina del señor cura y éste sufre remordimientos de conciencia que le impiden dormir. Hay más: la propia mujer

que habla, Eduviges Dyada, en el acto de hablar y mientras
todo esto ocurre contiguamente, se revela como un ánima en
pena, y Juan Preciado es recogido por su nueva madre susti-
tuta, la nana Damiana Cisneros.

Tenemos así dos órdenes primeros de la estructura literaria en *Pedro Páramo*: una realidad dada y el movimiento de
esa realidad. Los segmentos dados de la realidad son cualesquiera de los que he mencionado: Rentería se niega a
enterrar a Miguel, el niño Pedro sueña con Susana encerrado
en el baño, muere el padre de Pedro, Juan Preciado llega a
Comala, Eduviges desaparece y la sustituye Damiana.

Pero esos segmentos sólo tienen realidad en el movimiento narrativo, en el roce con lo que les sigue o precede, en
yuxtaposición del tiempo de cada segmento con los tiempos
de los demás segmentos. Cuando el tiempo de unas palabras —*más te vale hijo, más te vale*— retorna nueve páginas
después de ser pronunciadas, entendemos que esas palabras
no están separadas por el tiempo, sino que son instantáneas
y *sólo* instantáneas; no ha ocurrido nada entre la página 27 y
la página 36. O más bien: cuanto ha ocurrido ha ocurrido simultáneamente. Es decir: ha ocurrido en el eterno presente
del mito.

Cuándo en mi lectura sucesiva entendí que los tiempos de
Pedro Páramo son tiempos simultáneos comencé a acumular
y a yuxtaponer, retroactivamente, esta contigüidad de los
instantes que iba conociendo. Pues Rulfo nos invita a entrar
a varios tiempos que, si al cabo se resuelven en el mito, en su
origen narrativo se resisten a la mitificación. Como en el
Tristram Shandy de Sterne, o en los *Cuatro cuartetos* de Eliot
—para abarcar una gama más amplia— la sucesión temporal, épica, que por lo menos desde Lessing se le atribuye a la
literatura, es correspondida, al cabo, por una presencia simultánea, no sucesiva, en el espacio mental, que es en este
caso un espacio mítico.

La historia de Pedro Páramo que le cuentan a Juan sus
madres sucesivas es una historia política y psicológica "rea-

lista", lineal. Pedro Páramo es la versión jalisciense del tirano patrimonial cuyo retrato es evocado en las novelas de Valle Inclán, Gallegos y Asturias: el minicésar que manipula todas las fuerzas políticas pero al mismo tiempo debe hacerles concesiones; una especie de Príncipe agrario.

Descendiente de los conquistadores de la Nueva Galicia, émulo feroz de Nuño de Guzmán, Pedro Páramo acumula todas las grandes lecciones de Maquiavelo, salvo una. Como el florentino, el jalisciense sabe que un príncipe sabio debe alimentar algunas animosidades contra él mismo, a fin de aumentar su grandeza cuando las venza; sabe que es mucho más seguro ser temido que ser amado. En los divertidos segmentos en los que Rulfo narra los tratos de Pedro Páramo con las fuerzas revolucionarias, el cacique de Comala procede como lo recomendó Maquiavelo y como lo hizo Cortés: une a los enemigos menos poderosos de tu enemigo poderoso; luego arruínalos a todos; luego usurpa el lugar de todos, amigos y enemigos, y no lo sueltes más. Maquiavelo, Cortés, Pedro Páramo: no está de más poseer una virtud verbal y también una mente capaz de cambiar rápidamente. Pedro Páramo, el conquistador, el príncipe: comete las crueldades de un solo golpe; distribuye los beneficios uno por uno.

Y sin embargo, este héroe del maquiavelismo patrimonial del Nuevo Mundo, señor de horca y cuchillo, amo de vidas y haciendas, dueño de una voluntad que impera sobre la fortuna de los demás y apropia para su patrimonio privado todo cuanto pertenece al patrimonio público, este profeta armado del capricho y la crueldad impunes, rodeado de sus bandas de mayordomos ensangrentados, no aprendió la otra lección de Maquiavelo, y ésta es que no basta imponer la voluntad. Hay que evitar los vaivenes de la Fortuna, pues el príncipe que depende de ella, será arruinado por ella.

Pedro Páramo no es Cortés, no es el Príncipe maquiavélico porque, finalmente, es un personaje de novela. Tiene una falla secreta, un resquicio por donde las recetas del poder se desangran inútilmente. La Fortuna de Pedro Páramo es una mujer, Susana San Juan, con la que soñó de niño, encerrado en el baño, con la que voló cometas y se bañó en el río, cuando era niño.

¿Cuál es el papel de Susana San Juan? Su primera función, si retornamos de la frase retomada de Eduviges Dyada a la razón de esta técnica, y si la acoplamos al tremendo aguafuerte político y sociológico del cacique rural que Rulfo acaba por ofrecernos, es la de ser soñada por un niño y la de abrir, en ese niño que va a ser el tirano Páramo, una ventana anímica que acabará por destruirlo. Si al final de la novela Pedro Páramo se desmorona como si fuera un montón de piedras, es porque la fisura de su alma fue abierta por el sueño infantil de Susana: a través del sueño, Pedro fue arrancado a su historia política, maquiavélica, patrimonial, desde antes de vivirla, desde antes de serla. Sin embargo, ingresó desde niño al mito, a la simultaneidad de tiempos que rige el mundo de su novela. Ese tiempo simultáneo será su derrota porque, para ser el cacique total, Pedro Páramo no podía admitir heridas en su tiempo lineal, sucesivo, lógico: el tiempo futurizable del poder épico.

2. EN EL CENTRO, LA PALABRA

Abierta esta ventana del alma por Susana San Juan, Pedro Páramo es arrancado de su historia puramente "histórica", política, maquiavélica, en el momento mismo en que la está viviendo. La pasión por Susana San Juan coloca a Pedro en el margen de una realidad mítica que no niega la realidad histórica, sino que le otorga relieve y color, tonos de contraste —Rulfo a veces se parece a los maestros del blanco y negro, Goya y Orozco— que, de hecho, nos permiten entender *mejor* la verdad histórica.

Giambattista Vico, quien primero ubicó el origen de la sociedad en el lenguaje y el origen del lenguaje en la elaboración mítica, vio en los mitos la "universalidad imaginativa" de los orígenes de la humanidad: la imaginación de los pueblos *ab-originales*.

La voz de Rulfo llega a esta raíz. Es, a la vez, silencio y lenguaje; y, para no sacrificar en ningún momento sus dos componentes, es, sobre todo, rumor. Claude Lévy-Strauss, en su *Antropología estructural*, nos dice que la función de los mitos consiste en incorporar y exhibir las oposiciones presentes en la estructura de la sociedad en la cual nace el mito. El mito es la manera en que una sociedad entiende e ignora su propia estructura; revela una presencia, pero también una carencia. Ello se debe a que el mito asimila los acontecimientos culturales y sociales. El hecho biológico de dar a luz se convierte, míticamente, en un hecho social. El juego entre realidad sexual y teatralidad erótica de Doloritas Preciado, Eduviges Dyada, Damiana Cisneros y Dorotea *la Cuarraca* en torno al "hijo" narrador, Juan Preciado, es parte de esta circulación entre biología y sociedad que opera el mito-puente.

Hay más: Lévy-Strauss indica que en cada mito se refleja no sólo su propia poética (es decir, la manera en que el mito es contado en un momento o una sociedad determinados) sino que también da cabida a todas las variantes no dichas, de las cuales esta particular versión es sólo una variante más. Vladimir Propp, en la *Morfología del cuento*, distingue una veintena de funciones propias del cuento de hadas ruso. El orden de las mismas puede variar, pero no se encuentra un cuento que no incluya, en una forma u otra, una combinación de varias de estas funciones. ¿Hay mitos nuevos, nacidos de circunstancias nuevas? Harry Levin recuerda que Emerson pidió una mitología industrial de Manchester, y Dickens se la dio; Trotski pidió un arte revolucionario que reflejase todas las contradicciones del sistema social revolucionario, pero Stalin se lo negó. Sólo la audiencia actual de cine, telenovelas y novelas "divertidas" o *light* ignora que está viendo o leyendo combinaciones de mitos antiquísimos. A otro nivel, sin embargo, sólo la crítica del subdesarrollo sigue manteniendo el mito romántico de la originalidad, precisamente porque nuestras sociedades aún no rebasan las promesas sentimentales de las clases medias del siglo pasado. Todo gran escritor, todo gran crítico, todo gran lector, sabe que no hay libros huérfanos: no hay textos que no desciendan de otros textos.

El mito explica esta realidad genealógica y mimética de la literatura: no hay, como explica Lévy-Strauss, una sola versión del mito, de la cual todas las demás serían copias o distorsiones. Cada versión de la verdad le pertenece al mito. Es decir, cada versión del mito es parte del mito y éste es su poder. El mismo mito —Edipo, pongo por caso— puede ser contado anónimamente, o por Sócrates, Shakespeare, Racine, Hölderlin, Freud, Cocteau, Pasolini, y mil sueños y cuentos de hadas. Las variaciones reflejan el poder del mito. Traten ustedes de contar más de una vez, en cambio, una novela de Sidney Sheldon o de Jackie Collins.

En una de mis novelas, *Aura*, quise hacer explícita esta cadena genésica del mito. La situación de dos mujeres, una joven y otra anciana, en relación con un joven extranjero, proviene, próximamente, de un árbol genealógico de la narrativa europea del siglo pasado: Miss Borderau, Tina y el Narrador en *Los papeles de Aspern* de James; Miss Havisham, Stella y Pip en *Las grandes esperanzas* de Dickens; y la Condesa, la joven Lizveta y Hermann en *Pikova Dama* de Pushkin. En Pushkin, Dickens y James, el hombre atrae a la mujer en contra de la anciana. En mi variación del mito, las dos mujeres se mantienen aliadas contra el hombre. Es más: las dos mujeres son la misma, la vieja capaz de evocar su propia juventud. Pero esta dimensión del mito proviene, a su vez, del cuento japonés de Akinari, escrito en el siglo XVIII, *La casa entre los juncos*, en el que la mujer muerta reaparece con su voz joven en el cuerpo de una anciana. Pero el cuento de Akinari (y la película de Mizoguchi, *Ugetsu Monogatari*, basada en aquél), provienen de los cuentos japoneses del *Togi Boko* (1666) y éstos de la colección, antiquísima, de cuentos chinos, *Tsien teng sin hoa,* que contiene un relato básicamente idéntico al de *Aura.* Fernando Benítez, en fin, me transmite la misma historia contada por indios nahuas en el México contemporáneo. Éste es el círculo que alimenta a la literatura. La picardía crítica, tan abundante en Hispanoamérica y sobre todo en México, se alimenta, en cambio, de su mala fe e ignorancia.

Al contener todos estos aspectos de sí, el mito establece también múltiples relaciones con el lenguaje invisible o no dicho de una sociedad. El mito, en este sentido, es la expresión del lenguaje potencial de la sociedad en la cual se manifiesta.

Esto es igualmente cierto en la antigüedad mediterránea y en la antigüedad mesoamericana, puesto que el mito y el lenguaje son respuestas al terror primario ante la inminencia de la catástrofe natural. Primero hablamos para contar un mito que nos permite comprender el mundo, y el mito requiere un lenguaje para manifestarse. Mito y lenguaje aparecen al mismo tiempo, y los mitos, escribe Vico, son el ingreso a la vasta imaginación de los primeros hombres. El lenguaje del mito nos permite conocer las voces mentales de los primeros hombres: dioses, familia, héroes, autoridad, sacrificios, leyes, conquista, valentía, fama, tierra, amor, vida y muerte: éstos son los temas primarios del mito, y los dioses son los *primeros* actores del mito.

El hombre recuerda las historias de los dioses y las comunica, antes de morir, a sus hijos, a su familia.

Pero el hombre abandona su hogar, viaja a Troya, obliga a los dioses a acompañarle, lucha, convierte el mito en épica y en la lucha épica —que es la lucha histórica— descubre su fisura personal, su falla heroica: de ser héroe épico, pasa a ser héroe trágico. Regresa al hogar, comunica la tragedia a la ciudad, y la ciudad, en la catarsis, se une al dolor del héroe caído y restablece, en la simpatía, los valores de la comunidad.

Éste es el círculo de fuego de la antigüedad mediterránea

—Mito, Épica y Tragedia— que el cristianismo primero y la secularidad moderna, en seguida, excluyen, porque ambos creen en la redención en el futuro, en la vida eterna o en la utopía secular, en la ciudad de dios o en la ciudad del hombre.

La novela occidental no regresa a la tragedia: se apoya en la épica precedente, degradándola y parodiándola (*Don Quijote*) pero vive una intensa nostalgia del mito que es el origen de la materia con la cual se hace literatura: *el lenguaje*.

Pedro Páramo no es una excepción a esta regla: la confirma con brillo incomparable, cuenta la historia épica del protagonista, pero esta historia es vulnerada por la historia mítica del lenguaje.

Negar el mito sería negar el lenguaje y para mí éste es el drama de la novela de Rulfo. En el origen del mito está el lenguaje y en el origen del lenguaje está el mito: ambos son una respuesta al silencio aterrador del mundo anterior al hombre: el universo mudo al cual viaja el narrador de *Los pasos perdidos* de Alejo Carpentier, deteniéndose al borde del abismo.

Por todo esto, es significativo que en el centro mismo de *Pedro Páramo* escuchemos el vasto silencio de una tormenta que se aproxima —y que este silencio sea roto por el mugido del ganado—.

Fulgor Sedano, el brazo armado del cacique, da órdenes a los vaqueros de aventar el ganado de Enmedio más allá de lo que fue Estagua, y de correr el de Estagua para los cerros del Vilmayo. "Y apriétenle —termina—, ¡que se nos vienen encima las aguas!"

Apenas sale el último hombre a los campos lluviosos, entra a todo galope Miguel Páramo, el hijo consentido del cacique, se apea del caballo casi en las narices de Fulgor y deja que el caballo busque solo su pesebre.

"—¿De dónde vienes a estas horas, muchacho?" —le pregunta Sedano.

"—Vengo de ordeñar" —contesta Miguel, y en seguida en la cocina, mientras le prepara sus huevos, le contesta a Damiana que llega "De por ahi, de visitar madres". Y pide que se le dé de comer igual que a él a una mujer que "allí está afuerita", con un molote en su rebozo que arrulla "diciendo que es su crío. Parece ser que le sucedió alguna desgracia allá en sus tiempos; pero, como nunca habla, nadie sabe lo que le pasó. Vive de limosna".

El silencio es roto por las voces que no entendemos, las voces mudas del ganado mugiente, de la vaca ordeñada, de la mujer parturienta, del niño que nace, del molote inánime que arrulla en su rebozo una mendiga.

Este silencio es el de la etimología misma de la palabra "mito": *mu*, nos dice Erich Kahler, raíz del mito, es la imitación del sonido elemental, res, trueno, mugido, musitar, murmurar, murmullo, mutismo. De la misma raíz proviene el verbo griego *muein*, cerrar, cerrar los ojos, de donde derivan misterio y mística.

Novela misteriosa, mística, musitante, murmurante, mugiente y muda, *Pedro Páramo* concentra así todas las sonoridades muertas del mito. *Mito y Muerte:* ésas son las dos "emes" que coronan todas las demás antes de que las corone el nombre mismo de México: novela mexicana esencial, insuperada e insuperable, *Pedro Páramo* se resume en el espectro de nuestro país: un murmullo de polvo desde el otro lado del río de la muerte.

La novela, como es sabido, se llamó originalmente *Los murmullos,* y Juan Preciado, al violar radicalmente las normas de su propia presentación narrativa para ingresar al mundo de los muertos de Comala, dice:

—Me mataron los murmullos.

Lo mató el silencio. Lo mató el misterio. Lo mató la muerte. Lo mató el mito de la muerte. Juan Preciado ingresa a Comala y al hacerlo ingresa al mito encarnando el proceso lingüístico descrito por Kahler y que consiste en dar a una palabra el significado opuesto: como el *mutus* latín, *mudo*, se transforma en el *mot* francés, *palabra*, la onomatopeya *mu*, el sonido inarticulado, el mugido, se convierte en *mythos*, la definición misma de la palabra.

Pedro Páramo es una novela extraordinaria, entre otras cosas, porque se genera a sí misma, como novela mítica, de la misma manera que el mito se genera verbalmente: del mutismo de la nada a la identificación con la palabra, de *mu* a *mythos* y dentro del proceso colectivo que es indispensable a la gestación mítica, que nunca es un desarrollo individual. El acto, explica Hegel, es la épica. Pedro Páramo, el personaje, es un carácter de epopeya.

Pero su novela, la que lleva su nombre, es un mito que despoja al personaje de su carácter épico.

Cuando Juan Preciado es vencido por los murmullos, la narración deja de hablar en primera persona y asume una tercera persona colectiva: de allí en adelante, es el *nosotros* el que habla, el que reclama el *mythos* de la obra.

En la Antigüedad el mito nutre a la épica y a la tragedia. Es decir: las precede en el tiempo. Pero también en el lenguaje, puesto que el mito ilustra históricamente el paso del silencio —*mutus*— a la palabra —*mythos*—.

La precedencia del mito en el tiempo —así como su naturaleza colectiva—, son explicadas por Carl Gustav Jung cuando nos dice, en *Los arquetipos del inconsciente colectivo*, que los mitos son revelaciones originales de la psique preconsciente, declaraciones involuntarias acerca de eventos psíquicos inconscientes. Los mitos, añade Jung, poseen un significado vital. No sólo la representan: *son* la vida psíquica de la tribu, la cual inmediatamente cae hecha pedazos o decae cuando pierde su herencia mitológica, como un hombre que ha perdido su alma.

Recuerdo dos narraciones modernas que de manera ejemplar asumen esta actitud colectiva en virtud de la cual el mito no es inventado, sino vivido por todos: el cuento de William Faulkner "Una rosa para Emilia" y la novela de Juan Rulfo *Pedro Páramo*. En estos dos relatos, el mito es la encarnación colectiva del tiempo, herencia de todos que debe ser mantenida, patéticamente, por todos, pues como lo escribió Vico, *nosotros* hicimos la historia, *nosotros* creamos el tiempo, y si ello es así, si la historia es obra de *nuestra* voluntad y no del capricho de los dioses o del curso de la naturaleza, entonces es *nuestra* obligación mantener la historia: mantener la memoria del tiempo. Es parte del deber de la vida: es mantenernos a nosotros mismos.

3. EN NOMBRE DEL PADRE

El tiempo de América es el tiempo de la Utopía: fuimos fundados por la imaginación renacentista de una Edad de Oro en otra parte: en el Nuevo Mundo, en el paraíso original.

La fuerza de este mito es que es compartido. Todas las cosmogonías indígenas evocan una edad feliz, coincidente con el momento de la fundación. El *Popol Vuh* distingue claramente entre un acto de creación incompleto, anterior a la palabra primero, al hombre en seguida, a fin de que éste habite la tierra y alabe a los dioses:

> Haced pues que haya germinación, que haya
> alba, que seamos invocados, que seamos
> adorados... por el hombre formado...

Con la mayor sencillez, el *Libro del Consejo* maya prosigue a cantar el milagro de la edad de oro: "... los hombres se produjeron, los hombres hablaron; existió la humanidad en la superficie de la tierra. Vivieron, engendraron, hicieron hijas, hicieron hijos..."

No es imaginable contrapunto más bello a la desolación que el último hijo, Juan Preciado, encuentra en la tierra de la creación. Pero ésta no es sólo la tierra del mito original violado, sino que, en el Nuevo Mundo, el mito europeo es idéntico a, pero no se reconoce en, la tierra conquistada. La fuerza del mito es su multiplicación. El Renacimiento europeo potencia el mito clásico de Ovidio y lo transforma, de evo-

cación del pasado, en sueño del porvenir humanista. Pero
Europa no reconoce su propia imaginación en el mito indio;
y cuando descubre el paraíso en América, el elogio dura
poco, la destrucción —épica más evangelización— le sigue y
lo que para el hombre renacentista fue aspiración, para el
hombre americano se convierte, fatalmente, en nostalgia.

Pedro Páramo también contiene su *antes* feliz: la Comala
descrita por la voz ausente de Doloritas, el murmullo de la
madre:

"Un pueblo que huele a miel derramada."

Pero este pueblo frondoso que guarda nuestros recuerdos
como una alcancía sólo puede ser recobrado en el recuerdo;
es el "Edén subvertido" de López Velarde, creación histórica
de la memoria pero también mito creado por el recuerdo.

Pero, ¿quién puede recordar en Comala, quién puede crear
la historia o el mito a partir de la memoria? ¿Quién tiene, en
otras palabras, derecho al lenguaje en Comala? ¿Quién lo
posee, quién no? Stephen Boldy, el crítico inglés y catedráti-
co de Emmanuel College, Cambridge, responde en un brillante estudio sobre *Pedro Páramo:* el dueño del lenguaje es el
padre; los desposeídos del lenguaje son los demás, los que
carecen de la autoridad paterna.

Este pueblo frondoso ha sido destruido por un hombre
que niega la responsabilidad colectiva del mito y vive en el
mundo aislado del poder físico individual, de la fuerza material y de las estrategias maquiavélicas que se necesitan
para sujetar a la gente y asemejar a las cosas.

¿Cómo ocurre esto? ¿Por qué llega Juan Preciado a este
pueblo muerto en busca de su padre?

Ésta es la historia detrás de la épica:

Pedro Páramo ama a una mujer que no pertenece a la
esfera épica. Susana San Juan pertenece al mundo mítico de
la locura, la infancia, el erotismo y la muerte. ¿Cómo poseer
a esta mujer? ¿Cómo llegar a ella?

Pedro Páramo está acostumbrado a poseer todo lo que
desea. Forma parte de un mundo donde el dueño de la es-

fera verbal es dueño de todos los que hablan, como el emperador Moctezuma, que llevaba el título de Tlatoani, el Señor de la Gran Voz, el monopolista del lenguaje.

Un personaje de "Talpa", el cuento de Rulfo, tiene que gritar mientras reza, "nomás" para saber que está rezando y, acaso, para creer que Dios o el Tlatoani lo escuchan.

Pedro Páramo es el padre que domina la novela de Rulfo, es su Tlatoani.

Michel Foucault ha escrito que el padre es el elemento fundamental de la simbolización en la vida de cada individuo. Y su función —la más poderosa de todas las funciones— es *pronunciar* la ley y unir la ley al lenguaje.

La oración esencial, por supuesto, se invoca "en el nombre del padre", y lo que el padre hace, en nuestro nombre y el suyo, es separarnos de nuestra madre para que el incesto no ocurra. Esto lo hace al nombrarnos: nos da su nombre y, por derivación, su ser, nos recuerda Boldy.

Nombrar y *existir*, para el *padre*, son la misma cosa, y en *Pedro Páramo* el poder del cacique se expresa en estos términos cuando Pedro le dice a Fulgor: "La ley de ahora en adelante la vamos a hacer nosotros." La aplicación de esta ley exige la negación de los demás: los *de más*, los que sobran, los que *no-son* Pedro Páramo: "Esa gente no existe."

Pero él —el Padre, el Señor— existe sólo en la medida en que ellos le temen, y al temerlo, lo reconocen, lo odian, pero lo necesitan para tener un nombre, una ley y una voz. Comala, ahora, ha muerto porque el Padre decidió cruzarse de brazos y dejar que el pueblo se muriera de hambre. "Y así lo hizo."

Su pretexto es que Comala convirtió en una feria la muerte de Susana San Juan. La verdad es otra: Pedro Páramo no pudo poseer a la mujer que amó porque no pudo transformarla en objeto de su propia esfera verbal. Pedro Páramo condena a muerte a Comala, porque la condena al silencio —la condena al origen, antes del lenguaje— pero Comala, Susana y finalmente Juan Preciado, saben algo que Pedro

Páramo ignora: la muerte está en el origen, se empieza con la muerte, la vida es hija de la muerte, y el lenguaje proviene del silencio.

Pedro Páramo cree que condena a muerte a un pueblo porque la muerte para él está en el futuro, la muerte es obra de la mano de Pedro Páramo, igual que el silencio. Para todos los demás —para ese coro de viejas nanas y señoritas abandonadas, brujas y limosneras, y sus pupilos fantasmales, los hijos de Pedro Páramo, Miguel y Abundio, y Juan Preciado al cabo— lo primero que debemos recordar es la muerte: nuestro origen, y el silencio: *Mu*, mito, primera palabra nacida del vacío y del terror de la muerte y del silencio. Para todos ellos, la muerte está en el origen, se empieza con la muerte, y acaso es esto lo que une, al cabo, al hijo de Pedro Páramo y a la amada de Pedro Páramo, a Juan Preciado y a Susana San Juan: los murmullos, el lenguaje incipiente nacidos del silencio y de la muerte.

El problema de Pedro Páramo es cómo acercarse a Susana. Cómo acercarse a Pedro Páramo es el problema de sus hijos, incluyendo a Juan Preciado, y éste también es un problema de la esfera verbal.

¿Qué cosa puede acercarnos al padre? El *lenguaje* mismo que el padre quiso darnos primero y quitarnos en seguida: el lenguaje que es el poder del padre, pero su impotencia cuando lo pierde.

Rulfo opta por algo mejor que una venganza contra el padre: lo suma a un esfuerzo para mantener el lenguaje mediante el mito, y el mito de Rulfo es el mito de la muerte a través de la búsqueda del padre y del lenguaje.

Pedro Páramo es en cierto modo una telemaquia, la saga de la búsqueda y reunión con el padre, pero como el padre está muerto —lo asesinó uno de sus hijos, Abundio el arriero— buscar al padre y reunirse con él es buscar a la muerte y reunirse con ella. Esta novela es la historia de la entrada de Juan Preciado al reino de la muerte, no porque encontró la suya, sino porque la muerte lo encontró a él, lo hizo parte de su educación, le enseñó a hablar e identificó muerte y voces o, más bien, la muerte como un ansia de palabra, la palabra como eso que Xavier Villaurrutia llamó, certeramente, la nostalgia de la muerte.

Juan Preciado dice que los murmullos lo mataron: es decir, las palabras del silencio. "Mi cabeza venía llena de ruidos y de voces. De voces, sí. Y aquí, donde el aire era escaso, se oían mejor. Se quedaban dentro de uno, pesadas."

Es la muerte la realidad que con mayor gravedad y temblor y ternura exige el lenguaje como prueba de su existencia.

Los mitos siempre se han contado junto a las tumbas: Rulfo va más lejos: va dentro de las tumbas, lado a lado, diálogo de los muertos:

—Siento como si alguien caminara sobre nosotros.
—Ya déjate de miedos. […] Haz por pensar en cosas agradables porque vamos a estar mucho tiempo enterrados.

La tierra de los muertos es el reino de Juan Rulfo y en él este autor crea y encuentra su arquetipo narrativo, un arquetipo íntimamente ligado a la dualidad padre/madre, silencio/voz.

Para Jung, el arquetipo es el contenido del inconsciente colectivo, y se manifiesta en dos movimientos: a partir de la madre, la matriz que le da forma; y a través del padre, el portador del arquetipo, su *mitóforos*. Desde esta ventana podemos ver la novela de Rulfo como una visita a la tierra de la muerte que se sirve del conducto mítico supremo, el regreso al útero, a la madre que es recipiente del mito, fecundada por el mito: Doloritas y las madres sustitutas, Eduviges, Damiana, Dorotea.

¿Hacia qué cosa nos conducen todas ellas junto con Juan Preciado? Hacia el portador del mito, el padre de la tribu, el ancestro maldito, Pedro Páramo, el fundador del Nuevo Mundo, el violador de las madres, el padre de todititos los hijos de la chingada. Sólo que este padre se niega a portar el mito. Y al hacerlo, traiciona a su prole, no puede hacerse cargo de "las palabras de la tribu".

El mito, indica Jung en sus *Símbolos de transformación*, es lo que es creído siempre, en todas partes y por todos. Por lo tanto, el hombre que cree que puede vivir sin el mito, o fuera de él, es una excepción. Es como un ser sin raíces, que carece de vínculo con el pasado, con la vida ancestral que sigue viviendo dentro de él, e incluso con la sociedad humana contemporánea.

Como Pedro Páramo en sus últimos años, viejo e inmóvil en un equipal junto a la puerta grande de la Media Luna, esperando a Susana San Juan como Heathcliff esperó a Catherine Earnshaw en las Cumbres Borrascosas, pero separado radicalmente de ella porque Susana pertenece al mundo mítico de la locura, la infancia, el erotismo y la muerte y Pedro pertenece al mundo histórico del poder, la conquista física de las cosas, la estrategia maquiavélica para subyugar a las personas y asemejarlas a las cosas.

Este hombre fuera del mito, añade Jung, no vive en una casa como los demás hombres, sino que vive una vida propia, hundido en una manía subjetiva de su propia hechura, que él considera como una verdad recién descubierta. La verdad recién descubierta de Pedro Páramo es la muerte, su deseo de reunirse con Susana. "No tarda ya. No tarda. Ésta es mi muerte. Voy para allá. Ya voy."

Muere una vez que ha dejado a Comala morirse, porque Comala convirtió en una feria la muerte de Susana San Juan:

—Me cruzaré de brazos y Comala se morirá de hambre.
Y así lo hizo.

Pedro Páramo, al condenar a muerte a Comala y sentarse en un equipal a esperar la suya, aparece como ese hombre sin mito del cual habla Jung: por más que la haya sufrido y por más que la haya dado, es un recién venido al reino de la muerte, que es parte de la realidad de la psique.

El poder del padre está dañado porque no cree en el mito —no cree en el lenguaje— y cuando los descubre, es en el sueño de una mujer que no compartirá su sueño —es decir, su mito— con él.

Susana San Juan, en cambio, es protagonista de varios mitos entrecruzados: el del incesto con su padre Bartolomé, y el de la pareja idílica con su amante Florencio. Pero, al cabo, es portadora de uno que los resume todos: el del eterno presente de la muerte. Bartolomé, el otro padre, para poseer a su hija, mata a Florencio.

Privada de su amante, Susana decide privarse de su padre. Pedro Páramo se encarga de Bartolomé San Juan, lo asesina para recuperar a Susana, la niña amada, treinta años después, pero al hacerlo, la pierde, porque la pérdida del padre significa, para Susana, precisamente lo que la presencia del padre significa para el pueblo: *ley: protección: lenguaje.*

Al perder a su padre, Susana pierde ley, protección y lenguaje: se hunde en el silencio, se vuelve loca, sólo participa de su propio monólogo verbal cerrado. Niega al padre. En seguida niega al padre religioso, el padre Rentería. En seguida niega a Dios Padre. ¿Cómo puede Susana San Juan, entonces, reconocer jamás al usurpador de la autoridad paterna, Pedro Páramo, si ha dejado de reconocer a Dios, fuente de la autoridad patriarcal?

Ésta es la realidad que Pedro Páramo no puede penetrar ni poseer y ni siquiera puede ser reconocido por Susana porque jamás puede entrar a su universo verbal, un mundo de silencio impenetrable para el poder de Pedro sobre la palabra: "¿Pero cuál era el mundo de Susana San Juan? Ésa fue una de las cosas que Pedro Páramo nunca llegó a saber." Por una vez, el patriarca todopoderoso, el padre, el conquistador, es excluido. De manera que se cruza de brazos y deja que Comala se muera: Susana San Juan se le escapa, hasta en la muerte, a través de la misma muerte.

Enterrada en vida, habitante de un mundo que rechina, prisionera de "una sepultura de sábanas", Susana no hace ningún distingo entre lo que Pedro Páramo llamaría vida y lo que llamaría muerte: si ella tiene "la boca llena de tierra" es, al mismo tiempo, porque "tengo la boca llena de ti, de tu boca, Florencio".

Susana San Juan ama a un muerto: una muerta ama a un muerto. Y es ésta la puerta por donde Susana escapa al dominio de Pedro Páramo. Pues si el cacique tiene dominios, ella tiene demonios. Loco amor, lo llamaría Breton; loco amor de Pedro Páramo hacia Susana San Juan y loco amor de Susana San Juan hacia ese nombre de la muerte que es Florencio. Pero no loco amor de Susana y Pedro.

Por su clima y temperamento, *Pedro Páramo* es una novela que se parece a otra: *Cumbres borrascosas* de Emily Brontë. Es interesante compararlas porque ha habido una pugna necia en torno a la novela de Rulfo, una dicotomía que insiste en juzgarla sólo bajo la especie poética o sólo bajo la especie política, sin entender que la tensión de la novela está entre ambos polos, el mito y la épica, y entre dos duraciones: la duración de la pasión y la duración del interés.

Esto también es cierto de la obra de Emily Brontë, donde Heathcliff y Cathy pertenecen, simultáneamente y en tensión, a la duración pasional de la recuperación del paraíso erótico de la infancia y a la duración interesada de su *posición* social y su *posesión* monetaria. Georges Bataille ve en *Cumbres borrascosas* la historia de la ruptura de una unidad poética y en seguida la de una rebelión de los expulsados del reino original, de los malditos poseídos por el deseo de recrear el paraíso. En cambio, el crítico marxista Arnold Kettle ve en la obra la historia de una transgresión revolucionaria de los valores morales de la burguesía mediante el empleo de las armas de la burguesía. Heathcliff humilla y arruina a los Lynton manipulando el dinero y la propiedad, los bienes raíces y las dotes matrimoniales.

Ambos tienen razón respecto a Brontë y la tendrían respecto a Rulfo. No son estas novelas reducibles. La diferencia entre ambas es más intensa y secreta. Heathcliff y

Cathy están unidos por una pasión que se reconoce destinada a la muerte. La sombría grandeza de Heathcliff está en que sabe que por más que degrade a la familia de Cathy y manipule y corrompa monetariamente a sus antiguos amos, el tiempo de la infancia compartida con Cathy —esa maravillosa instantaneidad— no regresará; Cathy también lo sabe y por ello, porque ella *es* Heathcliff, se adelanta a la única semejanza posible con la tierra perdida del instante: la tierra de la muerte. Cathy muere para decirle a Heathcliff: éste es nuestro hogar verdadero; reúnete aquí conmigo.

Susana San Juan hace sola este viaje y por ello su destino es más terrible que el de Catherine Earnshaw. No comparte con Pedro Páramo ni la infancia ni el erotismo ni la pasión ni el interés. Pedro Páramo ama a una mujer radicalmente separada de él, a un fantasma que, como Cathy con respecto a Heathcliff en *Cumbres borrascosas*, le precede a la tumba pero sólo porque Susana ya estaba muerta y Pedro no lo sabía. Y sin embargo, Pedro la amó, Pedro la soñó y porque la soñó y la amó es un ser vulnerable, frágil, digno a su vez de amor, y no el cacique malvado, el villano de película mexicana, que pudo haber sido. Pedro le debe a Susana su herida; Susana le invita a reconocerse en la muerte.

La muerte, dice Bataille de *Cumbres borrascosas*, es el origen disfrazado. Puesto que el regreso al tiempo instantáneo de la infancia es imposible, el loco amor sólo puede consumarse en el tiempo eterno e inmóvil de la muerte: un instante sin fin. El fin absoluto contiene en su abrazo todas las posibilidades del pasado, del presente y del futuro. La infancia y la muerte son los signos del instante. Y siendo instantáneos, sólo ellos pueden renunciar al cálculo del interés.

En la muerte, retrospectivamente, sucede la totalidad de *Pedro Páramo*. De allí la estructura paralela y contigua de las historias: cada una de ellas es como una tumba; más bien: *es* una tumba, crujiente, mojada y vecina de todas las demás. Aquí, completada su educación en la tierra, su educación para la muerte y el terror, acaso Juan Preciado alargue la mano y encuentre, él sí, ahora sí, su propia pasión, su propio amor, su propio reconocimiento. Acaso Juan Preciado, en el cementerio de Comala, acostado junto a ella, con ella, conozca y ame a Susana San Juan y sea amado por ella, como su padre quiso y no pudo. Y quizás por eso Juan Preciado se convierte en fantasma: para conocer y amar a Susana San Juan en la tumba. Para penetrar en la muerte a la mujer que el padre no pudo poseer. Para vivir el erotismo como una afirmación de la vida hasta en la muerte.

4. RULFO, EL NOVELISTA FINAL

Leer a Juan Rulfo es como recordar nuestra propia muerte. Gracias al novelista, hemos estado presentes en nuestra muerte, que así pasa a formar parte de nuestra memoria. Estamos entonces mejor preparados para entender que no existe la dualidad vida *y* muerte, o la opción vida *o* muerte, sino que la muerte *es parte* de la vida: todo *es* vida.

Al situar a la muerte en la vida, en el presente y, simultáneamente, en el origen, Rulfo contribuye poderosamente a crear una novela hispanoamericana moderna, es decir, abierta, inconclusa, que rehúsa un acabamiento —un acabado técnico, inclusive— que la prive de su resquicio, su hoyo, su Eros y su Tánatos.

Literalmente, cada palabra debería ser final. Pero ésta es sólo su apariencia: de hecho, nunca hay última palabra, porque la novela existe gracias a una pluralidad de verdades: la verdad de la novela es siempre relativa. Su hogar, escribe Mijail Bajtin, es la conciencia individual, que por definición es parcial. Su gloria, recuerda Milan Kundera, es la de ser el paraíso transitorio en el que todos y cada uno tenemos el derecho de hablar y ser escuchados.

La novela es instrumento del diálogo en este sentido profundo: no sólo el diálogo entre personajes, como lo entendió el realismo social y psicológico, sino el diálogo entre géneros, entre fuerzas sociales, entre lenguajes y entre tiempos históricos contiguos o alejados, como lo entendieron y entienden los generadores de la novela, Cervantes, Sterne y Diderot ayer, y Joyce, Kafka, Woolf, Broch y Faulkner en nuestro tiempo.

La novela hispanoamericana ha sido desigual en su respuesta a este llamado de la apertura. Surgidos de *"la hegemonía de un lenguaje único y unitario"* —el de la Contrarreforma española— que durante tres siglos obstaculizó la importación, redacción, impresión o circulación de novelas, nuestra primera ficción nacional coincide con el triunfo de las revoluciones de independencia: es *El Periquillo Sarniento* de José Joaquín Fernández de Lizardi, en 1821, quien inaugura la novela hispanoamericana en la ciudad y en las contradicciones de la ciudad. Pero en 1821 aún no estábamos preparados para ahondar en el descubrimiento conflictivo de Lizardi y su héroe Pedro Sarmiento, ni indio ni español, sino mestizo; ni católico dogmático ni liberal romántico, sino ambos.

Debimos pasar por mucho romanticismo, mucho realismo, mucho naturalismo, mucho psicologismo, antes de que Pedro Sarmiento le diera la mano a Pedro Páramo.

Pero la novela mexicana es sólo un capítulo de la empresa mayor de la literatura de lengua española, a la que pertenecemos todos, nos-otros y us-tedes, y ésta es una literatura nacida de los mitos de las culturas indígenas, de las epopeyas de la conquista y de las utopías del Renacimiento. Todos juntos surgimos de esta tierra común —esta *terra nostra*—, nos nutrimos de ella, la olvidamos, la redescubrimos y la soltamos a volar con la fuerza de un lenguaje recobrado, que primero fue el de nuestros grandes poetas relámpago, Rubén Darío y Pablo Neruda, Leopoldo Lugones y Luis Palés Matos, César Vallejo y Gabriela Mistral. Gracias a ellos, los novelistas tuvimos un lenguaje con el cual trabajar en la tarea inacabada de la contraconquista de la América Española.

Esta contraconquista pasa por un capítulo de identidad nacional representado perfectamente por la novela de la Re-

volución Mexicana: la crónica de Martín Luis Guzmán, la
vasta comedia de Mariano Azuela —una maravillosa historia que va desde *Andrés Pérez maderista* hasta *El camarada
Pantoja*, pasando por la famosísima *Los de abajo*—, los dramáticos anecdotarios villistas de Rafael Muñoz, los aguafuer-
tes cristeros de Guadalupe de Anda, la renovación formal
del género por Agustín Yáñez, nos permiten a los mexicanos
descubrirnos a nosotros mismos —pero también criticarnos
a nosotros mismos—. No hay conocimiento de sí sin crítica
de sí.

Juan Rulfo asume toda esta tradición, la desnuda, despoja
al cacto de espinas y nos las clava como un rosario en el
pecho, toma la cruz más alta de la montaña y nos revela que
es un árbol muerto de cuyas ramas cuelgan, sin embargo, los
frutos, sombríos y dorados, de la palabra.

En este mismo libro hablo de Bernal Díaz como nuestro
primer novelista: el autor de una épica vacilante, incierta de
su materia, de sus afectos y de la memoria que es el instrumento único con el que cuentan tanto Bernal como Proust.

Juan Rulfo es un novelista final no sólo en el sentido de
que, en *Pedro Páramo*, concluye, consagrándolos y asimilán-
dolos, varios géneros tradicionales de la literatura mexicana:
la novela del campo, la novela de la Revolución, abriendo en
vez una modernidad narrativa de la cual Rulfo es, a la vez,
agonista y protagonista.

Pedro Páramo es una obra que nos permite de verdad, y
no de mentiras, ser modernos, porque nos impone la obligación de reimaginar el pasado, re-inventar el mundo, desearlo, nombrarlo, inventarlo y recrearlo una y otra vez.

Desde la muerte —el final— Juan Rulfo activa, re-genera
y hace contemporáneas las categorías de nuestra fundación
americana: la Epopeya y el Mito.

Es novelista final en el sentido, también, de que su obra se
propone a sí misma como una acumulación y un modelo: un
arquetipo, la encarnación verbal de una *summa* de sueños y
deseos colectivos.

Pero Rulfo es novelista final, sobre todo, en el sentido dostoievskiano.

Cuando el autor de *Humillados y ofendidos* iniciaba su carrera en las letras, Belinski, el famoso y generoso Belinski, el crítico amigo de Gogol y de Pushkin, entendió que en las obras del joven Dostoievski íbamos a conocer el corazón del dolor y la infelicidad escondidas detrás de las fachadas del progreso, así como la responsabilidad compartida que nos corresponde ante ese dolor, ante esa infelicidad.

Belinski le pidió a su joven discípulo Dostoievski, para hacerlo consciente de la enormidad de su tarea, que le contara la historia de *todas* y *cada una* de las víctimas de la historia, concluyendo de esta manera: "Sería una tarea imposible —contar la historia de cada una de las víctimas de la historia."

Dostoievski le contestó con gran sencillez: "Basta con hablar del último hombre."

Como Dostoievski, Rulfo nos da a los últimos hombres y mujeres de nuestra tierra. Basta conocer a Pedro Páramo, a Susana San Juan y a Juan Preciado para conocerlos a todos. Son los seres finales en este sentido. Gracias a ellos, a su lenguaje, a su autor, podemos principiar de nuevo, habiendo conocido unas vidas y un lenguaje que reúnen la dispersión anterior, restauran la unidad del discurso por un instante, le dan una finalidad ilusoria y nos permiten arrancar de nuevo hacia la pluralidad de la tarea narrativa.

MARIANO AZUELA: LA "ILÍADA" DESCALZA

1. LA RUEDA DE FUEGO

LA ÉPICA fue vista por Hegel como *un acto:* un acto del hombre que, ambiguamente, se desprende de la tierra original del mito, de su identificación primaria con los dioses como actores, para asumir él mismo la acción. Una acción consciente de sí, advierte Hegel, que perturba la paz de la sustancia, del Ser idéntico a sí: la épica es un accidente, una ruptura de la unidad simple que épicamente se divide en partes y se abre al mundo pluralista de los poderes naturales y las fuerzas morales.

La épica nace, indica Simone Weil, cuando los hombres se desplazan y desafían a los dioses: ¿vas a viajar conmigo a Troya o te vas a quedar cerca de las tumbas en Argos y Tanagra? La primera victoria del hombre sobre los dioses es obligarlos a acompañarlo a Troya, obligarlos a viajar. La épica nace de esta *peripecia,* el desplazamiento, la errancia que Lukács atribuye a la narración humana. El mito —nadie, entre nosotros, sabrá esto mejor que Juan Rulfo— permanece junto a las tumbas, en la tierra de los muertos, guardando a los antepasados, viendo que se queden quietos.

Pero por su carácter mismo de viaje, de peregrinación, la épica es la forma literaria del tránsito, el puente entre el mito y la tragedia. Nada existe aisladamente en las concepciones originales del universo, y Hegel, en la *Fenomenología del espíritu,* ve en la épica un acto que es violación de la tierra pacífica —vale decir, de la paz de los sepulcros—. La épica convierte a la tumba en trinchera, la vivifica con la sangre de los vivos y al hacerlo convoca el espíritu de los muertos, que sienten sed de la vida, y que la reciben con autoconciencia de la épica transmutada en tragedia, conciencia de sí, de la falibilidad y el error propios que han vulnerado los valores colectivos de la *polis*. Para restaurar esos valores, el héroe trágico regresa al hogar, a la tierra de los muertos, y cierra el círculo en el re-encuentro con el mito del origen: Ulises en Ítaca y Orestes en Argos.

Ésta es la gran rueda de fuego de la Antigüedad clásica, y sus mejores intérpretes teóricos modernos —Nietzsche y Scheler en Alemania, Bajtin en Rusia, Ortega y María Zambrano entre nosotros, Simone Weil en Francia— coinciden en que la tragedia no puede proponer la reconciliación de la ciudad sin tres elementos: el regreso del héroe al hogar; la catarsis que resuelve, el uno en el otro, a los valores trágicos en conflicto; y el tiempo necesario para que esto ocurra: la transmutación, dice Scheler, de la catástrofe en conocimiento. Pues la catástrofe que se queda en simple destrucción, no alcanza la categoría de tragedia, escribe María Zambrano: de la destrucción debe desprenderse algo que la sobrepasa, que la rescata. De esta manera, en las palabras de Nietzsche, un mundo nuevo, de consecuencias superiores imprevisibles, nace de las ruinas del mundo anterior.

Pero, hay que añadir, el conflicto trágico permite trascender la catástrofe porque no es un conflicto de virtudes —una lucha entre buenos y malos— sino un conflicto de valores, en el que ambas partes tienen la razón. Tiene razón Antígona al defender los derechos de la familia; pero también la tiene su antagonista, Creón, defendiendo los derechos de la ciudad. Tiene razón Prometeo al robar el fuego de los dioses; la tiene Júpiter, también, castigándolo. La moral de la tragedia la enuncia, conmovedoramente y para todos los tiempos, Esquilo en el *Prometeo:* "Todo lo que existe es a la vez justo e injusto, e igualmente justificado en ambos casos." ¿Moral de la ambigüedad, como diría Simone de Beauvoir? Más bien, amplitud del valor, a fin de dar cabida a lo que otra escritora francesa, Simone Weil, ha visto, para nuestros días, como la lección de la épica. En su trabajo *La Ilíada: poema del poder,* que es uno de los más grandes ensayos literarios y filosóficos de nuestro siglo, la filósofa judeo-cristiana nos dice que la lección homérica aún no termina. Es una lección que consiste en: "Nunca admirar al poder, o detestar al enemigo, o despreciar a quienes sufren."

Esta lección, añade Simone Weil, aún está por cumplirse. La *Ilíada* no es de otro planeta sólo porque es de otro tiempo. Recordemos su enseñanza: cuando el hombre trata de extender su poder hasta los límites de la naturaleza, convierte a las personas en cosas, las destruye violentamente y las decapita en nombre de la gloria. Pero cuando la gloria se desenmascara, nos demuestra que su rostro verdadero es el de la muerte.

Valor de la tragedia; valor de la épica y valor, al cabo, del mito, del hogar original, la patria común del verbo: palabra y ciudad, *logos* y *polis*. Vimos en *Pedro Páramo* de Rulfo el eco de las palabras de Jung, quien otorga al mito el valor de una revelación original de la psique pre-consciente. Los mitos son la vida de la tribu, la cual cae hecha pedazos cuando pierde su herencia mitológica, como un hombre que ha perdido su alma.

Este triple valor —mito, épica y tragedia— depende, dialécticamente, de cada uno de sus componentes y de la relación entre los tres. Puede pensarse, junto con Lévy-Strauss, que el mito, sin embargo, tiene un carácter estructurante: estructurante de la épica y de la tragedia: y por ello, de la historia colectiva y de la individualidad. Estructurante, aun, de sí mismo y de otros mitos.

Pongo de relieve todo esto en una consideración sobre la novela de la América Española por varios motivos. En primer lugar, porque nosotros no hemos podido recrear, tampoco, el círculo de la literatura antigua. El intento más logrado de reunir en un haz narrativo épica y mito, *Cien años de soledad* de Gabriel García Márquez, no alcanza el nivel trágico porque la utopía se cruza en el camino. Los Buendía son hispanoamericanos; no pueden renunciar a la esperanza, a pesar de las palabras finales de la novela. Todos lo sabemos, García Márquez y yo también: *tendremos* otra oportunidad en la Tierra. Pero aún no sabemos obtenerla por el camino de la tragedia. Somos hijos del siglo XX, no se nos puede pedir un conocimiento trágico cuando la tragedia, en sus antiguos centros elementales —el Occidente, el Mediterráneo—, ha sido sustituida por el crimen. La historia de la violencia impune, que dijo Gallegos, no es sólo hispanoamericana. Se volvió universal. Buscamos la segunda oportunidad por los caminos de la utopía; acaso la utopía activa, maquiavélica, a la que haré referencia al estudiar *El otoño del patriarca*. Pero, sobre todo —ésta es la fuerza actual de nuestra literatura—, mediante la restauración del mito, en el sentido que le da Giambattista Vico: raíz común del lenguaje y de la historia. La capacidad mítica sostenida acaso nos permita un día —*Paradiso* de Lezama Lima es una aproximación a ello— reanudar el círculo salvador de los valores: Mito, Épica, Tragedia: palabra, acción y tiempo colectivo de la cultura.

Por el momento, el mundo mítico más puro de nuestras tierras sigue siendo el de los indios, quienes *viven* los mitos, en el sentido junguiano: no se contentan con representarlos. Tanto Antonin Artaud en su *Viaje a la Tarahumara*, como Fernando Benítez en *Los indios de México*, dan testimonio de ello. Pero nuestra modernidad nos hizo herederos de una religión, una política y una literatura nugatorias del triple valor clásico que acabo de evocar.

El cristianismo primero y el humanismo individualista y mercantil en seguida rompieron esta gran rueda de fuego de la Antigüedad para sustituirla por un hilo de oro y excremento: no hay por qué mirar hacia atrás, la salud no está en el origen sino en el futuro: el porvenir trascendente de la religión, o el paraíso inmanente de la ingeniería secular.

La novela, en la medida en que es producto histórico de una pérdida —la de la unidad medieval— y de una ganancia —la del asombro descentrado del humanismo— es la primera forma literaria que sucede linealmente a la épica y no circularmente a través de la tragedia que reintegra la épica al mito.

Sucesión, sí, pero también rebelión: desde su nacimiento moderno, la novela, como si intuyese la dolorosa vocación de una ausencia, busca desesperadamente aliarse de nuevo al mito —de Emily Brontë a Franz Kafka— o a la tragedia —de Dostoievski a Faulkner—. En cambio, rechaza su parentesco épico, lo convierte —del *Don Quijote* de Cervantes al *Ulises* de Joyce— en un objeto de burla.

¿Por qué? Acaso porque la novela, siendo el resultado de una operación crítica propia del Renacimiento que seculariza, relativiza y contradice sus propios fundamentos críticos, siente primero la necesidad de criticar la forma de la cual emerge y en la cual se apoya, negándola: la épica caballeresca de la Edad Media, el romance paladino; y, en seguida, experimenta la nostalgia del mito y la tragedia pero ahora como nostalgia crítica. Hija de la fe en el progreso y el futuro, la novela siente que su función se degrada si no es capaz de criticar su propia ideología y que, para hacerlo, necesita las armas del mito y la tragedia. Don Quijote busca aquéllas en el fondo de la Cueva de Montesinos; Dostoievski, éstas en el sedimento de la herencia cesaropapista de la Tercera Roma, la Santa Rusia; y Kafka en los sótanos de las fábulas pergamínicas y hebreas. Pero Dostoievski, Kafka, Faulkner y Beckett rompen también la línea de la sucesión futurizante. Los destinos de Iván Karamazov, el Agrimensor K, Miss Rosa Coldfield y Malone, no son ya los de Julien Sorel, David Copperfield o Rastignac: éstos dependían totalmente de una progresión disparada hacia el futuro; para aquéllos, en cambio, el destino tiene el rostro de los tiempos simultáneos. La forma de todos los tiempos es aquí y ahora, dijo Thomas Mann en *Jacobo*; y Jorge Luis Borges le devolvió un eco hispanoamericano en *El jardín de senderos que se bifurcan*: "Creía en infinitas series de tiempos, en una red creciente y vertiginosa de tiempos divergentes, convergentes y paralelos."

Pero para Ortega la épica posee un solo tiempo, el pasado, y no admite lo actual como posibilidad poética. El presente de la épica es sólo su actualización en la repetición: "El tema poético existe previamente de una vez para siempre; se trata sólo de actualizarlo en los corazones, de traerlo a plenitud de presencia", escribe el filósofo español en las *Meditaciones del Quijote*.

El tiempo de la épica es un pasado indiscriminado. Como si el poeta de la epopeya supiese el carácter transitivo de su empresa, le cuesta dejar algo afuera de la misma, quiere meterlo todo en su saco épico. Ortega hace notar que en Homero la muerte de un héroe ocupa el mismo espacio —cuatro versos— que el cerrar de una puerta. En *Mimesis*, Erich Auerbach explica que en la épica nada queda a medio decir o en la penumbra. El primer plano permanente, la omniinclusión, las interpolaciones con las que el poeta épico actualiza su pasado absoluto y transitivo entre el mito y la tragedia, crean esa sensación "retardadora" a la que se refieren Goethe y Schiller en su correspondencia de 1797, donde contrastan la lentitud e indiscriminación épicas con la tensión y selección trágicas.

Pero puesto que la épica ya no es sucedida por la tragedia, sino por la novela, ¿qué le opone ésta, la ficción moderna, en resumidas cuentas? Al hablar de Bernal Díaz del Castillo llamé a su obra "épica vacilante" de la crónica de la conquista. Las aventuras de la epopeya en la América Española nos dicen, en primer término, que en el momento del descubrimiento y la conquista la historia de los tiempos negaba la seriedad del impulso épico. Europa se dirige a la centralización administrativa en tensión con la difusión del comercio: los conflictos entre la burocracia real y la burguesía mercantil no tendrán nada de épico. En cambio, los eventos que tienen lugar en el Nuevo Mundo exigen la epopeya: Colón, Coronado, Cortés, Cabeza de Vaca, Pizarro y Valdivia son una exigencia épica que resumen las palabras maravilladas de Bernal cuando compara a Tenochtitlán con las visiones del *Amadís* y las de Ercilla cuando convierte al jefe araucano Caupolicán en una especie de Héctor del Nuevo Mundo. Los conquistadores viajan con lo que el crítico norteamericano Irving Leonard llama "los libros de los valientes": como don Quijote, buscan la analogía entre su gloria y la de los poemas épicos. Pero detrás de ellos, en España, son otros los libros que anuncian las nuevas realidades urbanas, inestables, pasajeras. Tantos peligros y aventuras corren la Celestina en una misión amatoria de alcahuetería o el Buscón de Quevedo en el cruce picaresco de una plaza, como Lope de Aguirre en la Amazonia o Cortés rumbo a las Hibueras.

La vulneración de la épica paladina por Fernando de Rojas y la novela picaresca, no encuentra paralelo en el Nuevo Mundo sino por el atajo de la vacilación de la crónica de Bernal, este amor y respeto por la figura del vencido, este lamento por el mundo desaparecido que su propia espada contribuyó a matar.

Pues si en Europa la sucesión privativa de la Antigüedad clásica (mito-epopeya-tragedia) es vencida en la modernidad cresocristiana por la sucesión epopeya-novela, en el Nuevo Mundo las expectativas exageradas de la utopía, su victimación por la épica y el refugio de aquéllas en un barroco doloroso, establece de inmediato dos grandes tradiciones: *la crónica* que apoya políticamente la versión épica de los hechos y *la lírica* que crea otro mundo, la historia en la cual todo lo asesinado y sofocado por la historia épica tenga cabida. Bernal es la fuente secreta de la novela hispanoamericana: su libro recuerda, recrea, ama y lamenta, pero se ofrece como "crónica verdadera".

Anuncio de la novela por venir, la épica vacilante de Bernal debió esperar hasta nuestro tiempo para obtener, en escritores como Carpentier y García Márquez, continuidad eficaz. La novela retrasada de la América Española no lo es menos dramáticamente que la propia novela española. Entre *Don Quijote* de Cervantes (1615) y *La regenta* de Clarín (1885)

median más de dos siglos sin novelas peninsulares compa-
rables a las producidas por la tradición inglesa o la francesa.
Nacimos juntos; perdimos juntos; y juntos debemos recuperar y renacer. Nacimos de una épica vacilante (Bernal) que
en España tiene el reflejo real de una picaresca a la cual sólo
puede oponerse la ficción total de don Quijote —tan total
que se agota en España y sólo tiene descendencia fértil fuera
de ella: Sterne en Inglaterra y Diderot en Francia—. Sólo
pudimos reanudar el lazo narrativo e histórico mediante una
prolongada y nada fácil experiencia conjunta de *nación* y
narración, haciéndose una a la otra lenta y conflictivamente,
ciegamente, a tropezones.

2. Nación y narración

Pregunto: ¿en qué medida la imposibilidad de cumplir la
trayectoria mediterránea en plenitud es inherente a las frus-
traciones de nuestra historia; en qué medida es apenas un
pálido reflejo de la decisión moderna, judeo-cristiana primero pero burocrático-industrial en seguida, de exiliar la
tragedia, inaceptable para una visión de la perfectibilidad
constante y la felicidad final del ser humano y sus instituciones?

Escojo *Los de abajo* de Mariano Azuela para intentar una
respuesta que, sin duda, sólo animará, si es aproximada-
mente válida, una nueva constelación de preguntas. Pero si
nos acercamos a la primera hipótesis —la historia de México
y de Hispanoamérica, del valiente mundo nuevo— *Los de
abajo* ofrece una oportunidad para comprender la relación
entre nación y narración, dada su naturaleza anfibia, épica
vulnerada por la novela, novela vulnerada por la crónica,
texto ambiguo e inquietante que nada en las aguas de muchos géneros y propone una lectura hispanoamericana de las
posibilidades e imposibilidades de los mismos. Épica vacilante de Bernal; épica degradada de Azuela. Entre ambas,
la nación aspira a ser narración.

En Gallegos o en Rulfo, un mito germina a partir de la delimitación de la realidad narrativa. La naturaleza lo precede en Gallegos; la muerte, en Rulfo. El mito que pueda nacer de Azuela es más inquietante, porque surge del fracaso de una épica.

Nación y narración: así como la novela española, o su ausencia entre Cervantes y Clarín, es parte de una falta de respuesta verbal al fenómeno de la decadencia que se inicia durante los reinados de Felipe IV y Carlos *el Hechizado*, la novela hispanoamericana, y la mexicana en particular, están ausentes hasta que la nación le da contradicción y oportunidad a la narración con *El Periquillo Sarniento* de Fernández de Lizardi. Participamos de la ilusión rousseauniana, romántica de la nación, sentimental, derivada de la lectura de *Julia, o La nueva Eloísa*, aunque con menos ímpetu lacrimoso que los colombianos y los argentinos: Jorge Isaacs y José Mármol. Encontramos el mejor momento de nuestra narrativa decimonónica en las novelas de aventuras de Payno e Inclán: preludios revolucionarios para México, como lo fueron *Facundo* y el *Martín Fierro* para la Argentina. Pero un nuevo prestigio, visto como deber, ocultó de nuevo a la nación narrada con el biombo del naturalismo zolaesco. Mariano Azuela, en *María Luisa*, participa de esta combinación terrible de lo sentimental con lo clínico. Mundo cosificado y predestinado, en él las piedras no tenían historia, ni la fatalidad grandeza: era un pretexto dramático para animar el progreso, no una visión totalizante del pasado y sus obstáculos y facilidades comunes para alcanzar el verdadero progreso, que implica también presencia del pasado.

Mariano Azuela, más que cualquier otro novelista de la Revolución Mexicana, levanta la pesada piedra de la historia para ver *qué hay allí abajo*. Lo que encuentra es la historia de la colonia que nadie antes había realmente narrado imaginativamente. Quien se quede en la mera relación de acontecimientos "presentes" en Azuela, sin comprender la riqueza contextual de su obra, no la habrá leído. Tampoco habrá leído a la nación como narración, que es la gran aportación de Azuela a la literatura hispanoamericana; somos lo que somos porque somos lo que fuimos.

Pero cuando digo "la historia de la colonia", debería decir "la historia de dos colonias". Azuela es su Dickens. Stanley y Barbara Stein, los historiadores de la Colonia en la Universidad de Princeton, distinguen varias constantes de ese sistema: la hacienda, la plantación y las estructuras sociales vinculadas al latifundismo; los enclaves mineros; el síndrome exportador; el elitismo, el nepotismo y el clientismo. Pero lo notable de estas constantes es que no sólo revelan la realidad del país colonizado, sino que se reflejan como vicios del propio país colonizador: España.

Historia de dos colonias. Una nación colonial coloniza a un continente colonial. Vendamos mercancía a los españoles, ordenó Luis XVI, para obtener oro y plata; y Gracián exclamó en *El Criticón:* España es las Indias de Francia. Pudo haber dicho: España es las Indias de Europa. Y la América Española fue la colonia de una colonia posando como un Imperio.

Exportación de lana, importación de textiles y fuga de los metales preciosos al norte de Europa para compensar el déficit de la balanza de pagos ibérica, importar los lujos del Oriente para la aristocracia ibérica, pagar las cruzadas contrarreformistas y los monumentos mortificados de Felipe II y sus sucesores, defensores de la fe. En su *Memorial de la política necesaria,* escrito en 1600, el economista González de Celorio, citado por John Elliot en su *España imperial,* dice que si en España no hay dinero, ni oro ni plata, es porque los hay; y si España no es rica, es porque lo es. Sobre España, concluye Celorio, es posible, de esta manera, decir dos cosas a la vez contradictorias y ciertas.

Temo que sus colonias no escaparon a la ironía de Celorio. Pues, ¿cuál fue la tradición del Imperio español sino un patrimonialismo desaforado, a escala gigantesca, en virtud del cual las riquezas dinásticas de España crecieron desorbitadamente, pero no la riqueza de los españoles? Si Inglaterra, como indican los Stein, eliminó todo lo que restringía el desarrollo económico (privilegios de clase, reales o corporativos; monopolios; prohibiciones) España los multiplicó. El imperio americano de los Asturias fue concebido como una serie de reinos añadidos a la corona de Castilla. Los demás reinos españoles estaban legalmente incapacitados para participar directamente en la explotación y la administración del Nuevo Mundo.

América fue el patrimonio personal del rey de Castilla, como Comala de Pedro Páramo, el Guarari de los Ardavines y Limón en Zacatecas del cacique don Mónico.

España no creció, creció el patrimonio real. Creció la aristocracia, creció la Iglesia y creció la burocracia al grado que en 1650 había 400 000 edictos relativos al Nuevo Mundo en vigor: Kafka con peluca. La militancia castrense y eclesiástica pasa, sin solución de continuidad, de la Reconquista española a la Conquista y colonización americanas; en la península permanece una aristocracia floja, una burocracia centralizadora y un ejército de pícaros, rateros y mendigos. Cortés está en México; Calisto, el Lazarillo de Tormes y el Licenciado Vidriera se quedan en España. Pero Cortés, hombre nuevo de la clase media extremeña, hermano activo de Nicolás Maquiavelo y su política *para* la conquista, *para* la novedad, *para* el Príncipe que se hace a sí mismo y no hereda nada, es derrotado por el *imperium* de los Habsburgo españoles, el absolutismo impuesto a España primero por la derrota de la revolución comunera en 1521, en segunda por la derrota de la reforma católica en el Concilio de Trento de 1545-1563.

La América Española debe aceptar lo que la modernidad europea juzga intolerable: el privilegio como norma, la Iglesia militante, el oropel insolente y el uso privado de los poderes y recursos públicos.

Tomó a España ochenta años ocupar su imperio americano y dos siglos establecer la economía colonial sobre tres columnas, nos dicen Barbara y Stanley Stein: los centros mineros de México y Perú; los centros agrícolas y ganaderos en la periferia de la minería; y el sistema comercial orientado a la exportación de metales a España para pagar las importaciones del resto de Europa.

La minería pagó los costos administrativos del Imperio pero también protagonizó el genocidio colonial, la muerte de la población que entre 1492 y 1550 descendió, en México y el Caribe, de 25 millones a un millón y en las regiones andinas, entre 1530 y 1750, de seis millones a medio millón. En medio de este desastre demográfico, la columna central del Imperio, la mina, potenció la catástrofe, la castigó y la prolongó mediante una forma de esclavismo, el trabajo forzado, la *mita*, acaso la forma más brutal de una colonización que primero destruyó la agricultura indígena y luego mandó a los desposeídos a los campos de concentración mineros porque no podían pagar sus deudas (Stanley y Barbara Stein, *La herencia colonial de la América Latina*).

3. LA LOSA DE LOS SIGLOS

Valiente mundo nuevo; ¿qué podía quedar, después de esto, del sueño utópico del Nuevo Mundo regenerador de la corrupción europea, habitado por el Buen Salvaje, destinado a restaurar la Edad de Oro? Erasmo, Moro, Vitoria y Vives se van por la coladera oscura de una mina en Potosí o Guanajuato; la tristísima Edad de Oro resultó ser la hacienda, paradójico refugio del desposeído y del condenado a trabajos forzados en la mina. La historia de la América Española parece escribirse con la ley jesuita del malmenorismo y comparativamente el hacendado se permite desempeñar este papel de protector, patriarca, juez y carcelero benévolo que exige y obtiene, paternalistamente, el trabajo y la lealtad del campesino que recibe del patriarca raciones, consolación religiosa y seguridad tristemente relativa. Su nombre es Pedro Páramo, don Mónico, José Gregorio Ardavín.

Debajo de esta losa de siglos salen los hombres y mujeres de Azuela: son las víctimas de todos los sueños y todas las pesadillas del Nuevo Mundo. ¿Hemos de sorprendernos de que, al salir de debajo de la piedra, parezcan a veces insectos, alacranes ciegos, deslumbrados por el sol, girando en redondo, perdido el sentido de la orientación por siglos y siglos de oscuridad y opresión bajo las rocas del poder azteca, ibérico y republicano? Emergen de esa oscuridad: no pueden ver con claridad el mundo, viajan, se mueven, emigran, combaten, se van a la Revolución. Cumplen los requisitos de la épica original. Pero también, significativamente, los degradan y los frustran.

Pues *Los de abajo* es una crónica épica que pretende establecer la forma de los hechos, no de los mitos, porque éstos no nutren la textualidad inmediata de *Los de abajo*. Pero también es una crónica novelística que no sólo determina los hechos sino que los critica imaginativamente.

La descripción de los hechos generales es épica, sintética a veces:

Los federales tenían fortificados los cerros de El Grillo y La Bufa de Zacatecas. Decíase que era el último reducto de Huerta, y todo el mundo auguraba la caída de la plaza. Las familias salían con precipitación rumbo al Sur; los trenes iban colmados de gente; faltaban carruajes y carretones, y por los caminos reales, muchos, sobrecogidos de pánico, marchaban a pie y con sus equipajes a cuestas.

Y a veces yuxtapone la velocidad y la morosidad:

El caballo de Macías, cual si en vez de pesuñas hubiese tenido garras de águila, trepó sobre estos peñascos. "¡Arriba, arriba!", gritaron sus hombres, siguiendo tras él, como venados, sobre las rocas, hombres y bestias hechos uno. Sólo un muchacho perdió la pisada y rodó al abismo; los demás aparecieron en brevísimos instantes en la cumbre, derribando trincheras y acuchillando soldados. Demetrio lazaba las ametralladoras, tirando de ellas cual si fuesen toros bravos. Aquello no podía durar. La desigualdad numérica los habría aniquilado en menos tiempo del que gastaron en llegar allí. Pero nosotros nos aprovechamos del momentáneo desconcierto, y con rapidez vertiginosa nos echamos sobre las posiciones y los arrojamos de ellas con la mayor facilidad. ¡Ah, qué bonito soldado es su jefe!

Otras veces, el panorama es presentado curiosamente como primer plano:

De lo alto del cerro se veía un costado de La Bufa, con su crestón, como testa empenachada de altivo rey azteca. La vertiente, de seiscientos metros, estaba cubierta de muertos, con los cabellos enmarañados, manchadas las ropas de tierra y de sangre, y en aquel hacinamiento de cadáveres calientes, mujeres haraposas iban y venían como famélicos coyotes esculcando y despojando.

La caracterización, repetitiva, enunciativa y anunciadora de las calidades del héroe, también es épica: como Aquiles es el valiente y Ulises el prudente, Álvar Fáñez quien en buenhora ciñó espada y don Quijote el Caballero de la Triste Figura, Pancho Villa aquí es el "Napoleón mexicano", "el águila azteca que ha clavado su pico de acero sobre la cabeza de la víbora Victoriano Huerta". Y Demetrio Macías será el héroe de Zacatecas.

Pero es aquí mismo, al nivel épico de la nominación, donde Azuela inicia su devaluación de la épica revolucionaria mexicana. ¿Merece Demetrio Macías su membrete, es héroe, venció a alguien en Zacatecas, o pasó la noche del asalto bebiendo y amaneció con una vieja prostituta con un balazo en el ombligo y dos reclutas con el cráneo agujereado? Esta duda novelística empieza por parecerse a otra épica, no la epopeya sin dudas de Héctor y Aquiles, de Roldán y del ciclo artúrico, sino la epopeya española del Cid Campeador: la única que se inicia con el héroe estafando a dos mercaderes, los judíos Raquel y Vidas, y culmina con una humillación maliciosa: las barbas arrancadas del conde García Ordóñez. No una hazaña bélica, sino un insulto personal, una venganza.

La rebelión de Demetrio Macías también se inicia con un incidente de barbas —las del cacique de Moyahua— y el más violento adlátere de Macías, *el Güero* Margarito, no deshoja florecillas del campo, sino precisamente su barba: "Soy muy corajudo, y cuando no tengo en quién descansar, me arranco los pelos hasta que me baja el coraje. ¡Palabra de honor, mi general; si no lo hiciera así, me moriría del puro berrinche!"

No es ésta la cólera de Aquiles, sino su contrapartida degradada, vacilante, hispanoamericana: las estafas de Mío Cid son reproducidas por Hernán Cortés, quien confiesa haberse procurado, como "gentil corsario", los arreos necesarios para su expedición mexicana entre los vecinos de la costa cubana; y estallan vertiginosamente en esta *Ilíada* descalza, que es *Los de abajo*.

Épica manchada por una historia que está siendo actuada ante nuestros ojos —aunque Azuela la da por sabida, no sólo en el sentido de que los hechos son conocidos por el público, sino en el sentido de que lo sabido es repetitivo y es fatal—. Sin embargo, al contrario de la épica, *Los de abajo* carece de un lenguaje común para sus dos principales personajes. Los compañeros de Troya se entienden entre sí, como los paladines de Carlomagno y los sesenta caballeros del Cid. Pero Demetrio Macías y *el Curro* Luis Cervantes no: y en esto son personajes radicalmente novelísticos, pues el lenguaje de la novela es el de asombro ante un mundo que ya no se entiende, es la salida de don Quijote a un mundo que no se parece a sí mismo, pero también es la incomprensión de los personajes que han perdido las analogías del discurso. Quijote y Sancho no se entienden, como no se entienden los miembros de la familia Shandy, o Heathcliff el gitano y la familia inglesa decente, los Lynton; o Emma Bovary y su marido, o Anna Karenina y el suyo.

¿Qué une al cabo a Macías y a Cervantes? La rapiña, el lenguaje común del despojo, como en la famosa escena en la que cada uno, fingiendo que duerme, ve al otro robar un cofre sabiendo que el otro lo mira, sellando así un pacto silencioso de ladrones. Se ha formado y confirmado el pacto de gobierno: la cleptocracia.

Los hechos son fatales: Valderrama perora:

—¡Juchipila, cuna de la Revolución de 1910, tierra bendita, tierra regada con sangre de mártires, con sangre de soñadores... de los únicos buenos!

—Porque no tuvieron tiempo de ser malos —completa la frase brutalmente un oficial ex federal que va pasando.

Y los hechos son repetitivos:

"Las cosas se agarran sin pedirle licencia a nadie", dice *la Pintada;* si no, ¿para quién fue la Revolución? "¿Pa' los catrines? —pregunta—. Si ahora nosotros vamos a ser los meros catrines..."

4. LA CRÍTICA POR VÍA DEL MITO

"*Mi jefe*", le dice Cervantes a Macías, "después de algunos minutos de silencio y meditación".

"Si ahora *nosotros* vamos a ser los meros catrines", dice *la Pintada.*

Extraña épica del desencanto, entre estas dos exclamaciones perfila *Los de abajo* su verdadero espectro histórico. La dialéctica interna de la obra de Mariano Azuela abunda en dos extremos verbales: la amargura engendrando la fatalidad y la fatalidad engendrando la amargura. El desencantado Solís cree que la protagonista de la Revolución es "una raza irredenta" pero confiesa no poder separarse de ella porque "la Revolución es el huracán". La psicología de "nuestra raza —continúa Solís— se condensa en dos palabras: robar, matar..." pero "qué hermosa es la Revolución, aun en su misma barbarie". Y, famosamente, concluye: "¡Qué chasco, amigo mío, si los que venimos a ofrecer todo nuestro entusiasmo, nuestra misma vida por derribar a un miserable asesino, resultásemos ser los obreros de un enorme pedestal donde pudieran levantarse cien o doscientos mil monstruos de la misma especie!", pero "—¿Por qué pelean ya, Demetrio [...]? —Mira esa piedra cómo ya no se para..."

Si *Los de abajo* se resignase a esta diversión entre dos extremos que se alimentan mutuamente, carecería de verdadera tensión narrativa; su unidad sería falsa porque la desilusión y la resignación son binomios que se agotan pronto y terminan por reflejarse, haciéndose muecas como un simio ante un espejo. La crítica, por razones obvias, se ha detenido demasiado en estos aspectos llamativos de la obra de Azuela, pasando por alto el núcleo de una tensión que otorga a los extremos su distancia activa en el discurso narrativo. Ese centro de *Los de abajo* es, nuevamente, el que Hegel atribuye originalmente a la epopeya; un acto humano, un accidente que daña la esencia, una particularidad que vulnera la generalidad y perturba la paz de los sepulcros. Sólo que esta vez es una novelización inserta en una épica lo que cumple esa función que, antes, la épica se reservó frente al mito precedente.

Azuela rehúsa una épica que se conforme con reflejar, mucho menos con justificar: es un novelista tratando un material épico para vulnerarlo, dañarlo, afectarlo con el acto que rompe la unidad simple. En cierto modo, Azuela cumple así el ciclo abierto por Bernal Díaz, levanta la piedra de la conquista y nos pide mirar a los seres aplastados por las pirámides y las iglesias, la mita y la hacienda, el cacicazgo local y la dictadura nacional. La piedra es esa piedra que ya no se para; la revolución huracanada y volcánica deja, bajo esta luz, de asociarse con la fatalidad para perfilarse como ese acto humano, novelístico, que quebranta la epicidad anterior, la que celebra todas nuestras hazañas históricas y, constantemente, nos amenaza con la norma adormecedora del autoelogio.

En consecuencia, lo que parecería a primera vista resignación o repetición en Azuela, es crítica, crítica del espectro histórico que se diseña sobre el conjunto de sus personajes.

Saint-Just, en medio de otro huracán revolucionario, se preguntaba cómo arrancar el poder a la ley de la inercia que constantemente lo conduce al aislamiento, a la represión y a la crueldad: "Todas las artes —dijo el joven revolucionario francés— han producido maravillas. El arte de gobernar sólo ha producido monstruos."

Saint-Just llega a esta conclusión pesimista una vez que ha distinguido el paso histórico de la revolución mientras se afirma contra sus adversarios, destruye la monarquía y se defiende de la invasión extranjera: éste es el orden épico de la revolución. Pero luego la revolución se vuelve contra sí misma y éste sería el orden trágico de la revolución. Trotski escribió que el arte socialista reviviría la tragedia. Lo dijo desde el punto de mira épico y previendo una tragedia ya no de la fatalidad o del individuo, sino de la clase en conflicto y, finalmente, de la colectividad. No sabía entonces que él sería uno de los protagonistas de la tragedia del socialismo, y que ésta ocurriría en la historia, no en la literatura.

Azuela conoce perfectamente los linderos de su experiencia literaria e histórica y su advertencia es sólo ésta: el orden épico de *esta* revolución, la mexicana, puede traducirse en una reproducción del despotismo anterior porque —y ésta es la riqueza verdadera de su obra de novelista— las matrices políticas, familiares, sexuales, intelectuales y morales del antiguo orden, el orden colonial y patrimonialista, no han sido transformadas en profundidad. El temblor de la escritura de Azuela es el de una premonición fantasmal: Demetrio Macías, ¿por qué no?, puede ser sólo una etapa más de ese destino enemigo, como lo llama Hegel. El microcosmos para reemplazar a don Mónico ya está allí, en la banda de Demetrio y sus secuaces, sus clientes, sus favoritos, *el Güero* Margarito, *el Curro* Cervantes, Solís, *la Pintada*, *la Codorniz*, prontos a confundir y apropiar los derechos públicos en función de sus apetitos privados y de servir el capricho del Jefe.

Mariano Azuela salva a Demetrio Macías del destino enemigo merced a una reiteración de la acción que, detrás de la apariencia fatalista, se asemeja al acto épico de Hegel. La épica es un distanciamiento del acto del hombre ante el acto divino. Pero Azuela, el novelista, permite que su visión trascienda, a su vez, la épica degradada y adquiera, al cabo, la resonancia del mito. Y éste es el mito del retorno al hogar.

Como Ulises, como el Cid, como don Quijote, Demetrio Macías salió de su tierra, vio el mundo, lo reconoció y lo desconoció, fue reconocido y desconocido por él. Ahora regresa al lar, de acuerdo con las leyes del mito:

Demetrio, paso a paso, iba al campamento.

Pensaba en su yunta: dos bueyes prietos, nuevecitos, de dos años de trabajo apenas, en sus dos fanegas de labor bien abonadas. La fisonomía de su joven esposa se reprodujo fielmente en su memoria: aquellas líneas dulces y de infinita mansedumbre para el marido, de indomables energías y altivez para el extraño. Pero cuando pretendió reconstruir la imagen de su hijo, fueron vanos todos sus esfuerzos: lo había olvidado.

Llegó al campamento. Tendidos entre los surcos, dormían los soldados, y revueltos con ellos, los caballos echados, caída la cabeza y cerrados los ojos.

—Están muy estragadas las remudas, compadre Anastasio; es bueno que nos quedemos a descansar un día siquiera.

—¡Ay, compadre Demetrio...! ¡Qué ganas ya de la sierra! Si viera..., ¿a que no me lo cree...? pero naditita que me jallo por acá... ¡Una tristeza y una murria...! ¡Quién sabe qué le hará a uno falta...!

—¿Cuántas horas se hacen de aquí a Limón?

—No es cosa de horas: son tres jornadas muy bien hechas, compadre Demetrio.

Antes de la madrugada salieron rumbo a Tepatitlán. Diseminados por el camino real y por los barbechos, sus siluetas ondulaban vagamente al paso monótono y acompasado de las caballerías, esfumándose en el tono perla de la luna en menguante, que bañaba todo el valle.

Se oía lejanísimo ladrar de perros.

—Hoy a mediodía llegamos a Tepatitlán, mañana a Cuquío, y luego..., a la sierra —dijo Demetrio.

Pero Ítaca es una ruina: la historia la mató también:

Igual a los otros pueblos que venían recorriendo desde Tepic, pasando por Jalisco, Aguascalientes y Zacatecas, Juchipila era una ruina. La huella negra de los incendios se veía en las casas destechadas, en los pretiles ardidos. Casas cerradas; y una que otra tienda que permanecía abierta era como por sarcasmo, para mostrar sus desnudos armazones, que recordaban los blancos esqueletos de los caballos diseminados por todos los caminos. La mueca pavorosa del hambre estaba ya en las caras terrosas de la gente, en llama luminosa de sus ojos que, cuando se detenían sobre un soldado, quemaban con el fuego de la maldición.

La historia revolucionaria despoja a la épica de su sostén mítico: *Los de abajo* es un viaje del origen al origen, pero sin mito. Y la novela, en seguida, despoja a la historia revolucionaria de su sostén épico.

Ésta es nuestra deuda profunda con Mariano Azuela. Gracias a él se han podido escribir novelas modernas en México porque él impidió que la historia revolucionaria, a pesar de sus enormes esfuerzos en ese sentido, se nos impusiera totalmente como celebración épica. El hogar que abandonamos fue destruido y nos falta construir uno nuevo. No es cierto que esté terminado, dice desde entonces, desde 1916, Azuela; es posible que estos ladrillos sean distintos de aquéllos, pero no lo es este látigo del otro. No nos engañemos, nos dice Azuela el novelista, aun al precio de la amargura. Es preferible estar triste que estar tonto.

La crítica y el humor salvan, al cabo, a las revoluciones de los excesos del autoritarismo solemne. Azuela nos dio las armas de la crítica. La revolución misma, las del humor. Lo tiene, inherente, una revolución cuyo himno celebra a una cucaracha marihuana.

GARCÍA MÁRQUEZ: LA FIGURA DEL PODER

I

ME REFERÍ, en el capítulo dedicado a Rómulo Gallegos, a la distancia que, en la época colonial, existió entre la administración imperial española y la vida del *hinterland*, aislado y retrasado, de Hispanoamérica. Fuimos, desde el principio, "dos naciones". La nación legal, consagrada en la legislación de Indias. Y la nación real, la que existía, detrás de la fachada de la ley, en la hacienda, la mina y los pequeños poblados del virreinato de la Nueva España al del Río de la Plata. El país legal era protegido por la monarquía paternalista de Habsburgos y Borbones. El país real era dominado por terratenientes, caciques y capataces. El lema del país legal era "la ley se obedece". El del país real: "Pero no se cumple."

Las revoluciones de independencia y la aparición de las nuevas repúblicas potenció este estado de cosas, ahondándolo. Formalmente, el país legal, modernizante, progresista, fundado en la imitación extralógica de las constituciones y leyes de Francia, Inglaterra y los EE. UU., era un biombo jurídico formal, detrás del cual persistía el viejo país real. *País legal:* actuando como protector del Perú, San Martín abolió legalmente, en 1821, el tributo indígena. *País real:* nada cambió. Una y otra vez, la desigualdad legal de la era colonial fue sustituida por la desigualdad real, ahora disfrazada de igualdad legal, de la era independiente. En su discurso de Bucaramanga, en 1828, Simón Bolívar denunció a una aristocracia de rango, oficio y dinero que, aunque hablaba de libertad y constituciones, las quería sólo para sí, mas no para el pueblo; aunque quería la igualdad, la quería entre las clases altas, no con las bajas.

El país real fue descrito por Sarmiento en el *Facundo* de

1845. Argentina es dos naciones, cada una extraña para la otra: ciudad y campo; en el campo no hay sociedad y su habitante, el gaucho, sólo le debe fidelidad al jefe. El resultado es un mundo donde predomina la fuerza bruta, la autoridad sin límite ni responsabilidad. *Avant la lettre*, Sarmiento nos ofrece, desde 1845, la definición de lo que Max Weber llamaría modernamente patrimonialismo, la forma arcaica de dominación, la ausencia de previsión, del sentido del Estado y de la sociedad modernos, a favor del ejercicio irresponsable de la autoridad. Esta obediencia al jefe y no a la ley, define a la vida política en lo que Sarmiento y Gallegos llamaron "la barbarie".

Sin embargo, los violadores de la ley la invocan siempre, se envuelven en su toga y se sientan en su trono porque si el cacique local es el dictador nacional en miniatura, éste es también una versión reducida del modelo ontológico del poder entre nosotros: el César romano que requiere del derecho escrito —es decir, no ignorable— para legitimarse y legitimar sus hazañas.

Giambattista Vico nos explica que el cuerpo legal republicano de Roma, lejos de desaparecer o declinar siquiera con el advenimiento imperial, se fortalece con él. La Ley Triboniana da todo el poder a Augusto —pero para ejercerlo, el César debe crear una meritocracia que, prolongando las concesiones al pueblo, permitan al Imperio afirmarse frente a la nobleza—. Hechas las concesiones del caso a la plebe, fortalecido el César contra la nobleza, apoyado en una meritocracia que todo se lo debe al *Imperium*, el César puede proclamar su existencia legal indiscutible, fundada en un origen y justificada por un destino, que le trascienden. El César manipula a la plebe pero debe hacerle concesiones: la mayor de ellas, para Augusto como para Napoleón como para nuestros déspotas ilustrados, es la creación de una meritocracia renovable y en deuda con el sistema: carreras abiertas para todos, cada soldado lleva en su mochila el bastón de mariscal y el que no llega es porque no quiere.

El sistema político mexicano es sin duda el ejemplo más acabado (y, hasta hace poco, envidiado por nuestras naciones hermanas) de la tradición imperial romana en el Nuevo Mundo. Pero en su base misma, todos los sistemas llamados republicanos de la Iberoamérica participan de la realidad común, elemental, preponderante, del patrimonialismo.

Esta forma de poder se manifiesta, así, en dos extremos. El del gobernante universal, ecuménico, el monarca por derecho divino, el defensor de la fe, el monarca absoluto: los Grandes Césares, Moctezuma o Carlos V; el emperador azteca, dueño de la gran voz (Tlatoani) o el emperador romano-germánico, sagrado, dueño del *imperium* de la ley: otra gran voz.

En el extremo opuesto, encontramos a los caciques locales, diminutos, que dominan la vida política, económica y personal al nivel de la aldea. Son los Ardavines de Gallegos, el don Mónico de Azuela, el Pedro Páramo de Rulfo: los pequeños Césares.

Entre ambos, la figura dominante de la política hispanoamericana es el Medio-César, el mediador-cesáreo, el Señor Presidente, el caudillo que aspira a encarnar la Figura Nacional, que concentra en su persona todo el Carisma Nacional y que participa tanto de los poderes y prestigios de los emperadores como de las astucias del cacique, de la autoridad provinciana que mantiene la oreja pegada a la tierra, oye lo que la gente dice y se conduce como el conquistador prototípico, Hernán Cortés: escucha las voces de los hombres, no las de los dioses. Y cuando deja de escucharlas, pierde la autoridad. Manipula un lenguaje. Se escuda en la ley. Se legitima en las palabras de la ley. Obedece la ley, pero no la cumple. Disfrazado por el lenguaje de la ley, practica el lenguaje del poder desnudo. Pero éste, sin aquél, no sería tolerable. "¡Lo que pueden los papeles!", exclama en *Canaima* Apolonio cuando la india Arecuna es casada con el cadáver del cacique Ardavín.

Es nuestro Maquiavelo moderno. Su nombre es Rosas en

Argentina, el Doctor Francia en Paraguay, Santa Anna primero y luego Porfirio Díaz en México, Juan Vicente Gómez en Venezuela, Maximiliano Hernández Martínez en El Salvador y Rafael Leónidas Trujillo en la República Dominicana —para mencionar a unos pocos en un reparto multiestelar—.

Todos ellos proponen un problema de creación y de cultura para los novelistas hispanoamericanos. ¿Cómo puede un novelista inventar personajes ficticios superiores a los personajes de nuestra historia? ¿Cómo puede la novela ganarle la partida a la historia en Hispanoamérica? ¿Quién puede inventar un personaje más pintoresco que Antonio López de Santa Anna, el dictador mexicano que ocupó la presidencia de la república once veces entre 1833 y 1855, llegando a darse golpes de Estado a sí mismo: el tenorio, gallero y jugador que ganó la guerra de los pasteles contra Francia en 1836, pero perdió su pierna en el mismo combate, la mandó enterrar con pompa en la catedral de México, la perdió cada vez que cayó del poder y la pierna fue arrastrada por las turbas a lo largo de las calles, y volvió a enterrarla, bajo palio y con *tedeum* en la misma catedral, cada vez que volvió a tomar el poder? ¿Que perdió los territorios de Texas, Nuevo México, Colorado, Arizona, Nevada, partes de Utah y Oregón y toda la California en las guerras con los Estados Unidos y, en cambio, introdujo en la Unión norteamericana la goma de mascar producida en sus haciendas veracruzanas? ¿Que terminó su vida como un miserable cojitranco pensionado por el gobierno de Lerdo en la ciudad de México, donde su esposa, Flor de México, empleaba los dineros de la pensión en alquilar mendigos que hicieran antesala y llamaran al pobre viejo "Señor Presidente"? ¿Puede un novelista superar la realidad de Juan Vicente Gómez, el astuto político andino que fue presidente de Venezuela entre 1908 y 1935 y que, a la mitad de su largo mandato, sospechoso de la tranquilidad que reinaba en la república, quiso averiguar quiénes eran sus enemigos?

Cuéntase que para ello mandó anunciar públicamente su muerte, y al estallar el júbilo popular con la noticia, el dictador, escondido detrás de una cortina de Palacio, mirando a la plaza pública, ordenó sumariamente: fusilen a ése, cuelguen a aquél, a ese otro échenselo a los cocodrilos... Cuando en efecto murió Gómez, rodeado, según la fábula (fábula: favella: habla), por centenares de hijos naturales, el público no dio crédito, esa vez, a la noticia. Fue necesario sentar en su silla presidencial al tirano, uniformado y con la banda sobre el pecho, mientras el pueblo pasaba en fila, lo tocaba y admitía: "Esta vez *sí* se murió."

¿Mejorar las historias de Trujillo, que nombró a su pequeño hijo Radamés general y quiso canonizar a su madre? ¿Superar las de Maximiliano Hernández, teósofo y cultivador de orquídeas, que previno una epidemia de escarlatina forrando de papel rojo el alumbrado público de San Salvador, y que ejecutó de un golpe a treinta mil campesinos: las cenizas de Izalco rememoradas por Claribel Alegría y Bud Flakoll en la novela de ese nombre? ¿Inventar algo mejor que las palabras de la madre del general Enrique Peñaranda, dictador de Bolivia de los años cuarenta de este siglo: "De haber sabido que mi hijo llegaría a presidente, le hubiera enseñado a leer y escribir"?

II

Leer y escribir. Gabriel García Márquez intenta nombrar y dar voz al mundo hispanoamericano, pero descubre que ese mundo ya no está vacío, como en el vasto silencio original de *Canaima* y *Los pasos perdidos*. El momento virginal de la creación evocado por Rómulo Gallegos y Alejo Carpentier ha pasado. El poder ocupa el espacio natural. Y la relación entre el poder y el lenguaje —nombre y voz; memoria y deseo— es el tema de la gran novela de García Márquez *El otoño del patriarca*.

En ella, el poder aparece envuelto en el manto de un lenguaje que es el de la ley. El novelista también usa el lenguaje, pero no para justificar o vestir al poder, sino para mitificarlo desnudándolo. La operación es profundamente significativa, no sólo en un sentido político, sino histórico y literario. Por una parte, somos herederos de una poderosa tradición de derecho escrito: la de Roma. Giambattista Vico, en la *Ciencia nueva* estudia la manera como el Derecho Romano nace de las tensiones sociales y del conflicto de clases. Mediante la ley, las clases populares tratan de arrancar poder a los reyes y a la aristocracia, quienes obedecían la ley patrimonial, caprichosa, no escrita. En 450 a.c., los plebeyos y los decenviros obligan a la monarquía a publicar la Ley de las Doce Tablas. Es un evento fundamental de la historia latina e hispanoamericana. Por primera vez, se escribe y hace público el derecho a fin de que el pueblo pueda invocarlo en su favor y en contra de la nobleza.

Entre los siglos V y I antes de Cristo, una cadena de leyes escritas establecen la tradición jurídica romana. La *Rogatio Canuleia* otorga a los plebeyos la legitimidad solemne en sus actos de matrimonio y paternidad. La *Ley Petelia* libera al plebeyo del pago de deudas mediante vasallaje. La *Ley Pubilia* da carácter obligatorio para todos —nobles y plebeyos— al plebiscito. Y junto con las anteriores disposiciones, el censo y el impuesto se convierten en leyes públicas, escritas, conocidas por todos, aplicables a todos, ignorables por nadie.

Este proceso culmina, durante el *imperio*, con la *Ley Triboniana* que ya mencioné y que, si da a Augusto todo el poder, lo obliga también a proteger al pueblo contra la nobleza y al pueblo contra sí mismo, es decir, contra los precedentes excesos de los demagogos. El emperador, gracias a esta ley, puede manipular al pueblo pero al mismo tiempo debe hacerle concesiones a fin de mantener la independencia del César con respecto a la nobleza.

Éste es el cuadro de la relación entre el poder y la autoridad en Roma. Ningún régimen autoritario efectivo, en Hispanoamérica, ha dejado de emplear esta espada de dos filos: manipular a las masas para actuar con independencia de la oligarquía; pero manejar a la oligarquía para actuar con independencia de las masas. Rosas, Francia, Santa Anna, Estrada Cabrera, Cipriano Castro, Gómez, Ubico, Perón... Todos, en sus momentos de éxito político, actuaron de esta manera. Y aun los dictadores más desprovistos de respaldo popular, como Somoza o las juntas militares argentinas, supieron manipular apoyos sociales y disfrazarse siempre, claro está, con la máscara de la ley.

El Derecho Romano se encuentra en el origen de un credo cultural hispanoamericano: sólo lo que está escrito es verdadero, aunque exista en oposición flagrante a la realidad. Esto crea una tensión tremenda que, para bien o para mal, recorre como un temblor la espina dorsal de la cultura y la historia iberoamericanas: la fe en el derecho escrito de origen romano.

Comparten esta fe los conquistadores españoles, para los cuales la conquista no es real si no está relatada en cartas al rey y crónicas al pueblo. La monarquía misma, para la cual la realidad del Nuevo Mundo es la realidad del conjunto de leyes paternalistas mediante las cuales la corona gobierna, independientemente de la lejana realidad de las colonias. Las revoluciones de independencia se definen y legitiman como gobiernos gracias a un conjunto de leyes y constituciones que poco o nada tienen que ver con la realidad que ocultan. Pero esta misma legalidad le permite a los grandes insurgentes, como Emiliano Zapata en Morelos, invocar los derechos otorgados por la monarquía, por escrito, en contra de las usurpaciones modernas de los latifundistas.

Esta fe en la palabra escrita tiene, pues, su origen en el Derecho Romano. La escritura es origen del poder y es, también, su espada de dos filos. La ley protege al pueblo porque es pública, es decir, porque existe *publicada*. Pero también legitima al gobernante y le da una misión histórica: la misión de guiar al pueblo.

El pueblo, sin embargo, también posee un lenguaje independiente de la ley y del poder, y su origen es tan legítimo como el del poder. El propio Vico, otra vez en su *Ciencia nueva*, que es la obra capital de la historiografía posrenacentista, puesto que sitúa en la acción y la imaginación humanas la responsabilidad de la historia, otorga al lenguaje un poder formativo, tanto político como literario. El origen del lenguaje, en Vico, es el origen de las instituciones políticas, de las formas sociales y, naturalmente, de la literatura. Ésta, sin embargo, posee el poder radical, originario, de generar mitos. Primera creación del lenguaje, el mito nos permite conocer a los dioses, la familia, los héroes, la autoridad, los sacrificios, los derechos, las conquistas, el valor, la fama, la tierra, el amor, la vida y la muerte de los primeros hombres. Sin el lenguaje literario —el mito— los desconoceríamos, careceríamos de la continuidad que, al cabo, convierte al lenguaje en ley, institución, poder.

Vico no sólo se refiere al mundo clásico mediterráneo. Evoca los mundos extraeuropeos, a los que el gran historiador napolitano les da rango pleno de participación histórica. Podemos, por ello, universalizar estas ideas y compartir la imaginación mítica (o sea, lingüística) de la tradición mediterránea y de la tradición aborigen de las Américas. Mito y lenguaje son respuestas al temor primario de la catástrofe natural. Hablamos, la primera vez, para decir un mito que hace comprensible al mundo que de otra manera carecería de explicación. El lenguaje mítico es la respuesta primera al caos original. Hace comprensible o, por lo menos, aceptable, lo que ocurre. El mito requiere palabras para ser comunicado. El mito y el lenguaje aparecen juntos; y juntos generan la sociedad civil, pues, escribe Vico, "las primeras *fábulas (hablas)* debieron contener verdades civiles y debieron por ello ser las historias de los primeros pueblos". Vico, repito, no fue un eurocentrista. Era capaz de intuir que los mitos "nacidos entre pueblos que se ignoraban, debieron poseer una base común de verdad".

El lenguaje, de esta manera, es origen común de la literatura y del poder. El genio de Gabriel García Márquez en *El otoño del patriarca* consiste en participar, patéticamente, de esta grandeza y de esta servidumbre: lo que sirve para liberarnos sirve también para sojuzgarnos. El escritor no tiene otro instrumento que este del lenguaje y lo recibe, no con la pureza formal del color, la nota musical o la piedra por esculpir, sino cargado de significados previos, usado como una moneda corriente y desgastada por el tacto con todos los dedos: limpios o sucios, dignos o indignos. ¿Será revelado el poder con las armas del lenguaje literario —o será revelado éste con las armas del lenguaje político—?

La historia y la literatura de Iberoamérica pasan por este conflicto que aquí he tratado de deslindar en un movimiento triple y en dos funciones básicas. El movimiento nos ha conducido de la utopía fundadora a la épica que la destruye a la cultura barroca, sincrética, multirracial, que conquista a la conquista y crea nuestra civilización indo-afro-iberoamericana. Las funciones son dar nombre y dar voz.

En *El otoño del patriarca*, García Márquez nos introduce en este mundo de la utopía derrotada, la épica degradada y el mito latente, donde todo tiene que ser nombrado una y otra vez a fin de no ser olvidado; donde todo tiene que ser escrito una y otra vez para que la vida pueda seguir adelante y no ser, nunca, letra muerta, letra sólo del poder, sino letra viva, compartida con la imaginación de los sujetos del poder.

Nos introduce, por principio de cuentas, en la "cueva del poder", el palacio presidencial donde los buitres y las vacas se están comiendo las cortinas mientras miran la puesta de sol desde el balcón.

El patriarca, el señor presidente de patas planas, elefantino y herniado, yace muerto, bocabajo, y los buitres se preparan para tratarlo igual que a los muebles y el decorado: van a picotearlo. ¿Éste es el hombre cuya palabra desplazará la nuestra?

García Márquez reúne en la novela del patriarca todas las

crónicas del poder histórico que acabo de mencionar. Su madre, Bendición Alvarado, es una pajarera que concibió de pie a su hijo y que (Peñaranda; la historia) le hubiese enseñado a escribir de haber sabido que...

Pero inmediatamente, la ficción, el mito, intervienen para enriquecer nuestra imaginación (nuestro entendimiento) del personaje y la situación: a doña Bendición le gustaría que su hijo fuese derrocado, porque la señora ya se aburrió de vivir en el palacio, que es como vivir todo el día con las luces encendidas.

Cuando muere doña Bendición, el patriarca, como Trujillo, intenta canonizarla, pero fracasa porque el Papa no le hace caso. En cambio (coinciden ficción e historia), le levanta un gran faro conmemorativo en el Caribe, que fue el homenaje real de Trujillo a su mamacita.

Historia: como Peñaranda, el patriarca firma con su dedo pulgar; pero (ficción, mito) no tiene líneas en la palma de la mano y se pregunta si su destino no es actuado por su doble Patricio Aragonés, quien *sí* tiene líneas en las manos. El doble (históricamente, como los dobles tanto de Moctezuma como de Cortés que nos relatan Bernal Díaz y Sahagún) se expone a los peligros que debe evitarle a su prototipo. En el caso del patriarca, Patricio Aragonés debe, además, probar la comida del amo. Pero (ficción, mito), el doble es mortal, en tanto que el patriarca parece ser eterno.

Llega un momento en que nadie lo ha visto vivo. Su imagen está en todos los sellos y en todas las monedas. Pero el patriarca es invisible. Y no tiene, nos informa, la menor intención de morirse. Que se mueran los demás, ¡no yo!

La longevidad histórica de tiranos como Gómez, Salazar y Franco se convierte así en un mito: el mito de la eternidad. El patriarca histórico se convierte, míticamente, en la historia. Arranca las páginas referentes al pasado colonial español de los libros escolares. ¡Nada antes que él! La historia empieza con él. La historia dura tanto como dure él. Y la historia terminará *con* él. Tal es su voluntad autocrática: el patriarca gobierna como si su destino (su *pre*-destino, más bien) fuese no morir jamás. Está predestinado a la eternidad.

Y, no obstante, este tirano histórico, este asesino y opresor, este monstruo con el ruido de un pantano en la garganta, este demagogo libidinoso, este patriota que le vende el Mar Caribe al embajador norteamericano, Ewing, quien lo enrolla como una alfombra y se lo lleva a la desértica Arizona; este ser humano deplorable, no es despojado de su humanidad por el escritor.

Allí están todos los vicios. Son los defectos, tragicómicos, de todas las figuras que aquí he evocado con un rictus de alegría amarga. Pero García Márquez no nos liberará ni a nosotros, ni al patriarca, ni, en verdad, a la historia hispanoamericana, de la responsabilidad de una simpatía novelesca plenamente moldeada. García Márquez nos salva a todos de la simplicidad maniquea; no nos otorga la facilidad de vivir en un mundo de tonos absolutos, blancos y negros, o de moralidades fáciles, los buenos contra los malos. Nos salva del maniqueísmo, pero sin absolvernos de la oposición política a semejante figura y al sistema que representa.

Nada nos es ocultado en *El otoño del patriarca*; ningún horror nos es obviado. Pero cuando digo que García Márquez no nos oculta nada, quiero decir: ni las fallas terribles del ser humano, ni los caprichos y debilidades personales, ni las insuficiencias de la compasión y el amor, la ternura corrupta que hacen del patriarca un ser humano terrible, pero de todas maneras un ser humano. Y esta humanidad es nuestra carga y la suya. Si el poder —los poderosos— quisieran alcanzar una cima de inhumanidad desde la cual no pueden ser atacados o juzgados por otros individuos, García Márquez les niega, al patriarca y a sus lectores, este derecho, y en cambio nos obliga a todos a mirar claramente el retrato completo de este monstruo.

Como nosotros, está enamorado de una mujer, Manuela Sánchez, y nada en este mundo puede compensar su ausencia: nada. La mujer está ausente y se lleva con ella el aire que respira el hombre (el aire que respiras tú: García Márquez cita ágil y humorísticamente las letras de los boleros todo el tiempo); se lleva el sueño que él sueña, se lleva la mismísima ciudad que él habita. Todo el poder de este mundo no puede compensar semejante vacío, y todo el poder del mundo no puede hacer que *ella* regrese.

Como a nosotros, lo traiciona su propio cuerpo, castigado y humillado por su decadencia física.

Como nosotros, está enamorado de un lugar, una tierra, nuestra tierra, esta tierra, la única que tenemos, el olor de frutas podridas y los ruidos del mercado; y con él, compartimos "una profunda tristeza crepuscular por nuestras patrias miserables".

Como nosotros, se siente aterrado por una súbita falla de la memoria. Se pregunta: ¿dónde vi antes a este muchacho que ahora veo en medio de una multitud? Y, claro está, el patriarca puede enviar al muchacho a la cárcel mientras recuerda dónde lo vio antes, y mantenerlo en una mazmorra durante veintidós años, mismo lapso de tiempo durante el cual, claro está, el patriarca se olvida de que un día encarceló a ese muchacho.

Esto sí que no lo podemos hacer nosotros. Él, el patriarca, el déspota cuyo capricho es la palabra de la ley, él sí puede hacer esto.

Leyendo a García Márquez nos damos cuenta, sin embargo, de que la peor condena del patriarca es, precisamente, esta revelación de su humanidad. Éste es su castigo: permanecer sujeto a la visión del hombre que perdió, que es la visión de su humanidad extraviada; no tener el poder de gozar plenamente su poder porque es un ser humano, porque morirá, porque un hombre que es él mismo se le escapó a su poder y porque, finalmente, el poder total implica haber destruido todo lo que se oponía al poder. "El horror, el horror", dice, con voz de selva, desde el fondo del corazón de las tinieblas, la figura del poder inventada por joseph Conrad: Kurtz, dueño del poder sobre la nada que es el único poder absoluto.

Tal es la manera, magistral y conmovedora, con que este gran escritor que es Gabriel García Márquez usa el instrumento del poder, la palabra, la legalidad escrita, para reivindicar el poder de los seres humanos, hombres y mujeres, que es el poder fabulador, el poder del mito, recordándole al poder que la palabra de la tribu y la legalidad fabuladora nos pertenecen primero a todos, y sólo por delegación provisional a ellos.

III

En *Cien años de soledad*, García Márquez nos condujo de una utopía de fundación a una épica corruptora al alba de un mito que nos permitió recordar nuestra historia en el presente; nombrarla y escribirla. Esta realización la logró el escritor gracias a una perspectiva, irónica y humanizante, sobre el proceso histórico total de Iberoamérica.

La técnica literaria de *Cien años de soledad* está poéticamente radicalizada en *El otoño del patriarca*. A fin de incluir toda la experiencia del pasado en el presente, García Márquez intenta una conflación poética de tiempos y personajes. Como en la otra novela, en ésta encontramos todo lo que ha sido dicho, presentado como un *diciéndose*: la historia oficial pero también el rumor, la maledicencia, el chisme, el sueño y la imaginación, tejidos en una sola urdimbre verbal, una red inconsútil, un continuo sin puntuación, dividido sólo por las comas: una sola y larga frase en la que la primera persona del singular (el Yo) se colapsa en una tercera persona del plural (el Nosotros) antes de cursar a través de una tercera persona del singular (Él o Ella) y desembocar en otra segunda persona del singular (Tú: el lector).

Todo se reúne, la separación es vencida, el pueblo está en el palacio, el balcón es abolido, como las candilejas; la línea divisoria entre el escenario y el auditorio desaparece en la prosa carnavalesca que Bajtin le atribuye a Rabelais. La de García Márquez es también una gran prosa crítica, democrática, igualitaria, no un ejercicio gratuito. Pues si históricamente nos conduce, desde el pasado, desde una utopía fundadora (el Macondo original) a las perversiones épicas (el Macondo histórico) al recuerdo del mito (el Macondo solitario), tanto en *Cien años de soledad* como en *El otoño del patriarca* nos ubica en un nuevo territorio del presente, donde aquella experiencia alcanza un grado de intensidad poética que nos permite verla con absoluta claridad.

Gracias a la visión así ganada, podemos, en seguida, despegarnos de los hechos, entenderlos en perspectiva histórica y asimilarlos a nuestra conflictiva modernidad. Hicimos la historia; mantenerla es nuestra obligación; pero la historia aún no termina, nos corresponde a todos continuarla, y el escritor sólo puede afectar el orden del lenguaje, un lenguaje que recibe del pasado, contextualmente asediado, determinado por las voces de los demás y por la pluralidad de lenguajes que confluyen en todo sistema social.

Con ello, un escritor como García Márquez cumple plenamente su función literaria y social. Nos deja, sin embargo, en el umbral de la continuidad histórica. Su imaginación, su palabra, han transformado esa historia. Podemos verla de manera nueva y más creativa. He hablado de utopía, épica y mito. Pero la lectura de *El otoño del patriarca* me permite cambiar, enriquecer, poner al día estos términos y preguntarme, leyendo a Antonio Gramsci mientras leo a García Márquez, si hemos leído equivocadamente tanto a Moro como a Maquiavelo, y si no podríamos, como lo sugiere el escritor y político italiano, hacer una nueva lectura de la utopía *hacia* el poder, entendiendo a Maquiavelo como el autor de una utopía dinámica, no meramente como el escritor político que describe lo que es, sino como el visionario de un deber ser realista.

El tema maquiavélico de la conquista es el tema de la liberación de energías de hombres nuevos que no podían heredar, sino que debían ganar, sus reinos mediante una mezcla de necesidad y libre albedrío. Pero la visión del maquiavelismo como utopía, y no sólo épica del engrandecimiento personal, es la novedad teórica que propone Gramsci. El autor de las *Noterelle sull' Machiavello* distingue el tema de la novedad en *El príncipe*, pero en vez de radicarla en el terreno de lo que es (Maquiavelo como el autor que describe las maneras reales del poder) argumenta que es una obra dirigida *hacia* lo que debe ser; describe una utopía dinámica sobre la manera como el Príncipe debe ser si desea dirigir a su pueblo a la fundación de un nuevo Estado.

El Príncipe maquiavélico, en la interpretación gramsciana, trabaja sobre un pueblo pulverizado e incomunicado a fin de organizar su voluntad colectiva. Trata de persuadir al pueblo de la necesidad de aceptar a un jefe fuerte que sabe lo que quiere y cómo obtenerlo, logrando que el pueblo acepte esta dinámica con entusiasmo.

Éste hubiese sido, por ejemplo, el problema de los conquistadores españoles si, en el caso de los imperios teocráticos, México y Perú, hubiesen ganado para sí el poder en lugar de Moctezuma o Atahualpa. ¿Cómo convertir el poder autocrático y vertical del déspota indígena en poder del príncipe renacentista, dueño de su voluntad y liberado de su fatalidad? Quizás la única respuesta posible es esta idea gramsciana del maquiavelismo como utopía dinámica: como un deber ser realista.

La conquista —en sí misma y como vencedora de los poderes indios— está en la base de la relación del hombre y la mujer iberoamericanos con el poder, esa preocupación que, en formas diversas, hemos observado en las novelas de Gallegos, Azuela, Rulfo y García Márquez. ¿Pudieron los conquistadores, habiendo conquistado a los indios, conquistar también a la corona de España? ¿Pudieron, como los colonizadores de la Nueva Inglaterra, ser los padres de su propia democracia local? Portadores de una ambición individualista, debieron escoger entre el individualismo como democracia y el individualismo como derecho señorial. Escogieron lo segundo. Facilitaron así la respuesta de la corona. Comportándose como lo que sus antepasados habían sido, es decir, como hidalgos ociosos, caprichosos y explotados, imbuidos de ambiciones feudales, obligaron a la corona a responder, limitándolos, sujetándolos a leyes paternalistas abstractas —la legislación de Indias— y a actos de precariedad concretos en lo que a sus títulos y posesiones se refiere.

Cortés no tuvo tiempo ni ocasión de enfrentarse seriamente a la posibilidad gramsciana de la utopía dinámica. Muchas de sus cartas delatan, sin embargo, esta ambición: mover e integrar a una comunidad nueva, gobernada por hombres nuevos de la clase media española. ¿Individualismo democrático o señorío feudal? En todo caso, la corona, que acababa de derrotar al feudalismo español en nombre de la unidad monárquica y el absolutismo, no iba a permitir su resurgimiento en el Nuevo Mundo, y nada indica que hubiese respetado una orientación democrática en el proceso de colonización: acababa de derrotar, también, a los Comuneros de Castilla. Cortés derrotó a Moctezuma, pero la corona derrotó a Cortés. La autoridad monárquica desplazó al conquistador, humillándolo a veces, premiándolo otras, nulificándolo, como factor político, siempre. Recordemos que las *Cartas de Relación* de Cortés a Carlos V fueron prohibidas en 1527, y que en 1553 se prohibió, asimismo, la exportación al Nuevo Mundo de las crónicas de la conquista. La empresa popular, ascendente, cantada por Bernal Díaz, se convierte en empresa exclusiva del poder monárquico.

Gramsci hace una distinción fundamental entre la política de Maquiavelo en Italia y la de Bodino en Francia. La primera ocurre en el *momento de la fuerza*, en la ciudad-estado de los Médicis. La segunda, en el *momento del equilibrio*, en la nación-estado de Enrique IV y Luis XIII, cuando la vida política y económica de la nación se centraliza y es puesta en manos de gestores de la clase media en ascenso: Mazarino y Colbert. Bodino puede invocar los derechos de las clases medias —el tercer estado— porque los problemas básicos de la fundación, la unidad y el equilibrio han sido resueltos en

Francia. Maquiavelo debe invocar los derechos de la revolución porque todo —la unidad territorial, la identidad nacional, la sociedad desembarazada del feudalismo— aún estaba por obtenerse en Italia.

García Márquez en *El otoño del patriarca* nos ofrece la imagen del último déspota, anónimo, confundido con sus dobles y al cabo muerto y picoteado por los buitres. El último tirano patrimonialista, arcaico, previo al tiempo de la violencia revolucionaria, pero previo, también, al tiempo del equilibrio democrático. Los gobernantes del siglo pasado debieron enfrentar o soslayar el mismo problema: ¿cómo salir de la anarquía y crear naciones viables, cómo crear estados nacionales en lugar de republiquetas balcánicas? ¿Cómo llenar el vacío dejado por el Estado imperial español y llenado por los caciques, los curas y los militares? Para bien o para mal, respondieron a estos problemas Juárez y Díaz en México, Portales en Chile, Rosas y Mitre en Argentina, y, en Guatemala, Justo Rufino Barrios. Algunos, como Rosas, prolongaron en la fuerza unificadora los gérmenes de la anarquía y la violencia. Otros, como Juárez y Barrios, crearon instituciones de Estado básicas para dejar atrás el personalismo castrense. Otros, como Portales, trataron de darle fisonomía de Estado a una sociedad económicamente dinámica, cada vez más democrática y diversificada. Otros, como Mitre y Díaz, quisieron crear una fachada de progreso moderno sin transformar el país real.

Al cabo, dirigentes como Obregón y Calles en México, Castro en Cuba y los sandinistas en Nicaragua, tuvieron que definir el momento de la violencia como el momento de la fundación revolucionaria a fin de obtener la unidad territorial, la identidad nacional y la viabilidad institucional. Las tres revoluciones del siglo XX en Hispanoamérica son, sin embargo, distintas. En México, la sociedad propiciada por la Revolución acabó por rebasar a sus padres: el Partido y el Estado. En Cuba, las transformaciones sociales no han encontrado equivalencia política a la altura de los nuevos factores de educación, salud y trabajo. Un personalismo prolongado no puede, al cabo, suplir o contener la dinámica social de Cuba. En Nicaragua, una dirección política ágil ha sabido, al mismo tiempo, crear un Estado nacional, inexistente antes de la revolución, defenderse de una guerra impuesta desde afuera y romper el círculo de la fatalidad histórica como país títere de los EE. UU. Un frente político opositor de gran variedad se enfrenta hoy al Estado nacional. De la tensión y conflictos entre ambos nacerá lo que Nicaragua, antes, tampoco tuvo: una sociedad civil moderna.

Ésta existe ya en México, donde el problema es renovar la dinámica política para hacerla consonante con la dinámica social. Tuvimos por largo tiempo un Estado fuerte y una sociedad débil. Ahora, una sociedad cada vez más fuerte le resta espacios al Estado corporativo. En Argentina, en cambio, una sociedad civil bastante fuerte aún debe crear instituciones políticas consonantes con ella. Chile tiene una sociedad civil democrática que sucumbió, sin embargo, a la dictadura militar. Escojo sólo tres ejemplos para hacer la pregunta: ¿puede la América Española alcanzar, por la vía revolucionaria o por la vía evolutiva, pasando por la violencia o evitándola, invocando a Maquiavelo o a Bodino, algo más allá de la simple fuerza o del mero equilibrio: la dinámica del desarrollo con justicia?

Del otoño del patriarca pasamos a la falsa primavera del tecnócrata. Nos faltaba pasar por los inviernos del desarrollo sin justicia y por los infiernos de la deuda, la inflación y el estancamiento en todos los órdenes. La verdadera primavera democrática pasará por estas pruebas. No podrá ser, otra vez, una ilusión de bienestar para pocos aplazando el bienestar de la mayoría. Se han aprendido muchas lecciones. El nuevo modelo de desarrollo, como democracia política pero también como justicia social, será exigente para todos los actores de nuestra vida política: de derecha y de izquierda. Impondrá obligaciones a todos. Requerirá un esfuerzo sin antecedentes en nuestra historia. No habrá modernidad gratuita en la América Española. No habrá modernidad que no tome en cuenta la totalidad cultural de nuestros países. No habrá modernidad por decreto. Nadie cree ya en un país ideal divorciado del país real. Gracias a libros como *El otoño del patriarca*, todos sabemos que hay otra escritura, la de la imaginación, que revela el poder del deseo y también la voluntad del cambio. La ley abstracta nunca volverá a estar sola en Hispanoamérica. *¡Lo que pueden las palabras!*: las del poder pero, desde ahora, también, las del escritor y su comunidad.

JOSÉ LEZAMA LIMA:
CUERPO Y PALABRA DEL BARROCO

> *Oh! that this too too solid flesh should melt, Thaw,*
> *and resolve itself into a dew...*
>
> *Hamlet*, I. ii. 129

1. LAS ERAS IMAGINARIAS

EL POETA y novelista cubano José Lezama Lima representa
otra línea de fuerza de nuestra historia cultural: la del barroco, que he descrito como una contracción entre la utopía perdida y la épica perversa del Nuevo Mundo, en la medida en
que ambas, en su postulación americana, descansan sobre la
idea del espacio, del hambre de espacio y de la liberación del
mismo, que Edmundo O'Gorman propone como estímulos
de la invención de América.

El barroco es uno de los nombres de nuestra fundación y
la revela como un acto para siempre compartido entre Europa y América. Si América es inventada por un hambre de
espacio europeo, nombrada y explotada y vencida por un
hambre de espacio, en la construcción, recreación y enmas-
caramiento de ese mismo espacio encontrará su refugio y su
nombre: refugio y nombre del barroco.

En 1550, durante la controversia de Valladolid sobre los
derechos de conquista, aun fray Bartolomé de las Casas
aceptó el concepto de guerras justas e injustas. Juan Luis Vives respondió que semejante distinción era una trampa que
podría justificar todos los principios de destrucción y esclavitud. *Dulce bellum inexpertis*: en el *Enchiridion*, Erasmo les
pide a las naciones recordar que la guerra sólo es dulce para
quienes no la sufren. Los pueblos aborígenes la apuraron

hasta extremos inauditos de crueldad, exterminio y esclavitud. El sermón de fray Antonio de Montesinos en Santo Domingo el día de Navidad de 1511, la campaña de fray Bartolomé, los dibujos de la crónica del Perú de Poma de Ayala y del Códice Osuna dan prueba clamorosa de la violencia que los conquistadores ejercieron contra los conquistados.

No obstante, de estos hechos no surgió una literatura trágica, a pesar de que la tragedia es explicada por Max Scheler como un conflicto de valores condenados a la mutua extinción. La conquista se tradujo en la exterminación mutua de la Utopía y la Épica fundadoras del Nuevo Mundo. Pero la historia no se resolvió en la tragedia porque la evangelización cristiana no transmitía valores trágicos, sino un optimismo ultra-terreno, y el mundo de los vencidos se desplomó sin instrumentos críticos para salvarse del azoro y de la fatalidad. La praxis de la colonización sólo ahondó estos abismos. La oportunidad trágica de la América Española —ese acto de renovación que ilumina y trasciende lo que hemos sido a fin de seguir siendo sin sacrificio de ninguno de los componentes; la tragedia como conciencia y contemplación de nosotros mismos y del mundo— quedó en reserva, latente en el corazón de nuestra cultura.

El vacío fue llenado por el barroco doloroso del Nuevo Mundo, respuesta formal de la naciente cultura hispanoamericana a la derrota de la utopía de la invención de América y a la épica de su conquista: derrota compartida de Moro y Maquiavelo, del deber ser y del querer ser, del deseo y de la voluntad. En el abismo entre ambas surge, hambriento y desesperado, Nuestro Señor el Barroco, como lo llama Lezama.

Pero la figura del barroco sólo se vuelve plenamente identificable y comprensible, en nuestro tiempo, gracias a su inserción dentro del concepto de las eras imaginarias propuesto por Lezama Lima en *La expresión americana*. Nadie, como él, ha visto más claramente que, si bien nuestra historia política puede ser vista como una serie de fragmentaciones, la historia cultural presenta una continuidad llamativa. Aun cuando las pugnas políticas, en sí mismas fragmentarias, tratan de proyectar su propia ruptura en la vida cultural (negación del mundo indio por los españoles; negación de los mundos español, indio y mestizo por la modernidad independiente) el concepto de las eras imaginarias nos da la oportunidad de restaurar la continuidad que, disfrazada a menudo, fingiendo muerte muchas veces y mimetizándose otras con el silencio, siempre supo mantenerse mediante ese mismo silencio mimético y sus apariciones, fantasmales aquí, clamorosas allá, en el sincretismo, el barroco y la constancia de la cultura popular: música, gestos, muebles, artesanías, cocina, erotismo, lenguaje, ropa, creencias, imágenes, derechos consuetudinarios... En suma, lo que Lezama Lima llama la *contraconquista* de lo puramente europeo por lo indo-afro-iberoamericano, y lo que Vico, antes que nadie, llamó la sociedad civil, la historia hecha y mantenida por hombres y mujeres.

En esta amplitud se circunscriben las eras imaginarias de Lezama. Es su manera de decir que las culturas son su imaginación, no sus archivos. "Si una cultura no logra crear un tipo de imaginación", escribe Lezama, resultará históricamente indescifrable "en cuanto sufriese el acarreo cuantitativo de los milenios". Para Lezama, la verdadera historia consiste en saber cuándo se impuso la imaginación como historia. Una humanidad "dividida por eras correspondientes a su potencialidad para crear imágenes", le permitiría a la memoria adquirir la plenitud de la forma. Esta plenitud, sin duda, incluye la forma trágica; y restaurarla, entre nosotros, tiene que ser el resultado de la imaginación.

Esta imaginación, aplicada a las eras de la vida americana, le permite a Lezama concatenar nuestra vida en la continuidad de los mitos, indígenas y europeos; de la conquista y de la contraconquista; del barroco y de la utopía; del destierro romántico (Miranda y fray Servando) y del arraigo estanciero (Hudson y Güiraldes) antes de abrirnos de nuevo a la errancia, corrido y recorrido del charro y el gaucho, portadores de una vida popular que subsume y continúa todas las manifestaciones anteriores, hasta fijarlas en esa *forma* de la circunstancia, esa *imaginación* del suceso, que es el arte contemporáneo a partir de José Guadalupe Posada.

Quizás la más conflictiva de nuestras eras imaginarias sigue siendo la que abarca la conquista, porque en ella es eliminada la instancia trágica a favor del sueño utópico y la energía épica, canceladas ambas a su vez por la explotación colonial y la evangelización cristiana. La ausencia de oportunidad trágica en la cultura hispanoamericana conduce a un maniqueísmo que intenta darle razón al conquistador o al conquistado, obviando el conflicto de valores y permitiéndonos convertir el conflicto de culturas en mascarada política. Criollos y mestizos han concluido la obra de los conquistadores españoles, sometiendo al indígena a explotaciones peores que las de la colonia. El liberalismo y las sucesivas modernizaciones despojaron a las comunidades indias de los techos legales y de las protecciones mínimas defendidas por la corona. Pero estos mismos criollos y mestizos —nosotros mismos— hemos sido los más estridentes denunciadores de la obra de España en América y los más hipócritas defensores de una cultura indígena cuyos monumentos serán siempre una recriminación si sus hombres y mujeres vivos no reciben más justicia que nuestras palabras de defensa y nuestros actos de ofensa.

Cité en el capítulo dedicado a Bernal Díaz, a María Zambrano. Es tiempo de recordarla de nuevo cuando escribe que el conflicto trágico no alcanza a serlo si consiste sólo en una destrucción, si de la destrucción no se desprende algo que la rescate, que la sobrepase. De no ser así, la tragedia sería nada más que el relato de una catástrofe.

De la catástrofe de la conquista nacimos nosotros, los indo-afro-iberoamericanos, y creamos la cultura que Lezama Lima llama de la contraconquista. Esa cultura, por todas las razones y hechos que he evocado, excluyó la dimensión trágica capaz de dotarnos de la conciencia y la voluntad que tanto Lezama como Zambrano nos proponen para ser completos. Algún día, quizás, sabremos ver nuestra historia como un conflicto de valores en el cual ninguno es destruido por su contrario sino que, trágicamente, cada uno se resuelve en el otro. La tragedia sería así, prácticamente, una definición de nuestro mestizaje.

Tanto Scheler como Zambrano nos advierten que este proceso requiere tiempo para que la catástrofe se transforme en conocimiento, y la experiencia en destino. Lezama Lima intenta acelerar el paso, restaurar la visión trágica en la imaginación americana y, para ello, sólo conoce un camino verdadero. Éste es el conocimiento poético.

2. EL CONOCIMIENTO POÉTICO

La novela moderna de la América Española es inseparable de un trabajo poético ininterrumpido, por lo menos, desde el siglo XVI. No hay verdaderos conjuntos narrativos en la América Española antes de la segunda mitad del siglo XIX; en cambio, nunca carecimos de una tradición poética y hoy podríamos afirmar que detrás de cada novelista hispanoamericano hay muchos poetas hispanoamericanos de ayer y de hoy.

El novelista José Lezama Lima es su propio poeta y esto es justo en un escritor barroco que crea su propia forma y pretende ofrecernos una novela que es un mito que crea su propio mito. (No fue otra la hazaña de Franz Kafka: en busca de los mitos escondidos, inventó un nuevo mito que es el de Kafka buscando los mitos escondidos.)

La poética de Lezama es una conjugación barroca del tiempo, la palabra y el cuerpo encarnado. Poesía es el nombre de la unidad de esas tres *sobreabundancias*. Y en Lezama la poesía es conocimiento. No método de conocimiento, no algo *como* el conocimiento, sino el conocimiento *mismo*. ¿Cómo se llega a él? No sin admitir que en el corazón de todo saber, se enfrentan la relación de causa y efecto, y las realidades que se dispensan de la causalidad.

"Con ojos irritados se contemplan la causalidad y lo incondicionado", escribe Lezama en *Las eras imaginarias*. "Se contemplan irreconciliables y cierran filas en las dos riberas enemigas." Schopenhauer habla del hombre sobrecogido cuando empieza a poner en duda los modos puramente causales de la experiencia, y en esta suspensión de la ley de la causalidad radica Nietzsche "la esencia de la embriaguez dionisiaca". Si en ella está el origen de la tragedia, su muerte ocurre cuando, a través de la máscara de Eurípides, el demonio socrático entra en conflicto con el demonio dionisiaco y lo vence. Sócrates combate a la tragedia porque percibe en ella una ausencia del principio de causalidad que para el filósofo resulta irracional y absurda. Tiene razón: la ley empírica y moral no tolera una experiencia circular o recurrente que niega la individuación porque la somete a un proceso constante de reintegración con el todo. La tragedia, nos explica Nietzsche, transforma a la previa cultura épica sin despojarla de su validez y otorga a los mitos que históricamente preceden a la épica y a la tragedia su forma más expresiva: es decir, lejos de cancelarlos, los conduce a una suerte de perfección. Las tres realidades se suceden históricamente pero también se sostienen históricamente como una promesa actualizada de unidad. Éste es el círculo de fuego —mito, épica, tragedia y renovación a través del mito— al que tantas veces me he referido en este libro.

Pero cuando la religión exige fundamentos históricos y racionales a fin de justificarse e imponerse dogmáticamente, los mitos mueren y con ellos su culminación trágica. Sospecho que la razón de esta sinrazón es que, como lo resume una frase del *Prometeo* de Esquilo, para la tragedia cuanto existe es a la vez justo e injusto, e igualmente *justificado* en ambos casos. Esto es intolerable para una religión —o un

Estado— que necesitan señalar a los culpables a fin de hacer creíble su bondad e inocencia: su propia justicia.

El sacrificio subsecuente es el de un conocimiento poético que Lezama Lima quisiera resucitar, como si fuese los cuerpos mudos y helados de las estatuas, mediante las formas verbales. La verdadera historia, para Lezama, es la imagen del mundo que conocemos a través del mito. No la cronología visible, sino la invisible. La suma de mitos crea las *eras imaginarias* donde tiene lugar la otra realidad, la historia oculta. La apuesta de Lezama, claramente, es a favor del hermano pobre de la historia, la Cenicienta de la voluntad racional y fáustica del Occidente: las formas no-racionales e intuitivas del conocimiento.

En efecto, el poeta venezolano Guillermo Sucre ha llamado a la de Lezama "estética de la intuición" que descarta lo causal para intentar la síntesis creadora, pero que se apoya, para acercarse a la segunda realidad, en lo más concreto del mundo: *el cuerpo*. Lezama identifica la imagen, la metáfora y la analogía verbales *con* el cuerpo. Es la concreción corpórea la que avasalla y quiebra las compuertas de la causalidad.

Además, el cuerpo en Lezama, dice Sucre, es "un cuerpo que se sabe imagen". La imagen, a su vez, es un instante del conocimiento poético. El siguiente es la reunión con otra imagen para integrar la metáfora y, a partir de ella, buscar la analogía. Explica Lezama en *Analecta del reloj*: "En toda metáfora hay como una intención suprema de lograr una analogía, de tender una red para la semejanza, para precisar cada uno de los instantes de un parecido."

De esta manera, la metáfora, que es el encuentro de dos imágenes —de dos carnalidades verbales que se reconocen como tales— tiende a su vez hacia la analogía, echa redes a fin de encontrar la semejanza de las cosas, es decir, su verdadera identidad. En la metáfora, el lenguaje y la realidad pierden su carácter incompleto o fragmentario y se convierten no sólo en lenguaje y realidad en cuanto tales, sino también en todo lo que evocan o provocan. En la metáfora el mundo de la realidad inmediata, sin dejar de serlo, puede convertirse en el mundo de la imaginación.

Para Proust, la verdad comienza cuando el escritor toma dos objetos diferentes y propone su relación, su analogía, en una metáfora. "La belleza de una cosa está en otra cosa", nos dice en *El tiempo recuperado*. "El mediodía en Combray está en el rumor de sus campanas." El camino de Proust es el de Lezama, el único novelista de lengua española que se ha acercado, en la suya, a la materia interna de *En busca del tiempo perdido*.

La novela moderna nace cuando don Quijote sale de su aldea al mundo y choca con el mundo porque en las lecturas de su aldea todo se asemejaba y en la anchura de los caminos del mundo nada se parece. A partir de entonces el novelista carga con la inquietud de restaurar la semejanza sin sacrificar la diferencia. Para Proust, este trabajo oculto detrás de los placeres de los días procede, a su vez, de la resolución de la metáfora en epifanía, que es el siguiente paso del conocimiento poético y, acaso, su apogeo. Las instancias son famosas, comienzan con las epifanías de la magdalena, los campanarios de Martinville, la lectura de George Sand en la voz de la madre, los manzanos en flor, los espinos. Finalmente, al culminar la obra, las anteriores culminan también en la triple metáfora de los adoquines del patio de Guermantes, el rumor de las cucharillas y la blancura de las servilletas. Metáfora es encuentro: las imágenes finales de *El tiempo recobrado* tienden sus redes analógicas de regreso a las imágenes iniciales, Venecia, los árboles, la playa de Balbec, recuperando el tiempo pasado para abrirse a la epifanía final (epifanía: manifestación, aparición) del minuto liberado del orden del tiempo. Es decir, todo culmina cuando el tiempo y su lenguaje cesan de estar sometidos a la sucesión causal, se manifiestan, aparecen, como identidad del conocimiento y de la poesía.

Así, la epifanía literaria nos revela que la poesía es conocimiento y que éste es, como diría Vico, un "conocimiento auroral". La poesía es la identidad original de lenguaje e historia, cuando ambos eran, nos dice Benedetto Croce hablando de la *Ilíada*, "el mismo documento". Ahora historia y lenguaje están separados y sólo su aparición auroral —la poesía— puede volver a reunirlos, como en un principio. ¿Es esto posible en un mundo, como lo llama Adorno, *demasiado dañado*? Lezama Lima, en *Paradiso*, intenta esta reunión heroica, pasando por todas las operaciones que constituyen el arsenal poético: imagen y analogía, metáfora y epifanía.

Doy a la epifanía, para hablar de Lezama y *Paradiso*, el mismo valor que James Joyce en *Stephen Hero*:

> Por epifanía, entendía una súbita manifestación espiritual surgida en medio de los discursos y los gestos más ordinarios, así como en el centro de las situaciones intelectuales más memorables. Pensaba que al hombre de letras le correspondía notar esas epifanías con cuidado extremo, puesto que ellas representan los instantes más delicados y los más fugitivos.

El movimiento poético de Lezama en *Paradiso*, análogo en mucho al del alma atada a la materialidad de las cosas en la filosofía de Plotino, intenta en primer lugar animar, mediante el lenguaje, a la materia, transformando a la estatua en cuerpo y encontrando la equivalencia de ese cuerpo ideal, materia que aspira a Dios, en tres cuerpos concretos, individualizados y parlantes, dentro del mundo de una novela.

Son los cuerpos de sus tres personajes protagónicos. Foción o el caos; Fronesis o el orden; Cemí o la iluminación que conduce a los tres, superando tanto el caos como el orden, a la epifanía de *Paradiso*. Ésta es la imagen final de la casa en ascuas de La Habana, bañando de luz a los cuerpos por un instante —el minuto fuera de la causalidad, el tiempo imaginario— antes de dispersarse en la materia, la cotidianeidad y la muerte.

Quisiera seguir de cerca el complejo movimiento que para alcanzar la epifanía paradisiaca se manifiesta verbalmente en la novela de Lezama: hasta el momento, no creo que la novela americana escrita en español haya manifestado, asimismo, mayor complejidad, más belleza espiritual y lingüística.

3. CONTRACONQUISTA Y BARROCO

Las epifanías de *Paradiso* ocurren mediante una salida al mundo distinto del escenario "realista", un tránsito directo del orden de la causalidad al orden de lo oculto, lo latente, lo posible o lo olvidado, esa estética de la intuición de la cual habla Sucre. Es un camino poético, arduo a veces, pero que obedece a la profunda convicción del escritor: las culturas son su imaginación. Lezama Lima sugiere que desviemos el énfasis puesto en la historia de las culturas y lo pongamos, en cambio, en las "eras imaginarias". ¿Qué entiende por esto? "Si una cultura —escribe en *La cantidad hechizada*— no logra crear un tipo de imaginación", será, con el paso del tiempo, "toscamente indescifrable". Propone, por ello, una historia de la humanidad "dividida por eras correspondientes a su potencialidad para crear imágenes".

En *La expresión americana* —una de las grandes exploraciones de la cultura de nuestro continente, al lado de las de Sarmiento, Reyes, Martínez Estrada y Mariátegui— Lezama imagina los tiempos de la América ibero-indo-africana a partir de su encarnación en los mitos prehispánicos, el "doble asombro" de la conquista, el barroco colonial, el "calabozo" de la independencia y la cultura popular del siglo XIX. Observa una sucesión del fabulador indio al cronista español, y de éste al señor barroco, al desterrado romántico y al señor estanciero. Pero la fijeza decimonónica de éste es puesta en movimiento, de nuevo, por la cultura popular: el charro mexicano, el gaucho argentino: *corrido* y *recorrido* que culminan en una nueva imagen: la de José Guadalupe Posada, que a su vez anuncia un nuevo movimiento, sin nombre todavía, porque es el nuestro, el de lo que estamos siendo.

Julio Ortega tiene razón cuando llama a Lezama "el teórico menos traumático de la cultura hispanoamericana, a la que entendió como una solución de continuidades, siempre como una realización, nunca como un problema..." Pero el sentido de la continuidad en Lezama dista mucho de ser un alejamiento o una indefinición. Todo lo contrario; significa un acercamiento efectivo, corpóreo, dinámico, a cada etapa de la continuidad cultural o "eras imaginarias" de nuestras tierras. Pero estos mismos adjetivos nos indican ya que, entre todos esos momentos de la imaginación, Lezama es más adicto a uno, el barroco, y lo emplea no sólo como preferencia intelectual sino, precisamente, como forma de su creación artística.

Ambas —la referencia y la forma— se reúnen, al cabo, porque Lezama es, también, un escritor católico, y si su estética del barroco exige una encarnación artística, reclama, al mismo tiempo, una razón moral, filosófica, espiritual. Inmerso en la civilización católica de la América Española, contrarreformista y cerrada a la modernidad, Lezama busca con lúcida desesperación una salida, más acá de la ñoñez del catolicismo beato y de cromo, más allá de nuestra identificación contemporánea de la modernidad con el protestantismo capitalista, al que cubrimos, sin embargo, con una capa de piedad sansulpiciana, mojigata, para consumo esporádico y para quedar bien, como dice en alguna página Emmanuel Mounier, con nuestras reputaciones, más que con nuestras conciencias.

El catolicismo radical, comprometido, de Lezama, lo es porque confronta cuanto lo niega y, con suerte, lo que sólo negándolo lo afirma, lo revela y lo hace nuestro, parte de nuestras "eras imaginarias". Lezama, como dice Julio Ortega, busca continuidades. Escribe, por ejemplo, que el renacimiento español se cumple en América. "Por lo americano, el estoicismo quevediano y el destello gongorino tienen soterramiento popular." No debe verse en la cultura de la América Española una copia sino una mimesis que no implica ni inferioridad ni pereza. América es un centro de incorporaciones y en esto continúa a España. Yo creo que la potencia también, pues España misma fue, al cabo, el máximo "centro de incorporaciones" del occidente europeo: Iberia celta, fenicia, griega, romana, judía, goda, árabe, gitana...

El Renacimiento recibe el caos de la descomposición del mundo teológico y piensa de nuevo en Arcadia: la edad de oro, utopía, el buen salvaje... No es un pensamiento innecesario. Le da alas al testimonio de que "en un escenario muy poblado como el de Europa en los años de la Contrarreforma, ofrecemos con la conquista y la colonización una salida al caos europeo, que comenzaba a desangrarse".

Se desangró en las guerras de religión. Y desangró al mundo indígena americano. Pero la incorporación de la América india al Occidente —cito a un brillante novelista y ensayista joven de México, Héctor Aguilar Camín—, "pese a su crueldad y sus terribles consecuencias demográficas, no pudo darse sino por la simbiosis del conquistador con las civilizaciones previas". Lo que Aguilar Camín dice de México puede extenderse a Iberoamérica: "El asentamiento colonial de Nueva España no se propagó sobre el territorio exterminando a los antiguos pobladores." Esta realidad contrasta con la colonización de Angloamérica y sobre todo con la expansión de la república norteamericana hacia el Pacífico, basada en el exterminio de indios. "La fórmula de la colonización estadounidense fue exterminar para afianzarse, arrasar para ocupar." No nació de esta experiencia una civilización indo-anglo-americana; pero tampoco quedaron rastros, en el Caribe, de una civilización indo-americana. La esclavitud, en ambos casos, suplió a la muerte. En el Caribe nace la cultura —o la "era imaginaria"— afro-americana. Con ella nace también el barroco, respuesta a los insoportables vacíos históricos, carta de la fundación del Caribe y de la hermandad de sus espíritus, escriban éstos en español, francés o inglés. El barroco es como una corriente de identificación que fluye de las bocas del Orinoco, por las "islas de la corriente", hasta el delta del Mississippi. Los peces que nadan en estas aguas son reconocibles por su colorido barroco: Alejo Carpentier, Gabriel García Márquez, Luis Palés Matos, Jean Rhys, Jacques Roumain, Edouard Glissant, Aimée Césaire, William Faulkner... Del sur de los estados angloamericanos al norte del confín bolivariano.

Pero en el Sur norteamericano, el barroco tarda muchísimo en manifestarse, como sentido de cultura sincrética, hermanada en el fracaso, solidaria con la derrota, excepción al triunfalismo sin fisuras de la *polis* norteamericana. El nombre de este barroco es el de un gran escritor, William Faulkner, peyorativamente acusado por el crítico Allen Tate de incurrir en una especie de "gongorismo sureño". Lezama tenía razón: en *Absalón, Absalón,* en *El sonido y la furia,* el "destello gongorino" adquiere raíz barroca en el Sur norteamericano.

En cambio, el ascenso de "nuestro señor barroco" en Hispanoamérica es veloz y deslumbrante. Se identifica con lo que Lezama llama la contraconquista: la creación de una cultura indo-afro-iberoamericana, que no cancela, sino que extiende y potencia, la cultura del occidente mediterráneo en América.

Es un barroco doloroso: se ofrece como una cancelación sincrética, el refugio de los antiguos dioses, el repositorio de los tiempos aborígenes. La angustia torturada de las estatuas iberoafricanas de O Aleijadinho en Cogonhas do Campo, los paraísos indígenas contenidos en los espacios cristianos de Quito y Oaxaca, los balcones que cuelgan como jaulas en Lima y La Habana, fueron fabricados por los artesanos indios, negros y mestizos que sólo podían expresarse con arcilla y color. La obra de Sor Juana Inés de la Cruz amplía aún más esta idea: el barroco también fue el refugio de la mujer y, por ser el de *esta* mujer, se identificó con la protección de la palabra, con la *nominación* misma que he venido señalando como uno de los centros de la narrativa hispanoamericana.

Es un barroco, sin embargo, pleno, no "degenerescente". Representa, escribe Lezama,

> tanto en España como en la América Española, adquisiciones de lenguaje, tal vez únicas en el mundo, muebles para la vivienda, formas de vida y de curiosidad, misticismo que se ciñe a nuevos módulos para la plegaria, maneras del saboreo y del trata-miento de los manjares, que exhalan un vivir completo, refinado y misterioso, teocrático y ensimismado, errante en la forma y arraigadísimo en las esencias.

Barroco indoibérico de Tonantzintla, la Capilla del Rosario en Puebla, las iglesias del arquitecto indígena Kondori en Perú y Bolivia, los *Comentarios reales* del Inca Garcilaso de la Vega. Barroco iberoafricano: la arquitectura y la estatuaria de Aleijadinho en Ouro Preto. Barroco mestizo: la poesía de Sor Juana, la curiosidad sintética y devoradora de Carlos de Sigüenza y Góngora y, al cabo, la narración de la historia nacional (india, criolla, mestiza) de Chile por Molina y de México por Clavijero. Barroco criollo: la pintura, la etiqueta, el mobiliario, la arquitectura y, quizás, hasta el erotismo del Virreinato, evocado por Fernando Benítez en *Los demonios del convento*. La contraconquista se manifiesta rápidamente a través de la cultura del barroco, en todos los órdenes. No es, como en el Sur de Norteamérica, un futuro tardío. Es la era imaginaria que sigue a la del cosmos indígena, destruido o soterrado. Es la contracción de la utopía vencida por la épica.

¿En qué medida participa este barroco americano, arte, al cabo, "de la contraconquista", de su contrapartida europea?

En su brillante estudio sobre el paso del mundo "unívoco" de la Edad Media al mundo "pluridireccional" del Renacimiento —*Opera Aperta*— Umberto Eco concibe el barroco como un asalto contra las jerarquías privilegiadas, una negación de lo definido, lo estático. El barroco es la forma dinámica, la forma del nuevo mundo de la ciencia y el descubrimiento, el mundo de Copérnico y Colón que, en vez de respetar el centro de las cosas esenciales y eternas, lo desplaza, multiplica los ejes del universo y procura una visión indeterminada de las cosas. La forma barroca es un objeto en transformación perpetua, y el objeto del arte barroco no es más uno cuya belleza esencial cualquiera puede contemplar, sino un misterio que uno debe descubrir; es un deber; es un estímulo.

El icono, símbolo bizantino de una cultura teológica, de este "modelo arquetípico y único" del cual habla O'Gorman, es desplazado por la pintura escultórica de Miguel Ángel o Luca Signorelli, donde el espectador es invitado a desplazarse él mismo para ver la obra y sus figuras en redondo como si admirase, en efecto, las estatuas del propio Buonarrotti, de Bernini o Donatello. Ante todo, en el barroco europeo el cuerpo ha sido liberado, aun a costa de la necesidad de la piedra que lo fije, pero duplicando, en cierta manera, la obligación del espectador de girar en torno a la estatua para otorgarle su movimiento, su indefinición, su plenitud barrocas.

En esto se asemeja a otro desplazamiento, el primero de la novela moderna, el de don Quijote, que será un lamento por las similitudes perdidas pero también un testimonio de que ahora todo es diferente. Contra la "elemental y grosera ley de la simetría", contra el orden, contra la contención, contra la cárcel, las diferencias que asombran al Caballero de la Triste Figura son las del desorden barroco. Las ciudades (¿y no quiere así Lezama Lima su Habana?) dejan de ser las fortalezas simétricas del Medievo, con sus almenas, torreones, y puentes levadizos, para convertirse en ciudades abiertas, ya no *amuralladas* sino *enamoradas*.

De sus laberintos. Físicos, como el de la Celestina y el Lazarillo urbanos, o verbales, como los de Góngora. De sus representaciones dentro de las representaciones —Shakespeare, Cervantes, Velázquez—. De sus espejos —Van Eyck, otra vez Velázquez, Ticiano—. De su visión del mundo al revés, desordenado: el mundo como mesón y como plaza:

lugares de cita, tabernas, posadas, atrios, prostíbulos, reta-
blos, titiriteros. Lugares *comunes* de don Quijote, don Juan,
Lazarillo, la Celestina, Quevedo, y de sus *cuerpos* despla-
zados.

Cultura de una sociedad en vías de cambios, dice José
Antonio Maravall en su espléndido libro sobre el barroco en
España, el barroco es inseparable de un sentimiento de ines-
tabilidad y de una visión de tambaleante desorden. Los la-
mentos de Valdés y Vives en el siglo XVI acerca de la catástrofe europea y la necesidad de una restauración utópica en
el Nuevo Mundo son repetidos en el siglo XVII por Campa-
nella y Saavedra Fajardo: éste fustiga lo que llama "las locuras de Europa", y el barroco, dice Maravall, parte ahora de
"una conciencia del mal y del dolor y la expresa". Después
de la temible Guerra de Treinta Años el barroco europeo
deja de ser celebración del espacio y el espíritu liberados; se
parece cada vez más al barroco de los espacios cercados
—iglesias y balcones— de la cancelación sincrética del Nuevo Mundo.

Desde entonces, de ambos lados del Atlántico, el barroco
será arte de lo inacabado, arte de lo difícil, arte de la inesta-
bilidad y arte de las fugacidades de la fortuna, el tiempo y la
gloria. España y la América Española cantan aquí el mismo
canto del desencanto en Góngora:

> Mal te perdonarán a ti las horas;
> las horas que limando están los días,
> los días que royendo están los años,

y de Góngora a Cernuda, y su visión andrajosa, dolida y do-
liente de España, el Ser de Sanseuña. De Sor Juana:

> Éste que ves, engaño colorido...
> es un afán caduco y bien mirado,
> es cadáver, es polvo, es sombra, es nada,

y de Sor Juana al propio Lezama Lima cuando en uno de los
poemas de *Enemigo rumor* exclama:

> Ah, que tú escapes en el instante
> en el que ya habías alcanzado tu definición mejor...

Extrema y dolorosa paradoja que iluminará toda la densidad narrativa de la novela de Lezama Lima, *Paradiso*, así como su extensión. Pues si en el poema que cito Lezama le dice a la fugitiva del instante,

> Ah, mi amiga, si en el puro mármol de los adioses
> hubieras dejado la estatua que nos podía acompañar,

en la novela este deseo se cumple sólo para exigir, como la muerte exige la vida, el movimiento que nos hace perder lo que quisimos.

Era imaginaria, suma de tradiciones indígenas, africanas y europeas en el Nuevo Mundo, respuesta de la contra-conquista a la conquista, el barroco americano sería, para Lezama, distinto y superior al barroco europeo. Como éste, es arte de desplazamientos y corporeidades: movimiento y encarnación, pluralidad y desorden, cambio y encuentro. Pero la diferencia del barroco americano no es sólo histórica —contracción de utopía y épica, llenando un vacío particular a nosotros— sino intrínseca. Lezama ve en el barroco europeo una acumulación sin tensión; afirmación discutible, desde luego. Pero en el americano encuentra lo que llama un "plutonismo", o sea, un fuego originario que primero rompe los fragmentos y luego los unifica. En su examen de la arquitectura barroca del constructor indio Kondori, Lezama ve claramente el encuentro de las hojas de la selva americana con la trifolia griega, del son de las charangas con las violas de gamba, de las semilunas incaicas con los acantos corintios. Recomponer, reincorporar, lo roto. Dijimos que no fue otra la misión, despreciada o invisible, a veces, de la policultura española. Que esta misión, interrumpida por la expulsión de los judíos y de los moros en la Península misma, haya sido recuperada y extendida en América por nuestro barroco, sí que es una causalidad distintiva.

Una vez establecida esa virtud, conviene saber cómo encarna. Es decir: cómo adquiere cuerpo, pues no hay barroco que, precisamente porque reúne opuestos en movimiento y llena vacíos intolerables, no requiera de una corporeidad que le dé forma al movimiento y rostro a lo que antes carecía de ello o era sólo mirada frontal, icónica, sin tensión.

Pero el cuerpo es la sede de Eros. ¿Cómo se aviene entonces con una cultura espiritual, católica, que en la naturaleza y el cuerpo ve la tentación y la caída? Lezama opone al cuerpo caído el cuerpo resurrecto, promesa del cristianismo. Y en esta tensión construye su gran novela, *Paradiso*: novela barroca, erótica, católica, que no sería nada de esto sin un cuerpo o sin los cuerpos, que permitan encarnar el movimiento, la tensión, la paradoja de ser, a un tiempo, materia y espíritu, corrupción y resurrección.

4. El cuerpo del barroco

La lectura de la novela de Lezama nos permite darnos cuenta de que una buena mitad de la obra conjuga la realidad inmediata del texto con una aproximación a los problemas del cuerpo. Ante todo, Lezama quiere hacernos entender que sin el cuerpo no habría literatura. Pero también nos pregunta, con esperanza, si puede haber al cabo, sin literatura, cuerpo vivo, consciente de sí. El cuerpo aparece primero como estatua congelada en el espacio y la narrativa inicial del libro consiste en observar el paso de la estatua —perfección, "definición mejor"— a la fluidez y la encarnación. Del espacio ocupado por la estatua al tiempo vivido por el cuerpo: la mediación es el verbo y la imagen, la poesía y la pintura.

Como la fugitiva del poema de Lezama, el cuerpo alcanza por un momento su definición mayor en la estatua, pero a cambio de la fijeza escultórica. El barroco de Lezama define su belleza en esta muerte perfecta que es su negación. El poeta lo define como "un remolino de coincidencias que se detienen en la escultura". Este afán de suspender la abundancia típica del barroco en el instante inmóvil de la estatua, le lleva a concebir el grupo de un concierto barroco como una naturaleza muerta. La congelación de las figuras bailando es asimilada también a una naturaleza muerta: "Las parejas al danzar se trocaban en árboles escarchados... La luz blanqueaba tan excesivamente a las parejas que aun los ceñidos de paños negros eran velones helados."

El barroco interno del cuerpo también es como una escultura, un "árbol bronquial"; hasta la sombra es barroca, su mejor calidad es escultórica; y si la arquitectura tiene un rostro, como la escalera de la Universidad, el hombre tiene una arquitectura escultórica, como Alberto Olaya cuando se detiene con indiferencia en la inquietud de una esquina, "como una estatua", advierte Lezama, como un "soldado bloque de arena", retocado por la niebla costera.

El verbo rector de esta vena pétrea de *Paradiso* nos es dado por el autor en la página 90 de la edición de Era, cuando conjuga el verbo inglés congelar: *freeze, froze, frozen*.

Pero la fijeza helada está convocando la metamorfosis, pues cuando hemos leído es un "como si", es la comparación del símil y no la identidad de la metáfora. Lezama retrasa hasta más allá de la mitad de la novela el grito de guerra del barroco, "se rechaza el *horror vacui*", porque teme, y nos convence de ello, que el horror del vacío no sea el origen del barroco, sino sólo una de sus etapas. Después de la fijeza escultórica, realidad primera de la perfección en Lezama, viene el movimiento, movimiento obligado del espectador alrededor de la estatua que de esta manera pretende crear el movimiento de la misma. No fue otro el caso del barroco histórico, que primero fue arquitectura, en seguida escultura y sólo después pintura, y pintura arquitectónica y escultural. Ortega llama a Velázquez el pintor que libera a la pintura de la escultura y Foucault va más lejos cuando hace notar que Velázquez, en *Las Meninas*, obtiene la incorporación del espectador al cuadro pero también del cuadro al espectador.

El pintor de *Las Meninas* nos mira sólo porque ocupamos el lugar de su modelo. Su mirada nos saluda y al mismo tiempo nos despide. Pero al mirar al vacío, también acepta tantos modelos como espectadores existen. El sujeto y el objeto, dice Foucault, invierten sus funciones hacia lo infinito.

No puede concebirse apertura mayor para el carácter inacabado del barroco, única calidad capaz de admitir no sólo la pluralidad de lecturas sino el sincretismo constante de los elementos que componen el discurso —leído o mirado— y el ejercicio de sustitución y condensación permanente de lo inseguro e inacabado. Reciprocidad pura, dice Foucault de Velázquez, y podría decirlo de Lezama porque en la novela, como en el cuadro, todas las líneas, todas las miradas, convergen en algo inaccesible, exterior al cuadro (al libro) pero reflejado en la profundidad de cada mirada (y de cada palabra). Si el mundo es visto primero como estatua, el mundo, como las estatuas, está siendo visto por personajes dotados de reciprocidad: ven, se ven y son vistos. Esta múltiple visión es la que anima a las estatuas, pero para Lezama su plena incorporación de los diversos puntos de vista tiene que ocurrir en un medio dinámico, que es el de la pintura. En la escala de la materia inanimada a la materia dotada de espíritu, Lezama nos introduce primero, nos hace pasar, de la escultura a la pintura, que es como un paso de la piedra al agua.

La abuela Munda aparece en la escalera, nos dice el autor, como "pura composición velazqueña". Todos los personajes de *Paradiso* empiezan a ser como retratos retocados, Holbein retocado por Murillo, limosneros cuyas sonrisas son tocadas por la luz de Rembrandt. Lezama invoca ejemplos de lo inacabado y recíproco para ir dotando a los personajes, que antes tenían una arquitectura pétrea, de una naturaleza pictórica. Es decir: la novela describe la manera como los personajes van ocupando un lugar en el espacio y un instante en el tiempo, haciéndose de esta manera narración cronotópica, y no psicológica o descriptiva.

El tiempo, como una sustancia líquida, va cubriendo como un antifaz los rostros de los ancestros más alejados, o por el contrario, ese mismo tiempo se arrastra, se deja casi absorber por los juegos terrenales, y agranda la figura hasta darle la contextura de un Desmoulins, de un Marat con los puños cerrados, golpeando las variantes, los ecos, o el tedio de una asamblea termidoriana. Parece que van a desaparecer después de esas imprecaciones por debajo del mar, o a helarse definitivamente cuando reaccionan como las gotas de sangre que le sobreviven, pegando un gran manotazo a la estrella que se refleja en el espejo del cuarto de baño; pero son momentos de falsa abundancia, muy pronto los vemos que se anclan en el estilismo, buscando apoyo de una bastonera; tropiezan con una caja de lápices de colores; sus ojos, como puertas que se han abierto sopladas por un Eolo sonriente, se fijan en un vajillero, retroceden, están temerosos que el airecillo que les abrió la puerta, aviente los cristales, y están apoyados en un sombrero circasiano de carnaval, cubierto de escarcha y de plumoncillos. ¿Fue ése el único gesto de aquellas largas vidas que adquirió relieve? O, por el contrario, el brutal aguarrás del tiempo los fue reduciendo, achicándolos, hasta depositarlos en ese solo gesto, como si fuese una jaula con la puerta abierta para atrapar a un pájaro errante. Rostros conservados tan sólo por el ceremonial del saludo.

Aquí, el tiempo es un "brutal aguarrás" que reduce, achica y aprisiona en el espacio fijo. El tiempo es prisionero del espacio y aparece primero en *Paradiso* como inserto en ese espacio carcelario; el "engendro satánico del barroco carcelario", dice Lezama, como si su aguarrás fuese el de Piranesi, el dramático grabador de prisiones. Y aun cuando el tiempo es descrito al principio de la novela, como por un descuido humanista de Lezama, como "tiempo ya hecho por el hombre", la frase no nos convence, el tiempo de *Paradiso* está demasiado inserto en lo que el autor llama "el monstruo de la extensión" y reclama un contenido específico para darle valor al movimiento, para oponerse a la concreción inmóvil de la estatua como algo más que la descripción del movimiento, otra vez, en el espacio, y entenderlo como movimiento en el tiempo.

¿Cómo trascender el espacio congelado, escultórico, arquitectónico, de una entropía consumada: mundo muerto, inánime? ¿Cómo resucitarlo? ¿Qué contenido darle al movimiento del tiempo? ¿Qué dirección darle a la imagen inacabada y abierta de la pintura "velazqueña"?

La respuesta de Lezama es erótica y contradictoria. Por una parte, sólo Eros puede besar el cuerpo de la estatua y darle vida; y la estatua deja de serlo cuando se mueve, sí, pero sobre todo cuando habla. Cuerpo y palabra son indisociables en Eros. Lezama, en *Paradiso*, como *Las Meninas* en el análisis de Foucault, establece la reciprocidad pura en el hecho mismo de que la animación, la jugosidad, la fluidez de los cuerpos aparece como un hecho verbal, sin más comprobación que las palabras del poeta. Las estatuas se animan pero también se animalizan. Una nube pestífera escapa de la axila de un gendarme londinense y se aposenta como una divinidad en el cuerpo del doctor Copek, el médico civil, cubano-danés, en el séquito del coronel Cemí. Los príncipes prisioneros que recuerda la mente marcial del coronel eran "introducidos en unos alargados sacos de piel de saurio". Esta imagen del cuerpo ceñido por el cuero, su homólogo muerto, nos prepara para la imagen de transición en la que el coronel recuerda una de las noches de Scherezada —la primera cuentista— en la que un rey de las Islas Negras confiesa que "era hombre de la cabeza a la cintura, y que tenía la otra mitad de mármol negro".

Para el coronel, será un rumor sensual, el del agua, el que venga a reemplazar en los cuerpos a la impresión visual: una especie de impresión palpatoria, una infinita sexualidad engendrada por el recuerdo de un tacto imposible. La prisión de cuero, el sexo de mármol, son las inexactitudes de quien a ciegas reconstruye los cuerpos, palpando el agua y escuchando "el rumor de las cascadas filtradas por los muros de una cárcel".

Imagen, metáfora y analogía son los instrumentos de Lezama para asimilar el cuerpo a los elementos anti-pétreos, fluidos, ígneos: es decir, todo aquello que, no siendo el cuerpo, puede animarlo porque el cuerpo no rehúye una comparación verbal con lo que no es él, como el niño Cemí en la escena de la piscina en la que el agua y el asma, el líquido y la respiración, amenazan con ahogarlo, destino peligroso si no recordásemos que las estatuas no respiran.

Y no hablan. Pues para convencernos de que la estatua se ha convertido en cuerpo, la palabra es tan necesaria como el movimiento. La palabra —el discurso poético— le da tiempo al cuerpo.

Cuerpo y palabra: Plotino dijo que la materia sólo es comprensible en términos de irrealidad y de negatividad. ¿Por qué? Porque en rigor, de Dios sólo se puede decir *lo que no es*. Y si Dios es definible negativamente, dice el filósofo de *Las Eneadas*, con mayor razón el cuerpo, la materia. El cuerpo, en particular, es la prisión del alma: otra vez Piranesi, otra vez las cárceles metafóricas, otra vez O'Gorman, otra vez el calabozo como símbolo de la lucha por la independencia: calabozos de Francisco Miranda y de fray Servando Teresa de Mier, evocados por Lezama en *La expresión americana;* y cueva de Platón, donde la sombra es realidad; y torre de Segismundo, prisión donde la vida es sueño. Cuerpos capturados dentro de la cueva, la torre, el calabozo, la hostia… El cuerpo debe liberarse del cuerpo —su prisión, su hostia— para regresar a Dios. El sacramento eucarístico es símbolo de esta paradoja. Un cuerpo prisionero comulga con otro cuerpo contenido en una forma circundada para participar de una liberación mutua. ¿Libera nuestra saliva a Cristo de su prisión eucarística, tanto como el cuerpo divino libera nuestra alma prisionera de un cuerpo caído, anunciando su propia redención?

Lezama, novelista católico, es supremamente sensible al misterio de la inserción de la divinidad en la historia por medio del cuerpo de Cristo. Se propone animar la carne por que, si su movimiento es, como dicen los maniqueos, sede del Dios malo (si el cuerpo es pecado y prueba de la naturaleza caída del hombre), *también* es la promesa de la resurrección del hombre en su cuerpo. Y si esto no es cierto, Cristo no es cierto.

De aquí a la identificación de la carne con el verbo no hay sino un paso, y si al principio José Eugenio Cemí ve la morada de sus vecinos como un poliedro, pronto la figura geométrica cede ante la pintura inacabada de "un plano de luz amasada y subdividida", y finalmente estas realidades, transformadas en palabras, transforman a lo real con frases que se van "caminando como un ciempiés, con rabo de cabeza de serpiente y cabeza con entrantes y salientes de llave, de contracifra" (para) "entregarle los laberintos de... Cronos". La palabra le otorga a la pintura el don del tiempo. El tiempo le otorga al cuerpo el don de la palabra.

Cuerpo y tiempo: allí están los elementos que la palabra va a concertar animadamente en *Paradiso*, negando el puro monstruo de la extensión de la primera libertad barroca. El espacio que liberó al hombre renacentista también lo empequeñeció y fue su segunda cárcel, más grande que la anterior, la cárcel nueva del humanismo que le abrió las puertas de las ciudades sin muros de la modernidad. Monstruo de la pura extensión, cárcel de la arquitectura pétrea, perfección fugitiva de la estatua, movimiento inacabado de las miradas, cuerpos que dicen frases para abrir con sus cabezas la llave de las puertas que siempre están cerradas: las del tiempo que fue o será.

Siendo: José Eugenio Cemí, el coronel, ha muerto y su madre piensa en "una palabra que recorriese de nuevo su cuerpo congelado".

La pregunta implícita es ésta: ¿puede reencarnar el cuerpo muerto?; ¿puede el verbo asegurar la resurrección?; ¿puede la palabra animar al cuerpo inerte?

Lezama parte de la experiencia misma del barroco como obligación de multiplicar los puntos de vista sobre los objetos girando en torno a ellos, despojándolos de su valor absoluto, frontal, de icono. Hay que girar alrededor de una estatua de Bernini para que la estatua *sea*. Frontalmente, carece de verdadero *ser*. ¿Pero ese *ser* incluye el paso de lo inánime a lo animado? ¿Incluye, realmente, la encarnación de la estatua?

Paradiso de José Lezama Lima es en primer lugar una novela donde las estatuas giran y encarnan patéticamente. El primer capítulo de la novela no es sino una evocación espectral del cuerpo en el espacio, del cuerpo en el lugar del hogar y de su hambre por contar con algo más que un lugar: contar un tiempo, el tiempo vivido como una *casa* propia-una cosa propia.

Hay un cuerpo enfermo, el del niño Cemí, cubierto de ronchas y surcos de violenta coloración, hay el temor de cruces pintadas en el cuerpo y el temor de que nadie quiera besarlo, el cuerpo cubierto de lamparones y sus funciones elementales: el niño Cemí orina un agua anaranjada, sanguinolenta casi y los ángeles le aprietan la esponja del riñón hasta dejarlo exhausto.

Hay una cocina cubana, habanera, inagotable, natillas y flanes y dulces y albaricoques para llevar la casa "hacia la suprema esencia", que es la de alimentar, restaurar el cuerpo.

Hay la decisión fundamental de la Nana Baldoviana: misteriosamente, hay que responsabilizarse del cuerpo.

Y a partir de la responsabilidad del cuerpo, su hambre y su alimento, su enfermedad y su salud, se puede fraguar un relato —una vida— "que se (abre) interminable" y diseña "desembarcos en países no situados en el tiempo ni en el espacio".

Pero para liberar al cuerpo y darle tiempos y espacios donde desembarcar, es preciso romper una camisa de fuerza, la de "la elemental y grosera ley de simetría". A la causalidad y la pura extensión, viene ahora a añadirse la simetría como cárcel del cuerpo, del tiempo y de la palabra. ¿Cómo trascenderla? Lezama nos propone un viaje textual.

5. Los textos tutelares

El primer capítulo de *Paradiso* es como una cápsula simbólica de su concreción y actualidad literaria pero también de la inmensa carga de civilización que acarrea esta gran novela, una de las cimas del barroco hispanoamericano y europeo. Lezama nos invita —éste es *Paradiso* y tiene un poeta tutelar— a seguir su voz narrativa mientras atraviesa "una selva oscura", pero este primer capítulo nos prepara para los desembarcos en países inéditos mediante una evocación implícita de toda la historia precedente de la forma que Lezama empleará para su viaje barroco.

También tiene un filósofo tutelar. Lo he mencionado hace un momento. Es Plotino, el filósofo neoplatónico del siglo III, nacido en Egipto y muerto en Roma, y en gran medida *Paradiso* es, no una ilustración sino una representación, una *actuación* de *Las Eneadas*. No sólo inspiración; no sólo evocación. *Representación* real de un pensamiento en una novela cuyo texto y contexto —la civilización cristiana de América— justifican que en él se haga presente un filósofo pagano, no sólo por motivos de contraste estético, sino porque la lejanía y la diferencia de Plotino ponen de relieve, al cabo, la temática de *Paradiso*. La convierten, también, en temática imprevisible.

Como en *Las Eneadas*, en *Paradiso* el cuerpo es el acceso al mundo. Es lo primero que vemos, tocamos, sentimos. Es lo accesible, lo penetrable. Pero si el cuerpo es lo primero que vemos materialmente, espiritualmente lo primero que vemos es a Dios.

El Dios neoplatónico de Plotino es Uno. Unidad que no se puede multiplicar, pero tampoco dividir, y a la que no se le pueden atribuir cualidades: ni negativas, ni positivas, ni pensamiento, ni actividad, ni voluntad. Dios es Uno, nada lo distingue, nada lo califica, ni siquiera sabría distinguirse de sí mismo, distinguir su Yo de su Yo. ¿Cómo asignarle, entonces, el Bien a la Divinidad? Plotino contesta: de la misma manera que se le identifica con la Unidad. Unidad y Bien son predicados de la Divinidad, no cualidades que se le asignan. La Divinidad *es* porque es Única y Buena, y son estos predicados los que no se pueden dividir, ni comparar, ni imaginar como objeto de la voluntad, la actividad o el pensamiento de Dios. El Dios neoplatónico es uno, indivisible, bueno, eterno. Carece de tiempo. Y en consecuencia, no puede crear al mundo, que es cambiante, finito, animado por la voluntad, el pensamiento y la actividad, o sea: todo lo que Dios no es.

Para explicar al mundo como obra de Dios, Plotino acude a una metáfora. El mundo no es creación divina. Es emanación de Dios. La emanación no modifica a Dios. Es el producto de la ley de la necesidad, que hace proceder a lo imperfecto de lo perfecto. Pero lo perfecto no cambia por ello. Es irresponsable de su emanación. Plotino compara a Dios con el Sol, que nos ilumina pero no pierde por ello ni tamaño ni calidad. Es, igualmente, ajeno a estas consecuencias caloríficas o iluminantes. Más barrocamente, quizás, Plotino acude también a la metáfora del espejo, que duplica lo que en él se mira, sin disminuir o cambiar lo reflejado.

¿Qué es lo que emana de la Divinidad, no por voluntad, pensamiento, acto o accidente divinos, sino estrictamente por razón de la necesidad natural —*secundum necessitatem naturae*—? El Pensamiento, primero: el puente entre lo único (Dios) y sí mismo (el Pensamiento). La Mente es, de este modo, el origen de lo plural. Dios sigue siendo *unidad* para siempre. Es la Mente la que promueve la *multiplicidad*, incluyendo la multiplicidad del tiempo, que es sólo una mimesis de la eternidad (el espejo móvil de la Eternidad, había dicho bellamente Platón, definiendo al tiempo).

La Mente de Plotino es comparable al Mito: vive en un eterno presente: éste es su tiempo. De ella se deriva el Alma, que es el puente entre el mundo suprasensual (la *sobrenaturaleza* de Lezama) y el mundo sensual, táctil, de todos los días. El Alma, de este modo, se dirige hacia arriba, a la Mente, y por su conducto, a Dios; y hacia abajo, se encamina hacia la Naturaleza, las cosas, el cuerpo. Para Plotino hay dos almas, entonces, una superior (dirigida a Dios) y otra inferior (dirigida a la Naturaleza). Las almas individuales participan de esta dualidad, se dirigen a Dios pero también son cuerpo natural. El alma precede al cuerpo, al cual se une, y sobrevive la muerte de éste. Sin embargo, el alma liberada del cuerpo pierde toda memoria de su habitáculo carnal.

Debajo del alma, a la vez corpórea e incorpórea, se encuentra, finalmente, el mundo material, última emanación de Dios, pero a la vez, su negación: oscuridad impenetrable en sí, sólo iluminada por la forma, rescatada por la luz de la creación humana; es decir, por el arte. La materia privada de luz (de forma, de arte) es el Mal.

Entre el mal de la materia inerte y el bien de la unidad suprema, Plotino abre la oportunidad para el hombre de ascender. El ascenso se inicia, desde la contaminación material, gracias al erotismo. Eros es el principio de la purificación. Participa de la materia oscura pero aspira a la plenitud sensorial, paso indispensable para acercarse al pensamiento, a la mente, y de allí pasar a la unión mística (la única posible) con Dios. En ella, escribe Plotino, "el hombre podrá ver... tanto a Dios como a sí mismo: un yo radiante, bañado por una luz inteligible... ligero, sin carga ni pesadumbre". *Deseable* ligereza del ser; pero *insoportable* en cuanto nos obliga a darnos cuenta de que es tan pasajera como nuestro cuerpo. ¿Cómo asegurar la unión externa de nuestra Alma con la Unidad? Es la aspiración mística de San Juan, la problemática pregunta de Simone Weil, la irónica resignación de Milan Kundera. Es el contexto de cuerpo, alma y Dios en la más exigente, profunda y religiosa novela de la América Española: *Paradiso* de José Lezama Lima.

6. PALABRA Y CUERPO

Recorre el cuerpo: ésta es la función primera de la palabra en Lezama, y *Paradiso* nos ofrece mil ejemplos de ello. Escojo uno solo. Durante una velada familiar, para preparar el ambiente, el tío Demetrio saca de su cartera una carta que le envió Alberto Olaya cuando aún se encontraba en Isla de Pinos. Alberto está presente y se molesta de que se dé lectura a lo que juzga "una sencilla algazara para alegrar a un tío ausente". Pero el tío Demetrio le dice al niño Cemí que se acerque y oiga bien la carta del tío Alberto para que lo conozca más, adivine su alegría y oiga, por primera vez, "el idioma hecho naturaleza, con todo su artificio de alusiones y cariñosas pedanterías".

Esta autodefinición de Lezama Lima no es gratuita: le permite a Cemí sentir que algo "muy fundamental había sucedido y llegado hasta él". El tío Alberto, tan a la mano, tan diabólico, tan presente, tenía sin embargo otra presencia, contigua pero tan vibrante como la actual. No un *döppelganger*, no un *espectro*, sino una presencia idéntica aunque vecina, que es su *palabra*. Alberto Olaya es siempre dos: es él y su palabra. Al cabo, es un representante de la historia dentro de la historia: indica la posición duplicada de todo personaje de novela. No hay seres reales en una ficción, sin la realidad de la palabra. Benveniste llega a decir que el personaje es sólo un nombre; y su acción, un verbo. Julio Cortázar trata de adivinar, más allá del agotado personaje psicológico, una figura: es decir, el anuncio de un nuevo personaje posible. No es casual que tanto Cortázar como Lezama nos obliguen a pensar: ¿cuál es el espectro, cuál el doble: el personaje, de la palabra: o la palabra, del personaje? En todo caso, el naturalismo —el realismo plano— es la verdadera ilusión novelesca, la *mentira* de la *ficción*. En *Paradiso*, los personajes tienen siempre un doble, que es su palabra; pero la palabra es, además, la *naturaleza* del personaje.

Así, la multiplicación del personaje "Alberto Olaya" no es sólo un procedimiento romántico: es una necesidad barroca, íntimamente ligada, en Lezama Lima, a su concepto del tiempo y el espacio, y a la posición del individuo —del hombre americano— en él.

Decía hace un momento que en el análisis de *Las Meninas* de Velázquez, Michel Foucault multiplica el espacio de la pintura, que se abre a tantos modelos como espectadores existen. Pero es igualmente cierto que esta incorporación del espectador-modelo a la pintura aniquila el espacio entre la pintura y quien la mira: apertura, pero en el mismo acto, cancelación de la distancia, del monstruo de la extensión. Así como la pintura de Velázquez entra en nosotros, nosotros entramos en la pintura: tal es la dinámica de *Las Meninas*, explicada por Ortega y Gasset. Yo creo que, además, la pintura de Velázquez multiplica las posibilidades de la narración. Aunque los reyes de España estén reflejados en el espejo al fondo de la pintura, nada nos asegura realmente ni que Velázquez y la corte los mira a ellos, ni que ellos sean los modelos de la pintura, ni que él o los espectadores ocupen *la place du roi*. Quizás Velázquez, la corte, el caballero de negro que ingresa a (o sale de) la pintura y los reyes mismos, sean testigos de otra cosa: lo que *no* está allí, lo imaginario para todos y cada uno de estos elementos de la pintura/narración, que así deja de ser puro espacio para convertirse, también, en tiempo. La narración, ya lo dijimos, es ambas: *cronotopía*, tiempo y espacio.

El barroco, nacido del hambre de espacio, no es base de narración, no es historia en los dos sentidos —cronología sucesiva o imaginación combinatoria; pasado como tal y pasado como presente; hecho registrable y evento continuo— si no es, por todos estos motivos, tiempo. Sospecho que la vieja pugna entre los partidarios de un barroco-como-caos-original y los de un barroco-como-voluntad-de-artificio tiene su origen en este testimonio del Nuevo Mundo: mientras el barroco fue la tierra nueva, deseada primero y luego necesariamente descubierta para calmar el hambre de espacio del Renacimiento (mientras sólo fue extensión) sufrió a la historia: historia de las botas, las ruedas de cañón y los cascos de caballería que la hollaron. Mientras sólo fue espacio, sólo fue épica devastadora del mundo previo, mítico, del indígena americano. El europeo en América sustituyó el mito aborigen con su propio mito: la utopía. Ésta tampoco sobrevivió al empuje épico de la conquista. Ambos —mito indígena, utopía europea— sobrevivieron sólo gracias a la síntesis del barroco americano, respuesta al caos histórico y voluntad salvadora de artificio ante el vacío. Los refleja a ambos. Es su palabra, su forma.

Leo, para llegar a estas certitudes provisionales, *La expresión americana* y recuerdo al maravilloso ser humano que fue Lezama, el gordísimo Lezama Lima, sentado como un buda tropical en una cervecería del Parque Almendares de La Habana, ordenando esos postres cubanos que abundan en *Paradiso*, el tocinillo de cielo, los cascos de guayaba con queso, diciéndome estas cosas que ahora repito, mientras parecía esperar un palanquín portado por efebos para llevarle a su angostísima casa de la calle Trocadero. El palanquín nunca llegó y Lezama trasladó como pudo su corpulencia por los laberintos barrocos de La Habana vieja citando a Plotino mientras entraba a su casa de libros acumulados y se colaba caminando de lado entre los anaqueles repitiendo las palabras del filósofo del cuerpo enemigo:

La característica del espíritu es el movimiento de una cosa a la otra; al contrario de la mente, el espíritu no posee el ser como totalidad, sino por partes; y su continuo movimiento de una a otra parte produce el tiempo, que es la vida del espíritu en movimiento.

Por esta apertura filosófica y sensual de Plotino, comienza a llenarse *Paradiso*, texto primero de la perfección de la estatua inmóvil, con figuras premonitorias del movimiento y el cambio: del tiempo y de la historia. Característicamente en un arte de secretos sincréticos cuya historicidad, como dice Lezama, es la de ser *el arte de la contraconquista*, el arte de los sacerdotes indios y los hechiceros negros disfrazados dentro de la Iglesia cristiana, tiempo e historia se manifiestan en *Paradiso* como metamorfosis primero y sus oficiantes como brujos. Las hermanas Rialta y Leticia, la madre y la tía de José Cemí, son comparadas a las "hechiceras de la Tesalia", fuente de *Las metamorfosis* latinas de Apuleyo. La nana-bruja, Mamita, es una figura mítico-mágica que expresa sus temores con palabras que brotan del "miedo que la petrificaba". Y hay un mendigo sentado a la entrada de una iglesia en Cuernavaca que pide auxilio "por amor de Dios", pase o *no* pase nadie frente a él: "Al entrar a la iglesia, le sorprendió que unas veces coincidía el ruego del limosnero con el pase frente a él de la persona rogada, y otras parecía allí sentado para medir con diferente compás el tiempo de otra eternidad."

El tiempo de otra eternidad. Así como no se conforma con un cuerpo natural que no sea animado por la ficción verbal; así como no se conforma con un espacio vacío, Lezama rechaza el tiempo positivista, único, absoluto, newtoniano, "fluyendo equitativamente desde sí mismo y por sí mismo" (*Principia*, 1687). Pero rechaza también el lenguaje de este tiempo, que es el lenguaje propositivo que nos lleva, al cabo, al silencio de Wittgenstein. Más allá del silencio, nos recuerda el filósofo vienés, está el lenguaje irreducible a razón, que es el de la poesía y el mito. Lenguaje múltiple de un tiempo y un espacio múltiples también, que Lezama concibe para compartirlo con la novela moderna de Hispanoamérica, a partir del barroco —"nuestro señor barroco", el "primer americano que va surgiendo dominador de sus caudales…"

Tiempos, espacios, lenguajes múltiples. Dos tiempos, múltiples tiempos, tiempos simultáneos, únicos capaces de dar cabida a la expresión americana, a esa "sobreabundancia" que Lezama, bajo el signo del barroco, opondrá a la causalidad simple del mundo racional, y que será la más segura instancia de su humillación erótica en el umbral de lo trágico, latente en esta cultura nuestra, prisionera de la utopía, que jamás lo tuvo.

El tiempo de otra eternidad, doble, múltiple, simultánea,

se manifiesta en el maravilloso arranque del capítulo VI, donde la vieja abuela Mela se extiende "como una gorgona sobre los nódulos del tiempo" y, a los noventa y cuatro años, sabe y nos comunica un tiempo inmenso que es errancia evaporada para la carne del espejo. Tiempo que se escapa de su propia sucesión para situarse en planos "favoritos, tiránicos", en el que "las sombras y los vivientes estaban a la altura que habían alcanzado el siglo anterior". Tiempo de genealogía y memoria, tiempo disfrazado, como los danzantes de los carnavales latinoamericanos, de La Habana y Huejotzingo, Río y Panamá, donde no basta la alegría del instante, sino que la máscara acarrea el misterio del pasado y lo representa.

A partir de la aparición de este tiempo, que es al cabo el de *Paradiso*, se vuelve imposible distinguirlo, o distinguir la palabra y el cuerpo encarnados, *del texto mismo* de la novela que es un espacio ocupado por el cuerpo verbal. De la ocupación pasa Lezama a la apropiación de los tiempos por el cuerpo verbo-espacio. Pero de esta operación nace, al cabo, el Nombre de *otra cosa*. La suma no es unidad y el cuerpo verbal incorpora tiempo y espacio sólo para alcanzar algo distinto. Como en Plotino y su deseo de la unidad-en-la-diversidad, compartido idealmente con la Antigüedad clásica, esa pasión, en Lezama, es el hambre del Uno, y como en el filósofo, en el novelista la pasión se manifiesta mediante el doble movimiento. El primero es la multiplicación, la sobreabundancia que nos aleja de la unidad, pero que es su producto. El segundo es el movimiento de regreso a la unidad. La pasión por la unidad perdida no rehúye al universo material que forma en sí mismo, como lo acabamos de ver, una unidad en la que coexisten la bondad y el mal. El mal, sin embargo, sólo es atributo del mundo material porque el mal puramente espiritual es impensable. Pero el mundo material no deja de ser, por ello, la mejor imagen posible del mundo del espíritu *al nivel* de la materia.

No es ésta una tautología disfrazada. Es el anuncio de la

realidad total que no puede serlo si no toma en cuenta el mal y el sufrimiento externos como elementos necesarios de la unidad. *Paradiso* es una novela que merece ser leída con *Las Eneadas* de Plotino en una mano y *El nacimiento de la tragedia* de Nietzsche en la otra. La materia deja de ser el mal apenas la ilumina la forma, y la forma de la materia no se puede separar de su conducto hacia Dios, que es el erotismo, nos dice Plotino. Y para Nietzsche, la razón lo explica todo, salvo lo inexplicable. Corresponde al arte, no explicar, sino afirmar la totalidad de lo real, incluyendo lo real-inexplicable.

La poesía, lo vimos desde un principio, es para Lezama el conocimiento mismo. Se llega a él mediante las imágenes, la metáfora que las reúne y la epifanía que resuelve el conocimiento en experiencia: la más alta, indistinguible de lo que se sabe y lo que se siente. Vimos, asimismo, cómo en Proust, para llegar a la epifanía, es necesario llegar a "un minuto liberado" de la sucesión causal del tiempo y el lenguaje. Recordaba, finalmente, que las epifanías de *Paradiso* ocurren también gracias a una salida al mundo distinto del escenario "realista", un tránsito directo del orden de la causalidad al orden de lo oculto, lo latente, lo posible o lo olvidado. Sólo así puede entenderse lo que, en términos tradicionales, pasa por "argumento" en *Paradiso*.

7. FAMILIAS: CERCANAS Y LEJANAS

Como la obra de Proust, *Paradiso* es una crónica familiar, y el camino de la "familia cercana", piensa el coronel Cemí, era "el único camino para llegar a la otra familia lejana, hechizada, sobrenatural". Lezama apela más de una vez a la técnica de la novela bizantina, tan empleada por Luis Buñuel en sus películas y por Juan Goytisolo en sus novelas, para pasar de un relato a otro dentro del primero. Estos relatos dentro de relatos prefiguran las epifanías de pasaje. El tío Alberto Olaya entra a un cine y trasciende el espacio de la sala, las butacas y la pantalla, para crear un tiempo nuevo, una relación secreta e insospechada con un paisaje temporal de luces, ratones y puertas que se abren sobre antiguos reinos olvidados.

El joven Cemí repite la experiencia de su tío. Entra años más tarde a un cine a ver una versión del mito de Tristán e Isolda firmada por Jean Cocteau con el título *El eterno retorno* y regresa, sin salir del cine, a la pareja de Lucía y Fronesis en un parque. Pero también es perfectamente posible que la pareja, sin abandonar el parque, haya entrado al cine donde Cemí los mira. Las dos realidades quedan soldadas. El lector no está acostumbrado a que se dé semejante salto mortal. Deja de ser lector pasivo; crea lo que lee; cree en lo que lee.

Detrás de cada realidad hay otra, muchas realidades y más acá, en verdad *más acá*, están la muerte, los muertos. El modo, pero también la realidad de esta reunión metafórica, es lo que Lezama Lima define como la *sobrenaturalidad*. La define en la experiencia de José Cemí: "Esa visibilidad de la ausencia, ese dominio de la ausencia, era el más fuerte signo de Cemí. En él lo que no estaba, estaba: lo invisible ocupaba el primer plano en lo visible, convirtiéndose en un visible de una vertiginosa posibilidad."

La sobrenaturaleza conduce a una *sobreabundancia* cuyo nombre es Dios. Pero su paradoja es que el camino de la primera a la segunda pasa por el pecado y la muerte. El cuerpo es la sede de la caída y la patria de la muerte. Pero es objeto de ceremonia y homenaje. ¿Por qué? Porque va a resucitar. Y si no es así, Dios no existe.

Este argumento de Lezama Lima corre como una coronaria hacia el corazón de *Paradiso* (como lo ha hecho notar uno de sus mejores críticos entre nosotros, Ramón Xirau) acarreando la frase de la fe. No se necesita creer en lo que es cierto porque es posible. Dios, asimismo, existe porque es absurdo, porque es increíble, porque inscribe la muerte en el destino de todos pero promete la resurrección final para que todos se asemejen al destino de Cristo.

La adivinanza de la resurrección es el juego —todos los

juegos— del cuerpo en *Paradiso:* los cuerpos imitan la resurrección, la ensayan mediante la fiesta, el carnaval, la rebelión política, la rapsodia verbal. Ensayo individual y colectivo, premonitorio y memorioso, adivinanza de la resurrección pero recuerdo de la muerte, sólo una visión coincidente puede percibir su realidad. Una visión simultánea y sucesiva, como la del hombre que sale a regalar la muerte (porque le espera y aún no la tiene).

Esta peligrosa epifanía, transfiguración del individuo en la fiesta y en la muerte, es decisiva para poner a José Cemí, el muchacho, el joven hombre, en marcha. Esto le dice a José Cemí su madre Rialta:

> Óyeme lo que te voy a decir: no rehúses el peligro, pero intenta siempre lo más difícil. Hay el peligro que enfrentamos como una sustitución, hay también el peligro que intentan los enfermos, éste es el peligro que no engendra ningún nacimiento en nosotros, el peligro sin epifanía. Pero cuando el hombre, a través de sus días, ha intentado lo más difícil, sabe que ha vivido en peligro, aunque su existencia haya sido silenciosa, aunque la sucesión de su oleaje haya sido manso, sabe que ese día que le ha sido asignado para su transfigurarse, verá, no los peces dentro del fluir, lunarejos en la movilidad, sino los peces en la canasta estelar de la eternidad. La muerte de tu padre fue un hecho profundo, sé que mis hijos y yo le daremos profundidad mientras vivamos, porque me dejó soñando que alguno de nosotros daríamos testimonio al transfigurarnos para llenar esa ausencia.

Y Lezama el narrador concluye: "Sé que ésas son las palabras más hermosas que Cemí oyó en su vida, después de las que leyó en los Evangelios, y que nunca oirá otras que lo pongan tan decisivamente en marcha."

Lo extraordinario es que la epifanía, siendo el hecho más profundo, es también el más instantáneo, el más fugitivo: "Cuando con dos dedos de su mano derecha apresó el grillo, vio que lo que se había escapado era su sueño."

Si la eternidad y el instante son el mismo tiempo y son el

tiempo de Lezama, lo cierto es que también la paciencia y el instante se acomodan a la identidad con el ser presente. En el capítulo IX leemos sobre "la alegría de saber que una persona está en nuestro ámbito, que es nuestro amigo, ha ganado también su tiempo, ha hecho también del tiempo un aliado que lo robustece y lo bruñe, como la marea volviendo sobre las hojas del coral".

Ganarse el tiempo, en Lezama, es reconocer que el instante es el aspecto temporal de la metáfora, que la metáfora es la analogía de un instante y que en ella, literariamente, se reúnen dos términos, pero también, temporalmente, dos tiempos, disímbolos. El instante de Swan será su paciencia, y la paciencia de Job su instante; la vida de Julien Sorel su muerte, y la muerte de Sydney Carton su vida; el pecado de San Agustín su salvación, y la salvación de Raskolnikov su pecado; la locura de don Quijote será su razón, y la razón de Iván Karamazov su locura. Escapar del mal de la materia, iniciar el ascenso de vuelta a la unidad, pasa por esta identidad de los contrarios, por este rechazo de la moral maniquea.

No es otro el sentido de la actividad del trío que concentra la escritura mediata, la realidad textual segunda de *Paradiso*, una vez animados por el barroco los cuerpos y su texto inmediato: la actividad literaria y humana de Cemí, Fronesis y Foción. Los tres jóvenes habaneros son los actores de un sufrimiento que quiere rebelarse para buscar la totalidad *metacausal*. Ésta se construye severamente, mediante pérdidas y ganancias mutuas, y bajo una interrogante enorme del destino:

¿Nos parecemos a Dios?

¿Resucitarán nuestros cuerpos?

¿Somos mortales porque seremos inmortales?

Una juventud que quema las manos y una inteligencia no menos ardiente, asiste a los tres jóvenes protagonistas en la construcción de sus destinos, pero éstos sólo son comprensibles si detrás del verismo de su mundo de adolescentes habaneros, reconocemos, por una parte, la voz colectiva, barroca, en la que un *nosotros* vastísimo, el del palimpsesto intelectual y la síntesis lingüística de la contraconquista, habla con ellos. Por la otra parte, sin embargo, debemos reconocer la suma de las *eras imaginarias* que acompaña toda individuación y le permite si lo quiere, rebasar la causalidad para ir a la poesía trágica, "la raíz", dice Lezama, "donde no hay pureza ni impureza".

Foción es *el caos* que alimenta *el orden de Fronesis. Cemí* es "dominio de la ausencia", *"visibilidad de la ausencia"*. Los tres jóvenes personajes nos revierten el orden/desorden barroco del principio pero con un sentido nuevo, lleno de tiempo, ya nunca más el "puro monstruo de la extensión". Foción, Fronesis y Cemí —el caos, el orden y la visibilidad de la realidad *otra*— caminan por los caminos del Eclesiastés: senderos que parecen derechos y tienen finalidad, rectitud, propósito, pero que no se salvan por ello de la muerte, sino que conducen, como los caminos tortuosos, a la misma muerte.

En el instante a la vez lúcido y estúpido de la adolescencia, esto se sabe, y la única rebelión posible tiene una pasión expresa para unos, tácita para otros. Se trata de buscar "una sucesión de la criatura más allá de toda causalidad de la sangre y aun del espíritu, la creación de algo hecho por el hombre, totalmente desconocido aún por la especie".

Vana ilusión, esperanza terca, pues si el nombre de esa creación es la obra de arte, ¿cómo conciliar su novedad radical con la convicción de que "lo que es tan sólo novedad se extingue en formas elementales"? Entre Foción y Fronesis, entre el caos y la lucidez, la rebelión de los jóvenes sufre porque no puede traducirse en una obra que repita —el verbo mismo es un contrasentido— los atributos creativos de Dios. Si la obra de arte es la criatura sin causalidad, su precio es uno que Dios no pagó: el del sufrimiento. El precio de Prometeo. La frontera de Plotino.

Nietzsche sostuvo que en la rebelión no hay sufrimiento porque el sufrimiento es de esclavos. Fronesis no está de acuerdo con él y nos dice que Nietzsche sólo conoció el Renacimiento y el Mundo Clásico imaginado por el Renacimiento. Lezama se coloca en la perspectiva medieval, cristiana, y percibe la rebelión como sufrimiento: "El sufrimiento —dice Fronesis— es prometeico... el hombre sufre porque no puede ser un dios, porque no es inmutable. El cumplimiento de todo destino es sufrimiento."

El artista adolescente puede creer que la única respuesta a la mutabilidad y diferencia del hombre es crear una obra de arte que "abarque la totalidad de la conducta del hombre". Pero la rebelión necesaria para hacerla, sufre, porque el rebelde no se puede parecer a Dios —no puede crear algo desconocido por la especie— y tiene que sucumbir a la tradición, pagar el precio de la historia, que es un reconocimiento del vasto "nosotros" que, visto con los ojos de este sufrimiento, de esta deuda, es el portador verdadero del "verbo" que, a su vez, es "la sobrenaturaleza que fecunda la ciudad".

La plenitud estética es vista entonces por Cemí y Fronesis en la "profundidad relacionable entre la espera y el llamado".

Los dos jóvenes deben esperar, en otras palabras, una "anunciación" que les diga a los dos: eres naturaleza, pero naturaleza que "tiene que alcanzar sobrenaturaleza y contranaturaleza, avanzar retrocediendo y retroceder avanzando". Entre la génesis y la muerte de todo lo que es en la naturaleza, incluyéndolos a ellos, los artistas adolescentes no tienen más remedio que "estar siempre escuchando, acariciar y despedirse..." Es parte de su creación; la espera, la caricia y la separación.

Ésta es la "superficie reconocible" del arte y de la vida. Por lo común, nos ciega a la actividad humana más plena, la que, entre las caricias de la espera y las del adiós, reconoce la cercanía de pecado y memoria, de cuerpo y de arte. El sentido agustiniano de Lezama es muy intenso en estos pasajes. El gran capítulo erótico de *Paradiso* es gozosamente estéril, como el follaje plateresco de una iglesia colonial. Pero los sentidos permanecen en nosotros siempre, y no sólo en el acto excepcional del acoplamiento carnal, y si los sufrimos como un pecado aun cuando no los empleamos (o no los empleamos *más*), es porque la salud de los sentidos está en la conjunción y no en la soledad del cuerpo individuado.

Fronesis habla de los once órganos de los sentidos, incluyendo los orificios inmencionables. Sus palabras quisieran persuadir a Foción de que la multiplicación de los sentidos es la multiplicación del pecado. De esta manera, quisiera inducir el orden en el caos de su amigo. Entre los dos —orden reductivista de uno, desorden proliferante del otro— Cemí, portador de la ausencia visible, elimina la culpa de los actos sensuales porque el único pecado sería la memoria del pecado, no un acto presente de los sentidos: "... el recuerdo de un acto —dice Cemí—... es su culpabilidad, pues todo acto tiene que ser puro, sin reminiscencia, sin devenir, a menos que transcurra en la noche perniciosa..."

El acto que es puro se llama amor. Esto es lo que Cemí ve antes de que, desde el *caos* o desde el *orden*, lo puedan ver Foción o Fronesis, calificándolo: despojándolo de la potencial pureza de ser acto erótico encaminado a la reunión con Dios. Pero si el amor no es pecaminoso, añade Cemí, no es sólo porque se dirige a Dios, intención que puede o no alcanzarse, sino porque, invariablemente, se siembra en la muerte. Entiendo que Lezama nos dice que estamos divididos, hemos perdido la unidad, no sólo con Dios, sino con nosotros mismos, con nuestra sexualidad mixta, previa al dualismo sexual. Perdida la androginia, olvidado el Uno sexual capaz de fecundarse a sí mismo, nos vemos obligados a escoger entre el pecado que es el recuerdo de lo que hemos vivido, y el amor que nos permite ser lo que éramos pero que también nos promete, fatalmente, la muerte. Hemos matado "lo que hemos sido" para llegar a ser "lo que no éramos".

Cemí se salva de este vértigo, cercano al caos de Foción, con una reflexión cercana, a su vez, al orden de Fronesis.

Recuerda que para Santo Tomás dos eran los pecados contra el Espíritu Santo: "La envidia de la gracia fraterna y el temor desordenado de la muerte."

El protagonista de *Paradiso* comprende que la gracia fraterna —en primer término la que le une a sus dos amigos y a los tres entre sí— va a ser combinada y acaso vencida por el temor desordenado de la muerte. Admite, en el centro más oscuro pero más cierto de su juventud, que sólo la aceptación ordenada de la muerte suprime las contradicciones del espíritu, supera la repetición del pecado y permite participar de la gracia fraterna.

Si esto es posible, ni el amor ni la muerte son pecado, en ninguna de sus formas. Saberlo es la primera condición para "no dejarse enmurallar —teme Cemí— en un laberinto menor", sino descubrir la categoría de las segundas realidades, de la sobreabundancia.

En Lezama Lima, los seres privilegiados para entrar a ese laberinto y conocer esa realidad total que es ella misma pero también todas sus contradicciones, todas sus oposiciones, todas sus latencias, son nuestros viejos conocidos los nietos de Erasmo, los hijos de don Quijote, los hermanos de Oliveira y Pierre Menard: los locos, los entusiastas, los poetas, los niños, los enamorados.

El padre de Foción, el doctor Foción, es un loco inocente que recibe una clientela inexistente reunida en el consultorio vacío por su mujer Celita, transformada para la ocasión en la enfermera "Eudoxia", su Dulcinea de buen decir. Su hijo, "rodeado de la locura, creció sin pecado original". Pierde su inocencia: la tentación aparece en forma de "arenga clandestina", "larvas", "esqueletos en el desierto", "lluvia de arenas". La tentación de Foción es el *caos* que lo distancia de la locura inocente del padre, pero lo acerca a la lucidez de Fronesis, un *loco ordenado* que es capaz de recibir el caos de Foción y transformarlo en imagen, semejanza, don poético.

Casi por un contagio de lo que Foción dejó de ser, Fronesis ingresa a la estirpe de los entusiastas, de los iluminados, que es, nuevamente, la de Erasmo y don Quijote y el juglar del rey Lear, pero con una descendencia aún más conflictiva, más demoníaca y más angelical; de temibles parejas.

Heathcliff y Micawber, Alyosha y Myshkin, el capitán Ahab y el niño oscuro Pip, Bringas y Nazarín, los innumerables K, de Kafka; la señorita Rosa y el idiota Benjy. Buster Keaton, el loco inocente, el payaso triste, el entusiasta invencible. Colindan así los mundos erasmianos de Lezama y Cortázar.

Todo el problema para Fronesis consiste en saber si, alimentado por el caos nacido de la tentación de Foción convertida en entusiasmo receptivo y lucidez demente de Fronesis, éste será capaz de heredárselas a Cemí. Pues el que es capaz de la sobreabundancia, de la recepción de la realidad segunda, es el único preparado para procrear la pluralidad sin sacrificio de la unidad. El rostro del hombre es uno solo, dice Lezama Lima, pero cada rostro del hombre es diverso.

8. EL UMBRAL TRÁGICO

A través de estos complejísimos movimientos de la palabra, el tiempo y el cuerpo, Lezama hace tres cosas en *Paradiso*.

En primer lugar, reintegra el catolicismo hispanoamericano al arte, lo arranca de su degenerado pietismo sansulpiciano y sus cromos de calendario. No es éste el catolicismo bobo de Santa Teresita del Niño Jesús, sino una entrada a fondo en el problema de la cultura católica, sus contradicciones entre la fe y la práctica, su asociación mortal con los enemigos políticos y económicos del Espíritu Santo, su asimilación a las ideologías que lo secularizan por el atajo del optimismo futurizable y de la negación de la tragedia. Para Lezama, todo esto oculta el problema verdadero de la fe: *visible* tiene que volverse *invisible* o no hay fe.

La frase de Tertuliano "es cierto porque es imposible" es la frase del creyente y Lezama la convierte también en la frase del poeta: fuera del racionalismo positivista en cualquiera de sus formas, el poeta asocia la fe a la operación poética análoga, que consiste en descubrir la relación entre las realidades invisibles, ocultas, que componen la realidad verdadera.

El poema es verdadero aunque no sea realista.

Y lo invisible no es lo irreal.

En segundo lugar, Lezama convierte a la novela hispanoamericana en movimiento poético con sus leyes propias, un movimiento alimentado por una voracidad que incluye las formas proteicas, sincréticas, afortunadas, mutantes e inacabadas, siempre inacabadas, del barroco (—el cuerpo—el espacio—el tiempo—el verbo—) jugando con las figuras, redisponiéndolas, sintiéndose un poco Copérnico: "Voy a formular las leyes de las cosas perdidas o sumergidas por un azar oscuro…"

Y en tercer término, al buscar esta restauración heroica de todo lo perdido o sumergido por un azar oscuro, Lezama coloca por vez primera a nuestra novela en el umbral mismo de la tragedia. Intensa restauración de todo lo olvidado, la obra de Lezama implica una decisión de conocernos a nosotros mismos, pero no sólo en la individuación socrática donde Nietzsche vio la muerte de lo trágico, sino en la totalidad colectiva, la suma de las eras imaginarias y que no son sino esa "oda, elegía, epitafio surgidos de una amarga reserva de no-derrota" de la que nos habla Faulkner.

El conocimiento trágico no evade las contradicciones que la lógica no tolera. A la lógica le interesa tener razón; a la tragedia, que tengamos destino. Sepamos, como quiere Hegel, que el conocimiento del yo es el conocimiento de un yo enemigo. Lo trágico, advierte Max Scheler, es el conflicto entre el valor positivo y el sujeto mismo que lo posee. Este conflicto y este reconocimiento culminan en una reconciliación de los valores en conflicto. En la tragedia, dice Hegel, la necesidad aparece como una mediación. No la enemiga de la libertad, sino su mediadora.

El conflicto es sufrimiento, toda acción es sufrimiento, y Clitemnestra exclama en la *Orestiada*: "Si pudiésemos poner fin al sufrimiento, ¡qué alegría! La brutal pezuña del espíritu ha golpeado nuestro corazón. ¿Puedes aceptar la verdad?"

Ésta es la verdad que Iván Karamazov no querrá aceptar: que la verdad pueda pasar por el sufrimiento. Por ello prefiere la justicia a la verdad y abre la avenida de la tragedia moderna, la que no se atreve a decir sus nombres: nihilismo y totalitarismo.

Lezama no es Dostoievski, pero ya no es Colón, ni el Copérnico al cual se compara, ni Locke en el trópico, ni Rousseau en el llano, ni Comte en el altiplano, ni Marx en la pampa. Su conflicto contradictorio entre la fe cristiana y la sensualidad pagana, entre la historia visible y la invisible, entre lo que sabemos y lo que olvidamos, entre la naturaleza y la sobrenaturaleza y la contranaturaleza, es un conflicto de valores que se determina al alto nivel trágico de dos necesidades justas, aunque opuestas. La tragedia es la mediación entre dos valores en conflicto a fin de restaurar una realidad, una colectividad más libre y armoniosa, que no sacrifique ninguna de sus partes. Este conflicto de Lezama no es, ciertamente, el conflicto elemental entre el bien y el mal, el progreso y el retraso, la justicia y la injusticia. Ni los resuelve ni los deja atrás: como en la tragedia analizada por Nietzsche, contiene e integra todas las formas que aquí hemos estudiado, en una forma nueva y superior, pero sin cancelarlas.

En *Paradiso* habla el poeta que es *un* nosotros y habla *un* nosotros que es el poeta. El conocimiento contradictorio de nosotros mismos, trágico y cristiano, que Lezama opone a nuestra persistencia utópica y a nuestra fe en la modernidad a fin de integrarlas a nuestra continuidad histórica, ocurre dentro de la realidad concreta de una cultura, un habla, una manera de caminar, una cocina, un lecho: *Paradiso* también es una vida hispanoamericana, habanera, pero en profundidad y extensión: un cuadro verdadero, no un cuadro realista. Y también un cuadro triste.

La amistad se pierde. La promesa de la juventud se disipa. La trinidad Fronesis-Foción-Cemí se dispersa. Cemí, el héroe de la novela, será un intelectual burócrata más de las administraciones patrimoniales de los descendientes de Maquiavelo en América y la culminación simbólica de la novela ocurre en la página 393 (Ed. Era) cuando Foción, en una gran pavana barroca, la pavana de La Habana para los tres infantes difuntos, diría Guillermo Cabrera, gira alrededor de un árbol que es Fronesis ausente para siempre.

Cemí lo sabe porque es el dueño de la ausencia.

La dispersión es la oscura noche del alma de San Juan y los tres amigos separados la recorren. Pero súbitamente, al final de la novela, en el centro de La Habana oscura se ilumina una casa. Cemí, deslumbrado, se sorprende de la totalidad de esa iluminación.

La ilumina la sobrenaturaleza.

La ilumina el fuego trágico: ésta es una casa cuya unidad es asegurada por una simpatía universal en la que todo mal y todo sufrimiento ocupan sus lugares como elementos necesarios del gran caos y el gran orden del universo.

La ilumina el llanto de Casandra sobre los cuerpos ausentes, invisibles, de los tres amigos, su gracia fraterna y su destino mortal:

"Moriremos", dice la hermana visionaria en la *Orestiada*.

"Moriremos, pero no sin algún honor de los dioses."

9. "PARADISO": RETORNO Y RESUMEN

En una mano tenemos el libro de Plotino y en la otra el de Nietzsche, ¿dónde tendremos el de Lezama? Seguramente en un suntuoso atril barroco, sus páginas movidas por el viento de esos tiempos, dobles, múltiples, simultáneos, cuyas manos manchadas de oro y barro dejan en cada párrafo una huella digital: la del "primer americano", que va surgiendo "dominador de sus caudales" y que se llama Nuestro Señor Barroco.

En este arte de la contraconquista, Nuestro Señor Barroco
es el anónimo constructor y decorador de la capilla de Tonantzintla en México, y de la catedral de Puno en Perú. Es,
ya con nombre, el constructor ahora llamado el indio Kondori, autor de "la voluntariosa masa pétrea de las edifica-
ciones de la Compañía" en Potosí. Es, sobre todo, el mestizo embozado, el artista que picoteó la piedra barroca con el
rostro escondido porque, como recuerda Lezama, el Brasil
progresa de noche, mientras duermen los brasileños, y Aleijadinho, "culminación del barroco americano", necesita la
noche del alma para esculpir las maravillas del Ouro Preto
en secreto, en disfraz, en el lenguaje barroco de la abundancia y la parodia, la sustitución y la condensación y, finalmente, el erotismo. Mulato, leproso y manco, la noche es
su aliada y el barroco su espejo, su salud, su claridad.

Un erotismo sostenido por esa voracidad intelectual barroca que es la de la América ibérica: saberlo todo, acumu-
larlo todo, aprovechar hasta la muerte la gran concesión de
la Contrarreforma al mundo de los sentidos para emborra-
charlos de saber y de formas desparramadas: el barroco llega
a parecerse, en un momento dado, a nuestra libertad. Fue la
gran válvula de escape del mundo colonial americano. Pero
también refleja la economía del desperdicio hispánico. El
barroco: nombre de la riqueza de la pobreza. El protestantismo: nombre de la pobreza de la riqueza.

El erotismo barroco pertenece a la historia del desperdicio; es cohete millonario que convierte en cenizas luminosas
del cielo los ahorros miserables de una aldea campesina de
la Sierra Madre o de la Cordillera de los Andes. Si Lutero y
Calvino condenan la imagen, el decorado, la profusión de
cualquier tipo de las iglesias reformistas, la Contrarreforma
subraya hasta el delirio la decoración, la ingeniería, la abundancia, el gasto.

El gasto del barroco: si el protestantismo es la religión del
ahorro y su arte es el de las paredes blancas de las iglesias
del norte de Europa, y las paredes desnudas de las igle-

sias de la Nueva Inglaterra, el catolicismo será la religión del derroche, del gasto suntuario, de la prodigalidad. Concesión de la Iglesia al Renacimiento, en América el barroco es, además, concesión de la Conquista a la Contraconquista y la proliferación barroca permite no sólo esconder a los ídolos detrás de los altares, sino sustituir los lenguajes, dándole cabida, en el castellano, al silencio indígena y a la salmodia negra, a la cópula de Quetzalcóatl con Cristo y de Tonantzin con Guadalupe. Parodia de la historia de vencedores y vencidos con máscaras blancas y sonrientes sobre rostros oscuros y tristes. Canibalizar y carnavalizar la historia, convirtiendo el dolor en fiesta, creando formas literarias y artísticas intrusas, entrometidas unas en las otras, como lo son hasta la fecha las de Borges, Neruda y Cortázar, sin respeto de reglas o géneros. Literatura de textos prestados, permutados, mímicos, payasos, como lo son hasta la fecha los de Cabrera Infante, Manuel Puig, Luis Rafael Sánchez, Severo Sarduy o Gustavo Sáinz, textos en blanco, asombrados entre el desafío del espacio de una página, lenguaje que habla del lenguaje, de Sor Juana y de Sandoval y Zapata, a José Gorostiza y a José Lezama Lima.

De todo este vasto acarreo participa *Paradiso*. Aunque quizás nadie, como el novelista cubano, ha llevado a conclusiones más ciertas, terribles y contradictorias la dialéctica americana del barroco. Arte devorador, desesperado en su virginidad natural, su sueño utópico, su corrupción épica por saberlo todo, por decirse *soy tiempo e historia y no sólo extensión y violencia*, el de Lezama es como el de Sor Juana que él describe en *La expresión americana*:

Los quinientos polémicos volúmenes que Sor Juana tiene en su celda…: muchos "preciosos y exquisitos instrumentos matemáticos y musicales", el aprovechamiento que hace para "Primero sueño", de la quinta parte del *Discurso del Método*: el conocimiento del *Ars Magna*, de Kircherio (1671), donde vuelve a las antiguas súmulas del saber de una época, todo ello lleva su barroquismo a un afán de conocimiento universal…

Pero esta universalidad va unida a otra forma de la abundancia y la proliferación: la del erotismo barroco, desgaste opuesto a la economía productiva, placer pródigo pero estéril que Lezama resume en esta exclamación:

¡Un ángel más! ¡Qué trabajo inútil!

En el célebre capítulo VIII de *Paradiso*, todas las formas del placer y el acoplamiento sexuales que Lezama acumula son improductivas. El semen se derrama como las cornucopias doradas de una iglesia colonial, como el licor del lánguido y serpentino Farraluque se vierte en una escena de homosexualismo inconsumado sobre el pecho del joven Adolfito, "inundándolo de una savia sin finalidad".

La fertilidad erótica se muestra inmediatamente, no puede esperar nueve meses. Negación de la frugalidad capitalista y de la simplicidad protestante, el barroco es un instante eterno, una gota de semen detenida a medio camino entre el oro y el orín, corriendo por un miembro viril que Lezama, con un delirio de sustitución barroca que ni siquiera Faulkner supera, llama "el aguijón del leptosomático macrogenitoma".

No conozco resumen más perfecto de la cultura hispanoamericana que la escena de ese capítulo VIII donde el guajiro Leregas, dueño del atributo germinativo más tronitonante de la clase, balancea sobre su cilindro carnal tres libros en octavo mayor: toda una enciclopedia, todo el saber acumulado del mundo, sostenido como un equilibrista sobre la potencia fálica de un guajiro cubano. Simbólicamente, poco más hay que decir sobre la América hispánica.

JULIO CORTÁZAR Y LA SONRISA DE ERASMO

I

EN EL Renacimiento, que es una de las claves profundas de gestación de la novela iberoamericana, se afirmó una libertad para actuar sobre lo que es, tradicionalmente asociada con la filosofía política de Maquiavelo, aunque calificada, en nuestro tiempo, por la interpretación de Antonio Gramsci: Maquiavelo es el filósofo de la Utopía activa, enderezada a la creación de un Estado moderno. Contrapuesta a esta libertad, se afirmó la de actuar sobre lo que debería ser: es la Utopía de Tomás Moro, calificada, a su vez, por la práctica política de nuestro siglo, que ha querido imponer la felicidad ciudadana por métodos violentos o sublimados.

Una tercera libertad renacentista nos invita, con una sonrisa, a considerar lo que puede ser. Es la sonrisa de Erasmo de Rotterdam y de ella se desprende una vasta progenie literaria, empezando por la influencia de Erasmo en España y sobre Cervantes, cuyas figuras, Quijote y Sancho, representan las dos maneras del erasmismo: creer y dudar, universalizar y particularizar; la ilusión de las apariencias, la dualidad de toda verdad y el elogio de la locura.

Moriae Encomium: el elogio de la locura es el elogio de Moro, el amigo de Erasmo; es el elogio irónico de Utopía, y de Topía también, pues ambas —el deber ser y el ser— deben estar sometidas a la crítica de la razón; pero la razón, para ser razonable, debe verse a sí misma con los ojos de una locura irónica. Erasmo propone esta operación relativa en el cruce de dos épocas de absolutos. Critica el absoluto medieval de la Fe. Pero también el absoluto humanista de la Razón. La locura de Erasmo se instala en el corazón de la Fe y en el de la Razón, advirtiéndoles a ambas: si la Razón ha de ser razonable, requiere un complemento crítico, lo que Erasmo llama el elogio de la locura, para no caer en el dogmatismo que corrompió a la Fe. Locura para los absolutos de la Fe o de la Razón, la ironía la convierte en cuestionamiento del hombre por el hombre y de la razón por la razón. Relativizado por la locura crítica e irónica, el hombre se libera de la fatalidad dogmática de la Fe, pero no se convierte en el dueño absoluto de la Razón.

Políticamente, el pensamiento de Erasmo se tradujo en un llamado al reformismo razonable, desde dentro de la sociedad y de la Iglesia cristianas. Pues el sabio de Rotterdam no sólo dirigió su mensaje a la Iglesia romana, sino a la cultura ética de la cristiandad, al Estado católico y a su violencia. Su enorme influencia en la España de la iniciación imperial, en la corte del joven Carlos V, la atestigua el propio secretario del Emperador, Alfonso de Valdés, discípulo de Erasmo, quien hace un llamado a la coincidencia entre la fe y la práctica. No es posible que la cristiandad proclame una fe y practique cuanto la niega. Si esta contradicción no se puede superar, dice Valdés, más vale abandonar de una vez la fe y convertirse al islamismo o a la animalidad.

Decir esto en el momento en que España inauguraba su inmenso imperio de ultramar mediante la conquista de culturas *diferentes*, después de expulsar a los judíos y derrotar a los moros, importaba bastante. Decirlo cuando el poder monárquico se congelaba en estructuras verticales, marcadas por la intolerancia de la Iglesia y del Estado, era, más que importante, intolerable. La Iglesia católica y el Estado español no iban a aceptar ninguna teoría de la doble verdad: sólo la unidad ortodoxa; ninguna reforma desde dentro: sólo la contrarreforma militante; ninguna fe razonable: la Inquisición; y ninguna razón irónica: el Santo Oficio.

La popularidad de Erasmo en la España de los Austrias fue sustituida gradualmente por sospecha primero, prohibición en seguida y, al cabo, silencio. Pero, por lo que hace al Nuevo Mundo, este proceso se retrasó mucho en relación con la popularidad del escritor en tierras de América. De las Antillas a México y al Río de la Plata, Erasmo fue prohibido, pero leído, nos informa Marcel Bataillon en *Erasmo y España*. La prohibición misma revela, añade el historiador francés, hasta qué grado sus obras eran estimadas y preservadas celosamente contra la Inquisición. *Importaban*.

Erasmo fue introducido a la cultura de las Américas por hombres como Diego Méndez de Segura, el principal escribano de la expedición de Cristóbal Colón, quien al morir en 1536 en Santo Domingo, le dejó a sus hijos diez libros, cinco de ellos escritos por Erasmo; por Cristóbal de Pedraza, cantor de la catedral de México y futuro obispo de Honduras, quien introdujo a Erasmo en la Nueva España; y por nadie menos que Pedro de Mendoza, el fundador de Buenos Aires, cuyo inventario de propiedades, de 1538, incluye "un libro por Erasmo, mediano, guarnecido de cuero". Bataillon, en la parte final de su libro, da un catálogo completo y seductor de la presencia de Erasmo en América.

Erasmo importaba tanto, que hasta podemos decir que su espíritu, el espíritu de la ironía, del pluralismo y del relativismo, ha sobrevivido como uno de los valores más exigentes, aunque políticamente menos cumplidos, de la civilización iberoamericana. Si el gobernador Pedro de Mendoza ya estaba leyendo a Erasmo en Buenos Aires en 1538, es obvio que, en la misma ciudad, Julio Cortázar lo leía cuatro siglos después.

Abundan en la obra de Cortázar lo que el autor argentino gustaba de llamar "los locos serenos". Ésta es la genealogía de Erasmo. Los hombres, escribe en el *Elogio de la locura*, son los seres que exceden sus límites: "Todos los demás animales se contentan con sus limitaciones naturales. Sólo el hombre trata de dar el paso de más". Por ello, está loco. Tan loco como don Quijote tratando de vivir puntualmente cuanto ha leído, o Pierre Menard, en el cuento de Borges, intentando re-escribir, con la misma fidelidad, el texto de Cervantes. Tan locos como los Buendía, re-inventando la alquimia en

Cien años de soledad, o como Talita y Traveler caminando por los tablones del manicomio en *Rayuela*.

Pues hay muchas maneras de estar loco y no todas ellas son una calamidad. Hay la locura serena de un griego evocado por Horacio en una de sus epístolas y por Erasmo en *Moriae Encomium*. Este hombre estaba tan loco que se pasaba los días dentro de un teatro, riendo, aplaudiendo y divirtiéndose, porque creía que una obra se estaba representando en el escenario vacío. Cuando el teatro fue cerrado y el loco expulsado, éste reclamó: "No me habéis curado de mi locura; pero habéis destruido mi placer y la ilusión de mi felicidad."

Un loco se ríe de otro loco, dice Erasmo, y cada uno le da placer al otro. Pero si observamos de cerca, veremos que el más loco es el que ríe más. Y, quizás, el que ríe el último.

Los hijos de Erasmo van, así, del don Quijote de Cervantes a Pierre Menard, autor de *Don Quijote*, de Borges. En el camino, reconocemos a otras víctimas de una locura fascinante que acaban por engañar a un mundo fascinado. El tío Toby de Tristram Shandy, que en la novela de Laurence Sterne reproduce las campañas del duque de Marlborough en su huerta de hortalizas, como si sólo la miniatura de dos hileras de coliflor pudiese contener una locura política y militar que, de otra manera, sería insoportable. Jacques, el fatalista de Diderot, y su Amo, empeñados en recorrer las hosterías de Francia sin poder nunca iniciar o terminar una historia, condenados a ofrecerse y ofrecernos un repertorio de posibilidades infinitas para cada evento evocado, y siendo, por ello, más libres que la conciencia de su fatalidad. Encontramos a las nietas de don Quijote, la Catherine Moorland de Jane Austen y la Emma Bovary de Gustave Flaubert, condenadas a creer, como don Quijote, en lo que leen: novelas de caballería en La Mancha, novelas góticas en Bath, novelas románticas en Yonville. Reconocemos al Mr. Micawber de Dickens, que confunde sus grandes esperanzas con las realidades de su vida manirrota; al príncipe Myshkin de

Dostoievski, un idiota porque le da crédito a la parte buena del hombre; y al cura itinerante de Pérez Galdós, Nazarín, loco porque cree que cada ser humano puede ser Cristo en su vida diaria y que, en realidad, es el loco de San Pablo: "Dejad que aquel que parece sabio entre vosotros se vuelva loco, a fin de que finalmente se vuelva sabio", dice el apóstol en una de las epístolas a los corintios. Pues la locura de Dios es más sabia que toda la sabiduría de los hombres. ¿Es Dios el loco que ríe más y ríe el último?

Los hijos de Erasmo se convierten, en España y la América Española, en los hijos de La Mancha, los hijos de un mundo sincrético, barroco, corrupto, animados por el deseo de manchar con tal de ser, de contagiar con tal de asimilar, de multiplicar las apariencias y las realidades, de duplicar las verdades e impedir que se instale un mundo ortodoxo, de la fe o de la razón, o un mundo puro, excluyente de la variedad cultural o nacional. Las armas de la ironía, el humor y la imaginación fueron, son y serán las del erasmismo en el contrapunto al mundo mítico, épico y utópico de la tradición hispanoamericana.

Dualidad de la verdad, ilusión de las apariencias, elogio de la locura. Este correctivo renacentista a la ortodoxia de la fe y la unidad del lenguaje, pero también a la dictadura de la razón y su lenguaje lógico, contribuyó, en la tradición novelística de Europa, de Cervantes a Sterne a Gogol a Dickens a Balzac a Dostoievski y a Joyce, a mantener vivos los valores del humanismo crítico de Erasmo de Rotterdam. Pero esta crítica humanista coincidió, naturalmente, con un apogeo de la afirmación del personaje de novela, caracterizado hasta la minucia por Dickens, explorado hasta la entraña por Flaubert, descrito hasta el último pagaré por Balzac y hasta la última copa por Zola. El problema que se plantea, radicalmente, a partir de Kafka, es el de la muerte del personaje tradicional de novela, agotado por el sociologismo, el naturalismo, el psicologismo y otras virulencias realistas. Pero agotado, sobre todo, por la historia de nuestro tiempo:

historia de crímenes cometidos en nombre de la felicidad y el progreso, que vació de contenido las promesas del humanismo renacentista, del optimismo dieciochesco y del progreso material de los siglos industrial y posindustrial.

Dickens sabe hasta el último detalle de quién es Micawber. Flaubert sabe que él es Madame Bovary —y suponemos que Madame Bovary no sabe que ella es Flaubert—. Pero Samsa sólo sabe que un día amanece convertido en insecto. El hombre de Kafka se ve en el espejo y descubre que ha perdido su cara. Nadie lo recuerda. Pero puede ser ejecutado porque es desconocido: porque es otro. Es la víctima de la dialéctica de la felicidad, la perfectibilidad y el progreso, que fue la razón de ser de la modernidad.

Desde el corazón de la modernidad europea, un gran novelista poskafkiano, el checoslovaco Milan Kundera, asume lúcidamente la herencia de su compatriota, preguntándose: "¿Cuáles son aún las posibilidades del hombre en un mundo en el que las determinaciones externas se han vuelto tan aplastantes que los móviles interiores han dejado de tener peso alguno?" En Proust, todavía, se trata, dice Kundera, de dar "el máximo de información sobre un personaje", conocer su pasado y otorgarle "una total independencia respecto al autor". Nada de esto es válido después de Kafka: en *El castillo* o *El proceso*, el mundo no se asemeja a ninguna realidad conocida; es sólo "una posibilidad extrema y no realizada del mundo humano"; esto es lo que importa, no el pasado, el aspecto físico o las motivaciones psicológicas de los múltiples K de Kafka, que carecen de todos esos atributos de la novela realista del pasado.

Hay, sin embargo, una frase particularmente llamativa de Kundera en su *Arte de la novela*, en la que nos dice que "don Quijote es casi inimaginable como ser viviente". No obstante, pregunta Kundera: ¿existe un personaje más vivo que él? Tiene razón. Lo que pasa es que, con el tiempo, la figura de don Quijote se convirtió en arquetipo, portador, en el sentido junguiano, de la memoria y la imaginación tribales; encarnación imaginaria del subconsciente colectivo. Pero no siempre fue así. Ser inimaginable, dice Kundera: ¿qué era don Quijote antes de convertirse en arquetipo? Era una figura, como lo son hoy los antihéroes de Kafka o los no-personajes de Beckett; era un desamparo sorprendido, una empresa, una posibilidad. Los innombrables, los llama Beckett. Las "figuras", las llamó ya Novalis: "Los hombres viajan por senderos distintos. Quienquiera que les siga y compare esta diversidad de caminos verá la aparición de maravillosas imágenes; son las figuras que parecen pertenecer al gran manuscrito del diseño..."

Tenemos el sentimiento de haber agotado al personaje como carácter psicológico y descriptivo. Anhelamos nuevos arquetipos para nuestro mundo que ha perdido las máximas ilusiones del progreso, quedándose en la condena del crimen, aunque sin la salvación de la tragedia. Y nos enfrentamos, en todas las artes, a lo que hemos olvidado o todavía no sabríamos nombrar; las figuras de ese "gran manuscrito del diseño", que nadie ha leído por completo: el revés de la trama, la figura —Henry James— en el tapete.

Este sentimiento de la figura misteriosa, inacabada, nacida de la ruptura del personaje tradicional y sus signos; esta figura en estado de génesis o metamorfosis, es una de las realidades de la literatura contemporánea. Voy a limitarme a mirarla, en la obra del escritor hispanoamericano que, de manera más explícita, une su obra a la exploración del personaje exhausto y de la figura evasiva. Me refiero a Julio Cortázar, en cuyas ficciones observamos constantemente la manera en que los arquetipos traducen a las figuras mediante nuevas formas de la memoria y de la imaginación.

Entre todas la maravillosas historias de Julio Cortázar —donde las casas son tomadas, paulatina aunque inexorablemente, por figuras olvidadas o inanimadas; donde la gente olvida su destino apenas se presenta a comprar sus boletos en las estaciones de ferrocarril; donde una galería comercial en Buenos Aires conduce a una galería comercial en París, con circulación en doble sentido; donde una figura sufre un accidente automovilístico en una ciudad europea y se encuentra en seguida sobre una mesa de operaciones que en realidad es una piedra de sacrificios en México; y donde una víctima de los aztecas se descubre a sí misma como una figura nueva en un inimaginable espacio blanco rodeado de hombres enmascarados con brillantes navajas blancas en las manos—: entre todas estas historias, quiero escoger la llamada *Instrucciones para John Howell*.

En ella, un inocente espectador en Londres descubre que no existen espectadores inocentes. Howell es compelido a entrar en la obra de teatro que está mirando porque la heroína de la pieza le murmura secretamente: "Ayúdame; van a matarme." Howell entiende estas palabras como una súplica para entrar a la vida de la mujer. Pero esto sólo es posible si entra al escenario de la mujer.

La súplica de la mujer se convierte de esta manera en una instrucción —en una dirección de escena que decide la vida y la muerte de John Howell—.

Escojo esta historia, porque me parece la más precisa contraparte de la historia del loco en el teatro contada por Horacio y recogida por Erasmo. Pero ahora, nadie se atrevería a llamar "loco" a John Howell. Olvidado, separado, fuera del texto tradicional; desamparado, eso sí: figura naciente, no personaje concluido, ni arquetipo asimilado. Figura nueva que, como todas las de Julio Cortázar, nos advierte, igual que Erasmo en el umbral de *su* modernidad, sobre las insuficiencias, peligros y comicidades de la *nuestra*.

II

El profesor mexicano Frank Loveland ha comentado que, irónicamente, los proyectos para el mundo de la naturaleza iberoamericana, el mundo rural, la pampa, la selva, la montaña, han venido de la ciudad. Le han sido impuestos por el mundo urbano moderno a un mundo rural visto como un universo primitivo. Esto es cierto del escritor-estadista argentino Domingo F. Sarmiento, pero también de novelistas contemporáneos como Rómulo Gallegos, Alejo Carpentier y Mariano Azuela, todos ellos portadores, convencidos como el venezolano, escépticos como el cubano, desolados como el mexicano, de proyectos de modernización. Como dije de Gallegos, todos son, empero, grandes escritores —no sólo ideólogos— que admiten la operación dialógica mediante la cual sus tesis son derrotadas. Esto es aún más cierto de Rulfo y García Márquez, puesto que sus visiones del "interior" nacieron de la empatía poética. En Cortázar, en cambio, no hay que establecer distancia alguna, pues se trata de un escritor plenamente urbano sorprendido criticando, desde adentro, a nuestras sociedades modernas.

Lo que Cortázar comparte con todos los escritores que acabo de citar, es la necesidad de nombrar y de dar voz. Es una necesidad que se inicia con la relación entre el poder y el lenguaje, con la necesidad de arrancarle la palabra al poder (el Tlatoani, el Dueño de la Gran Voz: Moctezuma) y otorgársela a la mujer, la madre de sus hijos (Malinche y sus descendientes). Es una necesidad impuesta por los límites con que la épica, portadora del poder, pone sitio al mito, portador del lenguaje. Vimos cómo, en la época colonial, los poemas barrocos de Sor Juana y las crónicas del Inca Garcilaso recobraron las voces del silencio. Pero la revolución en la literatura moderna, especialmente en la novela del siglo XX, también permitió a los escritores de la América española y portuguesa descubrir y aplicar técnicas de lenguaje que aceleraron el proceso de darle más nombre y más voz al continente en gran parte anónimo y silencioso. No es necesario añadir que, lejos de ser una imitación gratuita de las técnicas de la ficción contemporánea, son éstas las que, al explorar más de un tiempo, más de una cultura y más de un mito subyacente en Europa y los EE. UU., descubrieron lo que los pueblos de la América ibérica supieron siempre, pero que sus escritores, orientados (occidentalizados) a las formas del realismo narrativo, no habían descubierto como nuestra realidad universal: el mito, la epopeya, el barroco, y la ironía, el humor, la sonrisa erasmiana frente a la posibilidad humana. Culturas múltiples portadoras de tiempos diferentes.

Esta imaginación crítica de la modernidad no tiene mejor representante en nuestra novela que el argentino Julio Cortázar.

La conjunción de textos tradicionales (los mitos prehispánicos, las crónicas de Indias) y novedades técnicas posrealistas del Occidente (Joyce, Faulkner, Kafka, Broch, Woolf) ha permitido potenciar como nunca antes el discurso narrativo de Iberoamérica, dando cabida a su pasado, su presente, sus aspiraciones, su multitud de tradiciones, su *heteroglosia:* los lenguajes en conflicto —europeos, indígenas, negros, mestizos— del continente. Todo ello nos permitió ensanchar y sacar a luz una multitud de realidades que no cabían en el estrecho túnel del realismo, e insertarlas en una visión histórica inseparable de los usos del lenguaje. La novela del Occidente pasó de la narrativa lineal, disparada al futuro y dicha en primera persona (la novela como la crónica del Yo, del Ego incluso: Stendhal; y no sólo del Nombre sino del Re-Nombre: Montaigne; la narrativa de la Confesión personal: de San Agustín a Rousseau) a una perspectiva más colectiva, más plural, por vía de James Joyce y su recuperación, en *Ulises* y *Finnegan's Wake,* de la filosofía de Vico, con su amplia visión del lenguaje como una empresa popular, común, que se origina con las civilizaciones mismas. Civilización significa ante todo lenguaje y el lenguaje es una creación social.

Por la naturaleza misma de su hipérbole física y de su carga histórica, la novela moderna de Iberoamérica incluye la voz única pero la trasciende constantemente. La *conflación* de voces es un procedimiento constante en García Márquez y en Vargas Llosa; las dimensiones colectivas de la memoria y de la muerte son los verdaderos protagonistas de muchas narraciones de Rulfo; la dimensión cultural de los personajes es esencial en *Paradiso* de Lezama Lima, como lo es la fuerza épica, histórica, en Azuela, o la vasta impersonalidad de la selva y del río en toda una nómina de novelistas, de Rivera a Gallegos a Carpentier.

Pero los dos argentinos, Borges y Cortázar, son quienes mejor señalan la universalidad del dilema. Borges lo trasciende dándole a sus relatos los rostros de civilizaciones enteras, vastas *summas* de saber y pasajes instantáneos en el tiempo y el espacio. Pero Cortázar le da su dimensión más humana y dinámica. Cortázar se da perfecta cuenta de que el psicopersonaje del realismo ha muerto, pero se rehúsa a darle muerte al personaje sin rostro al que ahora contemplamos con una mezcla de horror y piedad. Cortázar maneja figuras, no personajes ni arquetipos, pero a sus figuras les da su verdadero poder, que es el poder de devenir, de estar siendo, de no acabar. Ésta es la definición misma de la figura, en proceso de metamorfosis, siendo, estando, privada de su conformación tradicional. Pero Cortázar, como ningún otro narrador contemporáneo en nuestra lengua, insufla a las figuras con una veneración incomparable, como la que requieren, para crecer, los frágiles retoños de un jardín.

Las casas, en las narraciones míticas de Cortázar, son tomadas; hay escaleras por las que sólo se puede subir, y otras por las que sólo se puede bajar, ventanas para mirar hacia afuera y otras, exclusivamente, para mirar hacia adentro; podemos, en un cuento de Cortázar, mirar nuestro propio rostro en un acuario, poseído de nuevo por la naturaleza, burlándose de nosotros, o podemos asistir a ese teatro londinense, ver el primer acto arrellanados en la butaca, pasearnos durante el intermedio y entrar con desenfado al segundo acto, preguntándonos cuáles serán las palabras de nuestro diálogo...

Todo esto requiere, para ser narrado, un lenguaje extraordinariamente creativo y flexible. Cortázar tiene conciencia de ello, como lo demuestra en la novela que es, quizás, el repertorio más crítico e incitante de la modernidad urbana de la América Española, porque se funda en la necesidad de inventar un lenguaje para nuestras vidas actuales. Un lenguaje que sea fiel a la premisa cortazariana, tal y como la enuncia Lezama Lima en su gran ensayo sobre *Rayuela*: el hombre es creado incesantemente y es creador incesantemente.

III

La estructura literaria de *Rayuela*, dividida entre un allá, París, y un acá, Buenos Aires, diseña un juego de utopías que está en el origen de nuestra cultura. Si en el siglo XVI América fue la utopía de Europa, en el siglo XIX América devolvió el favor, convirtiendo a Europa en nuestra utopía. No cualquier Europa, sin embargo, sino la Europa progresista, democrática, liberal que ya era, según nuestras ilusiones, lo que nosotros, a partir de la Independencia, íbamos a ser. Esto, como lo hicieron bien explícito Domingo Faustino Sarmiento, Esteban Echeverría y Victorino Lastarria, excluía a España, representante de un pasado oscurantista. La Europa moderna, en cambio, es la utopía que muchos iberoamericanos oponen a la "barbarie" campesina (Sarmiento) o al "negro invierno" colonial (Lastarria). Y aunque el repudio del pasado indio, agrario y español se extienda de México a Buenos Aires, es la Argentina el país que con más entusiasmo abraza la identificación salvadora con la utopía europea.

Concurren a ello el hecho de que en el Cono Sur los gobiernos republicanos independientes niegan la carga indígena y alientan la inmigración europea. Las campañas de los generales Bulnes en Chile y Roca en Argentina tienen el propósito de exterminar o aislar a los indios. Son paralelas a las campañas contra los indios del Far West norteamericano. "Gobernar es poblar", dice famosamente el ideólogo liberal argentino Juan Bautista Alberdi. Pero primero hay que despoblar las regiones indígenas, abriéndolas, en cambio, a la inmigración blanca. En 1869, la población de Argentina era de apenas dos millones de habitantes. Entre 1880 y 1905, casi tres millones de inmigrantes llegaron al país.

Estos ires y venires de la Utopía americana y europea constituyen el trasfondo humorístico de *Rayuela*. Dos movimientos se encuentran en sus páginas, comentándose entre sí con ironía. Uno es el movimiento de la novela definida como desplazamiento, abandono del hogar, orfandad mítica, salida épica al mundo y regreso trágico al hogar. El comentario y los matices en torno a este viaje clásico son, lo hemos visto, el periplo inevitable de la novela moderna, en busca de la circularidad perdida, rebelándose contra la asimilación al tiempo futurizable y progresista de la modernidad: orinándose en su cuna. De Ulises a *Ulises*, de don Quijote a Lolita, la novela desplaza, muda de lugar, se mueve en busca de otra cosa: del vellocino de oro de Jasón al vellocino sexual de la ninfeta de Nabokov. Novela es insatisfacción; la búsqueda de lo que no está allí (el oro de Stevenson y Dumas, la sociedad y la fama de Stendhal, el absoluto de Balzac, el tiempo de Proust, el reconocimiento de Kafka, los espacios de Borges, la novela de Faulkner, el lenguaje de Joyce). A fin de alcanzar lo que se busca, la novela da a su desplazamiento todos los giros imaginables: distorsión, cambio del objeto del deseo, reagrupamiento de la materia, sustitución de satisfactores, disfraz del sueño erótico convertido en sueño social, triunfo de la alusión reemplazada, traslación de la inmediatez a la mediatez. Desplazamiento: abandonar la plaza, alejarse del hogar, en busca de otra realidad: invención de América por Europa pero también de Europa por América.

Rayuela se inscribe con particular goce destructivo en la misma tradición de la cual proviene. Es una épica decidida a burlarse de la imposible circularidad trágica, sustituyéndola por una circularidad cómica.

Épica burlesca de unos argentinos que buscan su utopía en Europa, la circularidad de *Rayuela* se diseña como un juego infantil, que es una búsqueda del cielo lúdicro pero, más allá del juego, aunque sin abandonarlo, es la búsqueda de una utopía: la Isla final, el Kibbutz del Deseo, como las designa el autor. La conductora del juego es una mujer, la Maga. Pero ella misma es una ausencia; la novela se inicia con la pregunta de esa ausencia: "¿Encontraría a la Maga?" La mujer deseada, buscada, ausente, justifica tanto la peregrinación novelesca como la erótica. La Maga conduce el espíritu del desplazamiento, literal y metafórico, sobre los puentes del Sena (estando ella presente) o sobre unos tablones entre dos ventanas en un manicomio en Buenos Aires (estando ella ausente). Ausencia y presencia del personaje conductor. Lezama Lima ha hecho notar que, en *Rayuela*, Cortázar hace visible la manera como dos personajes, sin conocerse, pueden establecer el contrapunto —es decir, la dinámica— de una novela. Esta dinámica es la de una serie de idas y venidas, actuadas por dos series de expatriados: Oliveira y la Maga, argentinos exiliados en París, y en Buenos Aires, Talita y Traveler (a quien le daba rabia llamarse así, él que nunca viajaba), guardianes de manicomio, exiliados interiores y dobles de la Maga y Oliveira, a los que desconocen. Pero, cuando se conocen, se rebelan contra la novela que los contiene: se niegan a formar parte de ella.

Esta rebelión a partir de la coincidencia de los personajes es, en cierto modo, una celebración de su *desconocimiento* anterior; pero también un *reconocimiento* de su pertenencia a un universo verbal y su rechazo del mismo. La esencia cultural, social, histórica, digamos, de *Rayuela*, es la historia de un fracaso. Ni Oliveira y la Maga, en París, ni Traveler y Talita, en Buenos Aires, van a encontrar la utopía, el cielo de la Rayuela.

En Buenos Aires, la utopía del inmigrante, la paradoja revelada por la literatura, es que la autenticidad de la Argentina es la falta de autenticidad; la realidad de la Argentina es una ficción y la esencia nacional de la Argentina es la imitación de Europa. Pero si Europa es la utopía, entonces, en Cortázar, el Occidente aparece como un baratillo de ideas usadas; la razón europea es un burdel de vírgenes, si esto fuese posible; la sociedad europea es "un callejón sin salida al servicio de la Gran-Infatuación-Idealista-Realista-Espiritualista-Materialista del Occidente, S.R.L." De la historia, Oliveira *dice* que quizás haya un reino milenario, pero si alguna vez llegamos a él, ya no lo podremos *llamar* así; de la inteligencia, *dice* que el solo hecho de *hablar* sobre algo en vez de hacerlo demuestra que está mal; del amor, Oliveira *dice* que no puede ser vivido porque debe ser *nombrado*.

Historia, razón, inteligencia, amor, son todas ellas, no sólo realidades, sino realidades verbales, dichas, en primer lugar, por el protagonista de una novela, Oliveira. ¿Quién querrá unirse a él en tan despiadada negación de una realidad que es imposible porque también lo es en el lenguaje del cual depende para manifestarse? Hacer visible *de otra manera:* quizás éste es el objeto del desplazamiento de *Rayuela,* pero su autor está capturado en el mismo círculo vicioso que denuncia, en el mismo callejón sin salida del lenguaje correspondiente a una civilización en quiebra. ¿Qué puede hacer el narrador de *Rayuela* sino declararse, como lo hace, "en guerra con la palabra, en guerra, todo lo que sea necesario aunque haya que renunciar a la inteligencia..."?

Renuncia, primero, al basurero de las palabras, en favor de los actos. Pero escribir, ¿no es también una acción? ¿Dejar de escribir dejaría de ser, para Oliveira, una in-acción? Y como *escribe* Italo Calvino, ¿no es el culto de la acción, en primerísimo lugar, un viejísimo mito literario? Concedido: Oliveira deberá escribir a fin de que sus acciones sean descritas. Pero él lleva muy lejos la des-cripción para convertirla en des-escritura. Si no puede renunciar a la dicha y desdicha de decir, al menos lo hará des-escribiendo, ante nuestras miradas, una nueva novela que sea portadora de un contralenguaje y de una contrautopía. ¿Cómo? Llevando al lenguaje más allá de los personajes psicológicos, el realismo, el verismo psicológico, la fidelidad histórica y todas las otras convenciones de una tradición exhausta, la de la realidad denunciada en *Rayuela*. ¿Cómo? Permitiendo que en una novela, en vez de contar con todos los satisfactores del realismo social y del psicologismo compensatorio, nos contemplemos en el desamparo radical de las figuras en proceso de constituirse.

De allí, para volver al punto inicial de mi argumento, la brillante división formal de *Rayuela*. La primera parte, "Del lado de allá", París, es la verdadera patria, el modelo original, ¡ay!, pero sin los defectos del original argentino; la segunda parte, "Del lado de acá", es Buenos Aires, la patria falsa, ¡ay!, pero sin las perfecciones del original francés. Entre las dos orillas del puente, entre las dos ventanas del manicomio unidas por los tablones, hay un destierro, no sólo como exclusión del espacio, sino también de tiempos. Poco tiempo en Europa, que ha tenido tanto. Todo el tiempo del mundo en Argentina, que tiene tan poca historia y en cambio es rica en "horarios generosos, casa abierta, tiempo para tirar por el techo, todo el futuro por delante, todísimo, vuf vuf vuf..."

Tener todo el tiempo del mundo es la más pobre de las riquezas; pero no tener tiempo porque ya lo gastamos, ya lo perdimos, es también un desamparo.

En este doble destierro, que también es un doble destiempo, comienzan a dibujarse las figuras desconocidas de *Rayuela*. Su presencia en la novela va acumulando cuanto han sido y llevan dicho. Pero, al cabo, sólo serán viables —Oliveira, la Maga, Talita, Traveler— si se dan cuenta de que, como quiere Cortázar, aparte de nuestros destinos, formamos parte de figuras que aún desconocemos. Cortázar, en las palabras de Lezama Lima, destruye un espacio para construir un espacio; decapita el tiempo para que el tiempo salga con otra cabeza. Habiéndolo hecho, quizás ha cumplido con su parte y puede incitar a sus dos parejas, la de acá y la de allá, a entrar a la novela a condición de que no sean personajes tradicionales, sino parte de las figuras "que aún desconocemos".

¿Cómo formamos parte de las figuras desconocidas, que aún se están haciendo, nosotros, capturados en la historia, la razón, el amor, la acción y la pasividad, el lenguaje de las dos utopías enfermas? ¿Cómo, capturados, de este lado o de aquél, aquí o allá? ¿Cómo, sin embargo, hermanados al cabo en nuestro destierro —ésta es la conciencia trágica de la comedia de *Rayuela*—, en esa misma historia, esa misma razón, ese amor...? ¿Cómo?

Cortázar propone dos caminos. El primero es más triste que el otro, pues es la avenida verbal: el reconocimiento de que sólo con el lenguaje, burlado, criticado, insuficiente, mentiroso, podremos crear *otro* lenguaje, un antilenguaje, un contralenguaje. He hablado, citando a Lezama, del encuentro creador de las dos orillas, el lado de allá y el lado de acá, Europa y América, que siguió a la conquista. Lezama lo llama la contraconquista. Sobre *Rayuela*, el escritor cubano, tan cercano a Cortázar, nos hace ver, asimismo, que la novela está recorrida por "un idioma ancestral, donde están los balbuceos del jefe de la tribu". Este lenguaje tribal solemniza, *abueliza*, pertenece a la otra familia, la que aprieta desde abajo el tubo dentífrico. Pero la intuición genial de Lezama es que este lenguaje de la tradición, consagrado, honrado, acaso ceñido a la perfección del mármol que el propio Lezama, lo vimos, invoca para identificar perfección, fijeza, inmovilidad, muerte, debe, como en *Paradiso*, precipitarse en la vida como en una alberca, y revelarse como un mero "balbuceo" frente al otro lenguaje, el de la nueva familia, la que se da cuenta de su espantoso desamparo filológico y responde a las leyes de la tribu con el lenguaje de la burla destemplada y lo grotesco, desacralizando cualquier situación o diálogo.

Dos familias verbales, la solemne y la burlona, la ancestral y la gestante. Lezama tiene razón al decir que Cortázar posee el pulso necesario para regir las conversaciones en los dos idiomas, "entre el jefe de la tribu y el almirante náufrago". Marinero en tierra, gran Alberti, pero esta vez en una tierra singular entre todas: la pampa, retrato del horizonte, rostro sin rostro, ausencia de facciones, espacio en receso continuo ante la mirada, espacio-Tántalo de la Argentina. Allí cae de narices, con su gran cara de palo, Oliveira, Buster Keaton de la pampa, Colón sin océano, bocabajo sobre la más plana de las tierras, loco sereno de la tradición erasmista. ¿Qué piensa allí el loco sereno? ¿Cómo elogiará, a finales del segundo milenio, a la locura?

Quizás Oliveira, portador del primer lenguaje que lo dejó remando en tierra firme, inunda ahora la pampa con el océano verbal del segundo lenguaje. Su drama es que no puede renunciar a las palabras aun cuando se dispone a des-escribir, a ser des-escritor. No es el primer "escritor" en tal predicamento. En su famoso ensayo sobre Rabelais, Bajtin describe al *segundo* lenguaje como un lenguaje cómico, paródico, carnavalesco, una forma de mascarada verbal, un reprocesamiento cómico de todos los niveles del lenguaje. Pero la aparición de este segundo lenguaje cómico requeriría, como escribió Victor Schklovsky sobre el *Tristram Shandy* de Sterne, que su propio artificio sea revelado, que la técnica misma, la armazón, el esqueleto, la maquinaria de la novela, se vuelvan evidentes. Al hacer patente la técnica misma de la novela, en contra de todos los buenos consejos de las abuelitas literarias, el novelista desampara su texto: lo revela como un texto sin refugio, tan a la intemperie como las figuras o su lenguaje balbuceante: "Almirantes náufragos." Pero sólo de este desamparo radical pueden surgir, al cabo, las nuevas figuras, su nuevo lenguaje y su nuevo texto.

La lección de Schklovsky es la de Cortázar en *Rayuela*. Su lenguaje de ritmos, onomatopeyas, retruécanos, neologismos y heteroglosia radical, se opone a todas las formas del buen gusto literario. Lo motiva un hambre múltiple, pulsante. Cortázar creía que para desafiar a la sociedad, primero había que desafiar a la realidad. Y esto sólo se hacía revelando las insatisfacciones desautorizadas, proyectando los deseos no dichos, admitiendo las bromas más escandalosas, retirando los tablones, re-escribiendo y re-ordenando el mundo, re-presentándolo en su esqueleto funcional, haciendo gala de la indiferencia a la ficción abuelizante del buen decir y el esconder la tramoya y el embelesar narrando. A la Sara García del buen gusto abuelesco, Cortázar le suelta una Scherezada desnuda, fascinante, narrando desesperadamente para salvarse de la muerte. Primera novelista, contadora púbica, la he llamado en *Cristóbal Nonato*, Scherezada es la Maga y encuentra en *Rayuela* a su califa sin *parné*, su almirante en tierra, Oliveira: entre los dos, para salvarse de la muerte común que les acecha, de esa vida que "se agazapa como una bestia de interminable lomo para la caricia" (Lezama), de ese cocodrilo que al despertar *sigue allí*, según la brevísima ficción de Augusto Monterroso, inventan esta novela y la ofrecen al mundo desnuda, desamparada, la materia de múltiples lecturas, no sólo una: un texto que puede leerse, como lo indica su tabla de instrucciones, de mil maneras.

Oliveira, estando allí y acá, desamparado, gana su texto revelando que es un texto, una ficción, la urdimbre verbal de la cual acaso nazcan nuevas figuras, alargando la mano para tocar emociones y palabras aún no registradas. Pero haciendo todo esto en colaboración con el Lector. La cualidad elíptica de las narraciones de Cortázar es su manera de indicar que somos dueños de la posibilidad de reordenar la historia, invitando al lector, como la actriz de *Instrucciones para John Howell*, a entrar en la historia, crearla conmigo, ser corresponsable de la historia. Entrar, finalmente, al tiempo, invitar a los demás a entrar en mi tiempo. Entrar al tiempo del otro, más que a su espacio, es la mejor manera de conocer realmente al otro. Quizás la casa está tomada; pero fuera de ella podemos, sin refugio, compartir el tiempo en la calle. Sólo conociendo al otro, podemos todos —europeos e iberoamericanos— finalmente conocernos a nosotros mismos. Podemos ser nosotros solamente con los demás. Ganamos a la Rayuela: vencemos a la utopía.

Si *Rayuela* es una invitación a re-crear el lenguaje de nuestra modernidad, detrás de su texto, empero, se levanta el espectro de cuanto hemos sido. Texto del contralenguaje de la América Española, desciende de la contraconquista que a su vez responde a la conquista, desde la primera generación americana, con arquitectos, pintores, poetas, artesanos, memorialistas y utopistas; cocineros, bailarinas, cantantes, amantes...

Cortázar culmina, en cierto modo, el proyecto de la contraconquista creando este contralenguaje capaz de escribir, re-escribir y aun des-escribir, nuestra historia. Su concepto ferozmente exigente de una modernidad iberoamericana se basa en el lenguaje porque fuimos fundados y luego corrompidos por el lenguaje del siglo XVI —América como utopía primero, como hacienda en seguida— y ahora deberemos expandir nuestro lenguaje, liberarlo de las ortodoxias y convertirlo en tiempo y espacio de una metáfora inclusivista, que dé admisión a todas las formas verbales, porque nosotros tampoco sabemos, como don Quijote, *dónde* se encuentra *la verdad*.

Pero si esta empresa de la modernidad ha de ser *más verdadera*, al cabo, que las anteriores empresas de nuestra historia, ello sólo será posible si, de nueva cuenta, admitimos en su seno la tradición erasmista, a fin de que el proyecto modernizante no se convierta en un nuevo absoluto, totalitarismo de izquierda o de derecha, beatería del Estado o de la empresa, modelo servil de una u otra "gran potencia", sino surtidor relativista, atento a la presencia de múltiples culturas en un nuevo mundo multipolar.

Erasmo sigue siendo, en muchos sentidos, el padre intelectual de la democracia en España y en Hispanoamérica. Es la liga entre el idealismo de Moro y el realismo de Maquiavelo. Admite, con Maquiavelo, que lo real y lo ideal rara vez coinciden sino que, más bien, constantemente difieren. Para la utopía, esta divergencia es insoportable. Pero Erasmo no es un utopista. Admite la divergencia, y sólo quiere angostarla un poco, a fin de que la vida sea más vivible. Los escritores entienden bien a Erasmo. No es posible lograr una identidad total entre las palabras y las cosas. Y, acaso, semejante identidad no sea, ni siquiera, deseable. Pero el esfuerzo vale la pena. El intento de re-unir las palabras y las cosas, aun cuando fracase siempre, crea una nueva y maravillosa realidad en el mundo: la obra de literatura.

Por todo ello asimilo a Julio Cortázar a la tercera gran tradición fundadora de nuestra cultura: la de Erasmo de Rotterdam. Lezama nota en seguida el divorcio que Cortázar hace suyo: la "grotesca e irreparable escisión entre lo dicho y lo que se quiso decir, entre el aliento insuflado en la palabra y su configuración en la visibilidad". Es la diferencia entre Maquiavelo y Moro, entre Topía y Utopía. Para evitar las trampas de los absolutos —esto *es*, esto *debe ser*— Cortázar nos presenta a un testigo de su operación intelectual: el loco sereno, un narrador irónico, el observador de la locura de Topía y Utopía, pero él mismo visto como un loco por ambas. Erasmo/Cortázar invita al lector, como dice Lezama, a saltar sobre el autor, formando un nuevo centauro. El lector, "castigado y favorecido por dos dioses a la vez, se queda ciego, pero se le otorga la visión profética". Los narradores (y las narraciones) de Cortázar, los más radicalmente modernos de la América Española, se conectan sin embargo, por el atajo erasmista, a las prosas de nuestra fundación. Ajenos a la épica, participan de y enriquecen esa "visión profética" que se expresó, desde el origen, como un "bestiario de Indias". *Bestiario*, en efecto, se llama uno de los hermosos libros de cuentos de Cortázar, y en él encontramos la descendencia más reciente de lo que vieron, oyeron o soñaron Fernández de Oviedo, Pedro Mártir, Juan de Cárdenas, Gutiérrez de Santa Clara, López de Gómara y otros cronistas de Indias: leviatanes y sirenas, lobos marinos, manatíes con tetas de mujer y tiburones con dos vergas...

El bestiario fantástico de Cortázar incluye conejitos blancos vomitados a deshoras; ajolotes que nos miran, con nuestro propio rostro, desde los acuarios municipales; y aun animaciones bestiales como un suéter del que nunca jamás podemos desprendernos; o un acompañante inmencionable que lo mismo puede ser persona, cosa o animal...

Lo notable de este bestiario es que sabemos que nos está mirando. Nos observa y en esto se asemeja a las presencias más significativas de la narrativa cortazariana: los locos serenos, de estirpe erasmiana, que están allí para poner en tela de juicio todos los proyectos de la razón, de la historia y sobre todo del lenguaje apenas se sientan satisfechos de sí mismos y picados por el deseo de imponerse como la Verdad a los demás.

El licenciado Juan Cuevas, don Ceferino Piris el célebre orate uruguayo, la pianista y pudibunda ninfómana Berthe Trépat, ese viejo temible que acaricia una paloma en el descenso a la *morgue*... Todos estos locos solitarios y serenos miran las aventuras de la lógica y de su portador, el lenguaje, y hacen signos de advertencia. Interrumpen la acción, la multiplican con su sinrazón irónica, su elogio de la locura, su insatisfacción permanente, su búsqueda de lo que no está allí, conduciéndonos al aparente desenlace de *Rayuela*, la odisea de la búsqueda de la Maga por Oliveira y el encuentro con Talita, la doble de la Maga, en Buenos Aires. Pero la doble de la Maga —"lógicamente"— está acompañada del doble de Oliveira, el sedentario Traveler, que sólo se había movido de la Argentina "para cruzar a Montevideo". Las figuras que antes no se conocían se conocen y ponen en jaque la existencia misma del libro que las contiene: *Rayuela*. Ignorándose, promovieron la dinámica inicial de la novela. Al conocerse, amenazan con precipitarla hacia lo que la niega, es decir: la conclusión, inaceptable para la novela abierta que Cortázar está escribiendo ante nuestros ojos. Al conocer a su doble, Oliveira tiene que *actuar:* sus opciones son el asesinato o la locura. De otra manera, habría que aceptar que nuestra vida, al no ser singular, carece de valor y de sentido; que otro, que soy yo, piensa, ama y muere por mí y que acaso soy yo el doble de mi doble y sólo vivo su vida.

Oliveira intenta el asesinato por el terror. No un verdadero asesinato, pues matar al doble sería suicidarse, sino un atentado que abra las puertas de la locura. O, por lo menos, que haga creer a los demás que uno se volvió loco y queda, por ello, dispensado de actuar, incluso de esa acción disfrazada que es la escritura. Muertos para los demás, dejamos de ser el doble de nadie o de tener duplicación alguna. La locura, en la medida en que es una des-aparición, una in-visibilidad, mata también al doble, privado de su modelo. Allí, en el manicomio, se puede creer que los locos serenos, Juan Cuevas o Ceferino Piris, son tan dignos de atención intelectual como Aristóteles o Heidegger: ¿qué hacen, al cabo, sino multiplicar la realidad inventando cuanto les parece que falta en el mundo? ¿Y qué ha hecho la novela? ¿Y qué ha hecho el novelista que ha hecho la novela que ha hecho a Oliveira que ha hecho a su doble que ha hecho un loco de Oliveira?

¿Encontraría a la Maga? Oliveira, convencido de que "un encuentro casual era lo menos casual de nuestras vidas", ha decidido recorrer este inmenso periplo, de París a Buenos Aires, de una rayuela a otra, en busca de lo que, al cabo, él mismo llama "una concreción de nebulosa": la Maga. La nebulosa concreta, claro está, es la novela misma, la niebla, la *nivola* o *nubela* de Unamuno: "¿Encontraría a la Maga?": la magia de la nube, la Maga de la nebulosa, es la búsqueda de la Maga, o sea, la búsqueda de la novela. Incapaz de cerrarla, porque no ha encontrado a la Maga y no hay novela sin la Maga, Oliveira, desde su manicomio rioplatense, nos refiere a la tabla de instrucciones que nos remite, a su vez, a una re-iniciación de la novela, búsqueda, multiplicación de la realidad e insatisfacción perpetua, por el atajo de un capítulo 62 donde el *alter ego* de Cortázar, Morelli, teoriza sobre la novela y abre dos caminos: uno, el de acompañar para siempre a Oliveira en su búsqueda de la Maga; otro, el de escribir la siguiente novela abierta: *62, modelo para armar.*

Y en medio, sólo unos momentos de ternura leve, escuchando con los ojos cerrados un disco de *jazz*, oyendo "el fragor de la luna apoyando contra su oreja la palma de una pequeña mano un poco húmeda por el amor o por una taza de té". *Il faut tenter de vivre.*

Julio Cortázar y *Rayuela* colocan a la novela hispanoamericana en el umbral mismo de la novela potencial: la novela por venir de un mundo culturalmente insatisfecho y diverso.

CONOCIMIENTOS Y RECONOCIMIENTOS

I

TODO escritor nombra al mundo. Pero el escritor indo-afro-iberoamericano ha estado poseído de la urgencia del descubridor: si yo no nombro, nadie nombrará; si yo no escribo, todo será olvidado; si todo es olvidado, dejaremos de ser.

Este temor ha llevado al escritor en nuestros países a obedecer, a menudo, el llamado de actuar como legislador, dirigente obrero, estadista, periodista, portador y hasta redentor de su sociedad. Esto ha sido así debido a la ausencia, constante o periódica, de todas las funciones mencionadas en nuestras débiles sociedades civiles.

Semejante exigencia dio origen a mucha mala literatura social en la América hispana. Muchas novelas escritas para salvar al minero o al campesino, no los salvaron ni a ellos ni a la literatura. La salvación era y será política. La literatura, en cambio, entendió que su función política no sería efectiva en términos puramente políticos, sino en la medida en la que el escritor puede afectar los valores sociales al nivel de la comunicabilidad de la imaginación y el fortalecimiento del lenguaje.

De esta manera, nuestra literatura moderna creó una tradición: la de unir, en vez de separar, los componentes estéticos y políticos; la de ocuparse, simultáneamente, del *estado del arte* y el *estado de la ciudad.*

Al estado crítico de la *polis* el escritor no puede contestarle ya supliendo funciones que la sociedad, cada vez más fuerte, se ha encargado de llenar: el escritor aparece entonces como un ciudadano con opciones ciudadanas, ni más ni menos que otros profesionistas o trabajadores de la sociedad. La distinción del escritor es que su trabajo atañe directamente a la imaginación verbal, y en esta esfera, su tarea no es distinta de la de los escritores en otras culturas.

Sin duda, la crisis ha creado condiciones materiales precisas, difíciles para el escritor y el libro en Iberoamérica. Los lectores de la literatura iberoamericana son sobre todo jóvenes entre los quince y los veinte años (la mitad de nuestra población tiene quince años o menos) que se asoman a la cultura por primera vez leyendo a Asturias, Neruda o Borges. La carestía y la inaccesibilidad actuales de los libros amenazan con romper esa liga fundamental de nuestra cultura, que es parte de un círculo creado con grandes esfuerzos durante los pasados cincuenta años, el círculo que va del escritor al editor al librero al lector y de regreso al autor mismo. Los lectores están allí, crecientes y hambrientos de identificación y estímulo literarios. No se les puede abandonar.

Pero al igual que en el resto del mundo, el escritor iberoamericano está sujeto también a la competencia de los medios de entretenimiento y de información, que le han arrebatado a la literatura antiguas provincias.

Esto es un problema universal de la literatura; pero una cultura de la crisis como la nuestra, puede potenciar el desafío, preguntándose, precisamente, ¿qué puede decir la literatura que no puede decirse de ninguna otra manera? y ¿qué aporta la literatura, que ningún otro medio puede aportar?

II

En Indo-Afro-Iberoamérica, la novela ha competido con una historia más fantástica que cualquier cuento de Borges; los hijos de don Quijote nos convertimos, realmente, en los hijos de La Mancha, vástagos de un mundo impuro, sincrético, barroco, excrescente.

Conscientes de nuestra orfandad —todos somos hijos del patriarca rural de Juan Rulfo, Pedro Páramo; todos somos hijos de Hernán Cortés, el padre con nombre, y de la mujer anónima, india o negra—.

Dándole la cara a una naturaleza impenetrable y gigantesca —*Canaima*— y a una historia de violencia impune —*Doña Bárbara*—.

Divididos entre la nación legal y la nación real, entre Sarmiento el intelectual y Facundo el caudillo bárbaro, y tratando de llenar todos estos vacíos históricos, no con la figura del poder —*El Señor Presidente* de Asturias; *Yo el Supremo* de Roa Bastos— sino con la figura verbal.

Tratando de crear otra realidad, una realidad mejor —un nuevo mundo en una nueva novela— mediante las ideas y el lenguaje lado a lado con la acción política.

Y otorgándole una función específica al arte de nombrar y al arte de dar voz, dándole un nombre y una voz a nuestro continente multirracial y policultural: gracias a todo esto, en el Nuevo Mundo la literatura se convierte en un hecho vital y urgente, factor de vida y factor de cultura, verbo denominador.

Nombre y voz: ¿cómo te llamas, quiénes fueron tu padre y tu madre, cómo se llamó antes esta montaña y cómo se llama ahora este pájaro, cuáles son tus palabras, cómo hablas, quién habla por ti, para quién trabajas, qué recuerdas, a quiénes pertenecen los frutos de tu trabajo, qué deseas?

Todas estas preguntas actualísimas de la realidad hispanoamericana son también las preguntas del pasado y serán las del porvenir, mientras nuestros más antiguos problemas no encuentren solución.

La literatura iberoamericana les da a estas preguntas formulación verbal y proyección imaginativa, agudizando la comprensión de nuestra crisis actual e iluminándola con la continuidad de nuestro quehacer cultural.

En ella, el país del pasado, el país a la vez mítico y real detrás de las fachadas del país legal, el país de Miguel Ángel Asturias y Juan Rulfo, de Alejo Carpentier y Augusto Roa Bastos, le tiende la mano al país urbano, moderno, informado, orientado internacionalmente, de Jorge Luis Borges, Juan Carlos Onetti, Julio Cortázar y Mario Vargas Llosa. Entre ambos, conectándolos, Gabriel García Márquez da una versión de la contemporaneidad de todos los tiempos y José Lezama Lima propone una contraconquista permanente de valores, no de virtudes, sobre los cuales construir la ciudad hispanoamericana.

Con todos estos trabajos, fiel a su continuidad cultural, consciente de su fragmentación política, inmersa en la cultura de la crisis, la literatura iberoamericana intenta ampliar el horizonte de nuestra posibilidad humana en la historia.

Lo hace con fidelidad histórica profunda porque sabe, en primer lugar, que la historia es memoria e imaginación, más que estadística empolvada; es menos, acto registrable que evento continuo; hace de lo no contemporáneo, contemporáneo; y es sólo fiel tanto al lector como a la historia, cuando transgrede las formas estéticas aceptadas y promueve nuevas formas, en las que quizás no nos reconozcamos inmediatamente hoy, pero en las que, mañana, veremos la aparición de un nuevo rostro: el de nuestra capacidad creadora inédita.

La creación y la tradición literarias se sostienen mutuamente; cada una depende de la otra. La lección permanente de Cervantes es que la creación requiere a la tradición para ser: don Quijote nace de sus lecturas previas; pero la tradición requiere a la creación para seguir siendo: don Quijote sólo es real porque no se encuentra en la realidad. Y por ello, porque *añade* algo a la realidad, es una *realidad* más fuerte que cualquier otra.

A fin de sostener toda una experiencia histórica, la literatura iberoamericana ha debido devorar grandes trozos de historia, saltar a grandes trancos, consumir gigantescas síntesis llamadas *Rayuela, Paradiso, Cien años de soledad, La guerra del fin del mundo, El Siglo de las Luces, El obsceno pájaro de la noche, Yo el Supremo, Gran sertón: veredas, La república de los sueños...* Esta experiencia nos sitúa, a un tiempo, en la conciencia del pasado y el desafío del porvenir: es decir, vuelve a colocarnos en este presente donde recordamos el pasado y deseamos el futuro.

Nuestra literatura por venir, en el siglo XXI, habrá aprendido las lecciones del pasado, actualizándolas: la literatura no se agota en su contexto político e histórico, sino que abre constantemente nuevos horizontes de lectura para lectores inexistentes en el momento en el que la obra se escribió. De este modo, la literatura se escribe no sólo para el futuro, sino también para el pasado, al que revela hoy con una novedad distinta a la que tuvo ayer.

Sin privilegios y sin cargas que le corresponden a la sociedad civil entera, los escritores iberoamericanos, como parte de esa sociedad, intentan darle expresión verbal y fuerza de imaginación a todo lo no escrito. Zona infinitamente más vasta que lo escrito, en ella encontramos finalmente al mundo, al Occidente sobre todo, a Europa, pero ya sin la carga utópica que deformó nuestras relaciones y percepciones entre los siglos XV y XIX.

III

En el mundo contemporáneo, la utopía sólo puede constituir un imposible regreso a una indeseable unidad o una imposible proyección de unidad en el futuro. A la primera utopía, Adorno la critica como una fantasía regresiva y romántica; a la segunda, la considera sólo concebible a partir de un modelo de "reconciliación forzada". En ningún caso, la "humanidad liberada" constituiría una "totalidad".

Lo que Bajtin llama la polifonía narrativa no es ajeno a la convicción, para el siglo XXI, de que sea cual sea el nivel de nuestra actividad cultural, deberemos comprender que estamos entrando a lo que Max Weber llamó "un politeísmo de valores".

Todo —las comunicaciones, la economía, la idea que nos hacemos del tiempo y del espacio, las revoluciones en la ciencia y la tecnología— nos indica que la variedad y no la monotonía, la diversidad más que la unidad, definirá a la cultura del siglo venidero.

Esto significa que los iberoamericanos, al tiempo que preservamos nuestras identidades nacionales y regionales, habremos de ponerlas a prueba constantemente en el encuentro con el otro, en el desafío de lo que no somos nosotros.

Una identidad aislada termina pereciendo. La cultura aislada puede convertirse pronto en folklore, manía o teatro especular. Peor: puede debilitarnos por falta de competencia y puntos de comparación.

Estamos en el mundo, vivimos con otros, vivimos en la historia y habremos de responder a todo esto en nombre de la continuidad de la vida.

No podemos vivir más del capital exiguo del subdesarrollo nostálgico, sino que debemos enfrentar los desafíos de un desarrollo cultural más pleno, con todos los riesgos, ciertamente, que esto implica, pero con la inteligencia de que a través del "politeísmo de valores" a que alude Weber, los valores de la sociedad civil, que son centrífugos, descentralizantes, creativos, serán fortalecidos por, a la vez que fortalecerán, a la creación cultural.

Nos une al otro, sin embargo, una idea que trasciende a la utopía, regresiva o agresiva.

Desde la antigüedad más remota, el sentimiento trágico nos ha advertido acerca de la capacidad humana para la autodestrucción.

Pero, aun cuando los hombres y las mujeres se aniquilasen, la Naturaleza sobreviviría, así fuese, tan sólo, para dar testimonio de nuestro orgullo ciego, de nuestra locura.

La novedad del tiempo que nos ha tocado vivir es que, por primera vez, somos capaces de destruir a la Naturaleza junto con nosotros.

Incapaces de reconciliarnos con lo que explotamos para sobrevivir, ¿seremos entonces capaces de asesinar nuestra alteridad física —la Naturaleza misma— a fin de que ya no quede testigo alguno: a fin de que ya no haya Futuro?

Todos hemos vivido la historia contemporánea como un episodio de la violencia.

Todos nos hemos reconocido en ella.

En la violencia no existe tiempo privilegiado, tiempo destinado fatalmente al progreso y la felicidad.

La historia de la violencia nos impone la obligación de buscar nuevamente al tiempo: de crearlo y recrearlo, a fin de tener un tiempo que podamos llamar nuestro, aunque sea un tiempo trágico.

Pues acaso no hay otra manera de dejar atrás "el tiempo de los asesinos" anunciado por Rimbaud, que recrear al tiempo trágico en el que los valores en conflicto no se destruyen entre sí, sino que, catárticamente, se resuelven el uno en el otro. La literatura moderna ha sido el conducto más consciente para esta recreación, en términos contemporáneos, de un tiempo trágico capaz de trascender el tiempo criminal.

Los tiempos autosatisfechos del progreso sin mácula anunciados por Condorcet a la sombra de la guillotina, no son ya los tiempos perdidos y encontrados por Proust, los tiempos míticos y olvidados por Kafka, los tiempos latentes en Virginia Woolf, ni la espiral, corriente y recurrente, *vícolo* de la circulación, en Joyce. Estos tiempos novelescos, que acaso culminan en el tiempo omnicomprensivo de William Faulkner ("Todo es presente, ¿entiendes? Ayer sólo terminará mañana, y mañana empezó desde hace diez mil años"), afirman la idea de la variedad del tiempo, crean el sentimiento de que hay más tiempos que los de Occidente. Esta revolución coincidió con la recuperación del tiempo y la cultura en la América india, africana, mestiza y europea.

Pero hoy todos nos preguntamos, junto con Samuel Beckett, si "esta tierra podría estar deshabitada": *no más tiempo.*

La presencia del tiempo se manifiesta con urgencia en nuestras culturas, estableciendo un reconocimiento sin precedentes entre Iberoamérica y el Occidente:

Hoy, al fin, todos nos reconocemos en la universalidad de la violencia.

Todos hemos sufrido e impuesto la violencia a los débiles y a los inocentes.

La violencia dejó de ser una característica deplorable de pueblos retrasados y, naturalmente, morenos. Los hijos de Beethoven, Jefferson y Montaigne la han practicado con el más alto grado de perfección técnica.

La violencia es el pasaporte más reconocible del siglo XX.

La violencia y su manifestación final, el holocausto nuclear, han convertido a todas las culturas en excentricidades: ya no hay culturas centrales. Pero si somos capaces de hacer presentes nuestros valores culturales, y de compartirlos, entonces todos seremos centrales, en Nueva York y México, en París y Buenos Aires, en Caracas y en Madrid, en Londres y en Panamá.

El conocimiento de la literatura hace más probable la oportunidad de reconocernos en los demás.

La imaginación y la lengua, la memoria y el deseo, son los lugares de encuentro de nuestra humanidad incompleta: la literatura nos enseña que los más grandes valores son compartidos, y que nos reconocemos a nosotros mismos cuando reconocemos al otro y sus valores, pero que nos negamos y aislamos cuando negamos o aislamos los valores ajenos.

Los escritores iberoamericanos nos reconocemos verdaderamente en el otro occidental, que se vuelve nuestro, cuando, con la voz de Italo Calvino, reitera que la literatura es modelo de valores, capaz de proponer esquemas de lenguaje, visión, imaginación y correlación de hechos.

Nos reconocemos en Hans Robert Jaus cuando nos dice que la literatura anticipa posibilidades aún no realizadas, ensancha el espacio limitado de la conducta social y abre caminos para nuevos deseos, metas y reclamos.

Nos reconocemos en Milan Kundera, en fin, cuando escribe que la literatura es una perpetua redefinición del ser humano en tanto problema.

Todo esto exige que la literatura se formule a sí misma como conflicto incesante, a fin de descubrir lo que aún no ha sido descubierto, nombrar lo anónimo, recordar lo olvidado, dar voz al silencio y desear lo vedado por la injusticia, la indiferencia, el prejuicio, la ignorancia o el odio.

Esto exige vernos a nosotros mismos y ver al mundo como hechos inacabados, como personalidades perpetuamente incompletas, como voces que no han dicho su última palabra.

Esto exige articular constantemente una tradición y ampliar constantemente la posibilidad humana en la historia.

Son éstas las respuestas, constantes también, de la literatura a la crisis.

Iberoamérica, esta Iberoamérica nuestra en transformación, ¿propone otra cosa sino esta redefinición de sus hombres y mujeres como problemas, acaso como enigmas, pero nunca como respuestas dogmáticas o realidades concluidas?

Pero, ¿no es esto, por otra parte, lo propio de la literatura moderna y, en particular, de la novela?

La literatura gana el derecho de criticar al mundo demostrando, primero, su capacidad de criticarse a sí misma. Es el cuestionamiento de la obra literaria por la obra literaria misma, lo que nos entrega tanto la obra de arte como sus dimensiones sociales.

La literatura propone la posibilidad de la imaginación verbal como una realidad no menos real que la narrativa histórica. De esta manera, la literatura, constantemente, se renueva, anunciando un mundo nuevo: un mundo inminente. Después de las terribles incertidumbres y violencias de nuestro siglo, la historia se ha convertido sólo en posibilidad, en vez de certeza.

Lo mismo le ha ocurrido a la literatura, con la historia, dentro de la historia, contra la historia, la literatura como contratiempo y segunda lectura de lo histórico.

Esto es especialmente cierto de la novela del nuevo mundo ibérico.

Violación narrativa de la certeza realista y sus códigos mediante la hipérbole, el delirio y el sueño, la novela iberoamericana es la creación de otra historia, que se manifiesta a través de la escritura individual, pero que también propone la memoria y el proyecto de nuestra comunidad en crisis.

IV

En esto estriba la modernidad de nuestra escritura, pero también nuestra respuesta a dos realidades paralelas: la crisis actual y nuestra presencia potencial en el mundo del siglo XXI.

Una presencia que reúna todas las facetas que aquí he mencionado en una idea de José Ortega y Gasset: la vida es ante todo un conjunto de problemas a los que damos respuesta con un conjunto de soluciones que se llaman la cultura.

El filósofo añade que, puesto que muchas soluciones son posibles, de ello se sigue que muchas culturas han existido y existirán. Lo que nunca ha existido es una cultura absoluta, esto es, una cultura que pueda responder satisfactoriamente a toda objeción.

Y como no hay una cultura absoluta, tampoco hay una política absoluta. Lo que existe son muchas culturas —muchas verdades— manifestándose a través de diferentes políticas.

La pluralidad de las culturas del mundo organizadas como presencias válidas en un mundo multipolar, es la mejor garantía de que tendremos un futuro.

La América indo-afro-ibérica será una de las voces de ese coro multipolar. Su cultura es antigua, articulada, pluralista, moderna. Iberoamérica es un área policultural cuya misión es completar al mundo, como lo previó, en el siglo XVI, Juan Bodino. Nacido como una hazaña de la imaginación renacentista, el nuevo mundo debe imaginar de nuevo al mundo, desearlo, inventarlo y re-inventarlo. Imaginar América: decir el Nuevo Mundo. Decir que el mundo no ha terminado porque es no sólo un espacio inmenso, pero, al cabo, limitado, sino también un tiempo ilimitado.

Nombre y voz, estado del arte y estado de la ciudad: el movimiento de la literatura iberoamericana ha sido paralelo al de nuestra historia, dándole continuidad a ésta.

Hoy, es una literatura inmersa en una Iberoamérica en crisis, pero en una crisis que señala la aparición de sociedades críticas, política y culturalmente, y sociedades en crisis debido a un crecimiento excesivo y desordenado, a causa de reformas a veces precipitadas y a veces pospuestas, pero sociedades reteniendo, en la crisis, su energía, creando una nueva economía, una nueva política, nuevas instituciones fraguadas en la evolución o en la revolución. Todo esto marca la realidad presente de nuestros países, y los escritores, cualesquiera que sean sus puntos de vista, están participando, una vez más, en este movimiento que habrá de definir nuestro lugar en el siglo venidero.

A estas nuevas sociedades, que hoy ocupan espacios cada vez mayores en nuestras repúblicas, transformándolas, pluralizando los tradicionales centros de poder, responde la literatura de nuestros países, ayudando a darle forma al caos, alternativas a la desesperación, dirección a las ideas, y comunicabilidad, verdad y belleza al vehículo de la forma, del pensamiento y de la esperanza: es decir, al lenguaje mismo.

San Jerónimo, México
Diciembre de 1989

ÍNDICE

Este libro se terminó de imprimir y encuadernar en el mes de abril de 1994 en Impresora y Encuadernadora Progreso, S. A. de C. V. (IEPSA), Calz. de San Lorenzo, 244; 09830 México, D. F. Se tiraron 3 000 ejemplares.

García Morillo, Roberto. *Carlos Chávez. Vida y obra.*
Gonzáles, José Luis. *Literatura y sociedad en Puerto Rico.*
Gutiérrez Girardot, Rafael. *Modernismo. Supuestos históricos y culturales.*

Heller, Claude. *El ejército como agente del cambio social.*
Henríquez Ureña, Max. *Breve historia del modernismo.*

Jitrik, Noé. *La vibración del presente.*

Kozer, José. *Bajo este cien.*

Lara, Jesús. *La poesía quechua.*
Lavrin, Asunción. *Las mujeres latinoamericanas. Perspectivas históricas.*

Manley, Michael. *La política del cambio.*
Miró Quesada, Francisco. *Despertar y proyecto del filosofar latinoamericano.*
Miró Quesada, Francisco. *Proyecto y realización del filosofar latinoamericano.*
Montejo, Eugenio. *Alfabeto del mundo.*
Mutis, Álvaro. *Caravansary.*
Mutis, Álvaro. *Los emisarios.*
Mutis, Álvaro. *La muerte del estratega. Narraciones, prosas y ensayos.*
Mutis, Álvaro. *Summa de Maqroll El Gaviero. Poesía 1948-1988.*

Neale-Silva, Eduardo. *Horizonte humano.*
Nuño, Juan. *La filosofía de Borges.*

O'Gorman, Edmundo. *La incógnita de la llamada "Historia de los indios de la Nueva España", atribuida a Fray Toribio Motolinia.*
O'Gorman, Edmundo. *La invención de América.*
O'Hara, Edgar. *Lengua en pena.*
Orozco, Olga. *La noche a la deriva.*
Ortega, Julio. *Crítica de la identidad.*
Ortega, Julio. *La cultura peruana.*
Ortega y Medina, Juan A. *La evangelización puritana en Norteamérica.*

Padilla Bendezú, Abraham. *Huamán Poma, el indio cronista dibujante.*

Ramos, Julio. *Desencuentros de la modernidad en América Latina. Literatura y política en el siglo XIX.*
Rodríguez-Luis, Julio. *Hermenéutica y praxis del indigenismo.*
Rodríguez Monegal, Emir. *Borges: una biografía literaria.*
Roig, Arturo Andrés. *Teoría y crítica del pensamiento latinoamericano.*
Rojas, Gonzalo. *Del relámpago.*
Ronfeldt, David. *Atencingo. La política de la lucha agraria en un ejido mexicano.*
Rossi, Alejandro. *Manual del distraído.*
Ruano, Manuel. *Mirada de Brueghel (Poesía).*

Salazar Bondy, Sebastián. *Todo esto es mi país.*
Selva, Salomón de la. *El soldado desconocido y otros poemas.*
Skirius, John (comp.). *El ensayo hispanoamericano del siglo XX.*
Sologuren, Javier. *Las uvas del racimo.*
Sucre, Guillermo. *La máscara. La transparencia. Ensayos sobre poesía hispanoamericana.*

Tangol, Nicasio. *Leyendas de Karukinká.*
Tovar, Antonio. *Lo medieval en la conquista y otros ensayos americanos.*

Valcárcel, Carlos Daniel. *Rebeliones coloniales sudamericanas.*
Varela, Blanca. *Canto villano.*
Villanueva, Tino. *Chicanos.*
Vitale, Ida. *Sueños de la constancia.*

Westphalen, Emilio Adolfo. *Otra imagen deleznable.*

Yurkievich, Saúl. *El trasver.*

Zavala, Silvio. *La filosofía política en la conquista de América.*
Zea, Leopoldo. *El descubrimiento de América y su sentido actual.*
Zea, Leopoldo. *Filosofía de la historia americana.*
Zeller, Ludwig. *Salvar la poesía, quemar las naves.*